ANDREW LOST

科学小子 安德鲁

原子大爆炸

①

狗鼻历险记

[美] J.C.格林伯格 / 著 [美] 黛比·帕伦 / 绘

朱其芳 / 译

原子吸尘器
宇宙中最强大的
缩小器

长江出版传媒 ｜ 长江少年儿童出版社

ANDREW LOST #1 ON THE DOG

献给丹、扎克、爸爸，
和真正的安德鲁，爱你们。

——J.C. **格林伯格**

献给希德，
你虽然是猫，但行动像狗。

——**黛比·帕伦**

图书在版编目（CIP）数据

原子大爆炸. 狗鼻历险记 / （美）J. C. 格林伯格著 ；
（美）黛比·帕伦绘 ；朱其芳译. — 武汉 ：长江少年儿
童出版社，2024.5
ISBN 978-7-5721-4795-1

Ⅰ. ①原… Ⅱ. ①J… ②黛… ③朱… Ⅲ. ①儿童故
事—美国—现代 Ⅳ. ①I712.85

中国国家版本馆CIP数据核字(2024)第035335号
著作权合同登记号：图字17-2023-172

YUANZI DA BAOZHA·GOUBI LIXIAN JI

原子大爆炸 · 狗鼻历险记

［美］J. C. 格林伯格 / 著　［美］黛比·帕伦 / 绘　朱其芳 / 译
责任编辑 / 熊　倩
装帧设计 / 刘芳苇　黄尹佳　美术编辑 / 邓雨薇　雷俊文
封面绘画 / 筥蓉蓉
出版发行 / 长江少年儿童出版社
经　　销 / 全国新华书店
印　　刷 / 广州市中天彩色印刷有限公司
开　　本 / 880mm×1230mm　1 / 32开
印　　张 / 22
字　　数 / 240千字
印　　次 / 2024年5月第1版，2025年4月第4次印刷
书　　号 / ISBN 978-7-5721-4795-1
定　　价 / 144.00元（全8册）

策　　划 / 海豚传媒股份有限公司
网　　址 / www.dolphinmedia.cn　　邮　箱 / dolphinmedia@vip.163.com
阅读咨询热线 / 027-87677285　　销售热线 / 027-87396603
海豚传媒常年法律顾问 / 上海市锦天城（武汉）律师事务所　张超　林思贵　18607186981

嗨！我叫阿探，是安德鲁最好的机器人朋友。阿探知道很多事情，比如：虫子是如何爬上墙的？为什么气泡会破裂？蜘蛛是如何织网的？

安德鲁喜欢搞发明，阿探是个好帮手！但是有时候，阿探和安德鲁会犯错误。发明加错误，就变成了冒险！现在阿探和安德鲁要去冒险了，你想一起来吗？那就翻到下一页吧！

目　录

安德鲁的世界

安德鲁·达布尔

安德鲁从 4 岁起就开始搞发明了。他的第一个发明是哎呀呀橡皮擦，它的作用应该是擦去污渍，可是它把带有污渍的物品也一起抹除了。他还发明了清洁机器，可以清理溢出的东西，但清理完后，它们又会再吐出来。安德鲁今年 10 岁了。今天，他正在实验他最新的发明——原子吸尘器。

朱迪·达布尔

朱迪是安德鲁的堂姐，今年13岁。她已经去过4次非洲的野生动物园。在她家的后院里有一架直升机，她甚至知道如何驾驶它！

原子吸尘器

吸出物体原子中的空间，可以将物体缩小吗？安德鲁认为可以，他的原子吸尘器就能做到。但他以前也弄错过。

阿尔叔叔

阿尔叔叔在一家绝密的实验室里工作，没有人知道他在那里做什么。但在安德鲁和朱迪眼里，阿尔叔叔聪明极了，而且会送超棒的礼物！

阿 探

阿探是便携式超级数字探测机器人。在安德鲁 7 岁生日那天,他出现在了安德鲁的信箱里。他头顶的天线上挂着一张卡片,上面写着:"安德鲁生日快乐!好好照顾阿探,他可以告诉你一切。爱你的阿尔叔叔。"

哈 利

哈利是一条巴吉度猎犬,或许斯卡特太太是它的主人,但是陪它玩飞盘、给它买玩具的人是朱迪。朱迪和哈利是亲密的朋友。今天,她和它会变得更加亲密!

斯卡特太太

斯卡特太太是朱迪的邻居。她没什么喜欢的东西,她甚至连自己的狗——哈利也不喜欢。

3

原子吸尘器
宇宙中最强大的
缩小器

1 原子吸尘器

"**哇！**"安德鲁大喊，"这是我发明过的最棒的东西！"

10 岁的安德鲁·达布尔把他的新机器停在一棵树下。这台机器和狗屋一样大，看起来像一头豪猪，浑身插满细长的铜管，头部有一根粗粗的铁管。

这台奇怪的机器"蹲在"四根大弹簧上，一根很粗的电线像尾巴似的垂在后面。

在头部粗粗的铁管上，安德鲁用颜料写了几个大字：**原子吸尘器**。然后他用更小的字写道：**宇宙中最强大的缩小器**。

安德鲁拖着插头来到一栋白色旧房子的后院。那儿住着安德鲁13岁的堂姐朱迪·达布尔和她的父母。但在这个阳光明媚的夏日，房子里一个人也没有。安德鲁独占了这栋房子的后院。

他给原子吸尘器插上电源，然后走回机器旁边，开始设置控制面板。

在原子吸尘器背面，有一个黑色的倍率旋钮和一个红色的大开关。旋钮可以将缩小倍率从0调整到100。把旋钮旋过0就能启动原子吸尘器。红色大开关能向上或者向下推动。上面标有"**缩小**"两个字，下面标有"**还原**"两个字。

安德鲁将红色大开关向上推到"缩小"，然后将倍率旋钮调到5——这是一个比较低的缩小倍率。

原子吸尘器开始晃动，它身上细长的铜管旋转起来，很快就发出了尖锐的声响，仿佛100个水壶同时烧开。

"太厉害啦！"安德鲁大喊道，"我应该先缩小什么呢？"

他环顾这个篱笆围起的后院，朱迪的父母在这里存放他们的探险旅游设备。

院子尽头有一架四座飞机，一艘银色的快艇靠在篱笆旁，一架直升机停在原子吸尘器所在的那棵树前。

"直升机！"安德鲁微笑道，"就它了！"

哔———"安德鲁！不要！"安德鲁的口袋里传出一个尖细的声音。

安德鲁低头看了看。"怎么了，阿探？"他问。

口袋里探出来一个小小的银色机器人。这个

机器人的发明者是安德鲁的叔叔阿尔，一位从事绝密行业的科学家。机器人有个官方名称——"便携式超级数字探测机器人"，但安德鲁为了方便，称他为"**阿探**"。

阿探的脸是一个方形的屏幕，耳朵是两根天

线，胸前有3排按钮。所有按钮都发出绿光，只有一个除外。中间那个大大的按钮发出紫光。

阿探的每只手都有3根手指。他用全部的手指抓住安德鲁的口袋顶部，一双橡胶小脚像扁平的糖豆，正踢着安德鲁口袋里的钥匙。

哔———"直升机太大了！"阿探说，"原子吸尘器可能会被堵住！也可能会爆炸！先试试小点儿的东西吧，拜托啦，安德鲁！"

阿探把安德鲁口袋里的钥匙踹得叮当作响。

"好吧，好吧。"安德鲁说，"冷静点，我们去看看垃圾桶里有没有好东西。"

门廊边上靠着一个垃圾桶和一个鼓鼓囊囊的黑袋子，闻起来臭臭的。安德鲁掀开垃圾桶的盖子，里面是几个空油漆桶、一些黏糊糊的刷子和一台旧收音机。安德鲁把收音机拿了出来。

"这个怎么样？"安德鲁问。

哔———"很好！很好！"阿探叫道。

安德鲁一边摆弄着收音机，一边朝原子吸尘器走过去。

哔———"安德鲁！离粗铁管远一点儿！"阿探说。

"哎呀！"安德鲁说，"谢谢提醒，阿探！"

原子吸尘器前部那根粗大的铁管应该是用来缩小东西的，此刻它正喷着气，左摇右晃。它在寻找要缩小的对象！

哔———"不要缩小我们，拜托！"阿探尖叫道。

"别担心，"安德鲁说，"不会的！"

哔———"好怕！"阿探说。

安德鲁蹲在原子吸尘器后面。他再次检查了一下控制面板。

"准备———"

他将收音机举过头顶。

"各就各位——"

他将收音机朝机器前方扔去。

"开始！"

一团橙色的烟雾从旋转的细铜管中喷出。

原子吸尘器发出了**嗡嗡嗡嗡嗡嗡嗡**的声音。

安德鲁无法透过橙色烟雾看到收音机。他什么也看不见，但他听到了一声尖叫。

2 一个小错误

"**天哪!** "说话的是安德鲁的堂姐朱迪。

哔——"朱迪来了!"阿探叫道,"嗨,朱迪!"

"阿——嚏!"朱迪打了个喷嚏,"这些臭烘烘的烟是什么?"

"这只是我的科学研究,"安德鲁边说边把原子吸尘器的倍率旋钮转到0,"你说过我可以过来做实验。"

"我是说，你可以过来用我的打印机！"朱迪说。她踩着脚朝安德鲁走去，每走一步，长长的卷发就晃动一下。"我可没有说你能在我家后院炸东西！"

汪汪!

巴吉度猎犬哈利跑到他们面前。虽然哈利是朱迪的邻居斯卡特太太的狗，但是它喜欢跟着朱迪到处跑。

"没有东西爆炸……应该没有。"安德鲁说。

朱迪弯下腰，摸了摸哈利的一只棕色长耳朵，又挠了挠它的耳后。

"阿——阿——阿嚏！"朱迪又打了个喷嚏，"这烟味让我过敏，连哈利也觉得不舒服。"

哈利在草地上嗅了嗅，然后跑开了。

"听着，安德鲁。"朱迪说，"我爸妈今天去教别人高空跳伞了。如果我让你趁他们不在的时候把家里破坏得一团糟，那他们肯定不会带我去夏威夷旅游了，我可是要去教人们跟海豚一起游泳的！"

"我只是缩小了一台坏的收音机而已，"安德鲁说，"至少我觉得我把它缩小了。"

朱迪双臂抱在胸前。虽然她只比安德鲁高两三厘米，但有时候她看起来高很多。

"卡莫迪夫人给我们布置了一篇有关蚂蚁的

科学报告，"安德鲁解释道，"我想，要是我能进入蚂蚁洞，就能真正地了解它们。所以，阿探帮我制造了这台原子吸尘器，它可以把我们缩小到任何尺寸。"

"哦，少来了，安德鲁！"朱迪说，"别再发明疯狂的东西了！"

"但这个真的很神奇！"安德鲁说。

"是吗？"朱迪说，"你上次发明那个芳香气味机的时候也是这么说的。但它让我们家里的气味闻起来像臭脚一样，这味道持续了几个星期！"

朱迪走到原子吸尘器旁。烟雾正在消散。

"这蠢东西是怎么工作的？"她问。

"是这样的，"安德鲁说，"因为原子里几乎都是空的。原子吸尘器的作用是把原子里的空间都吸走，这样组成你的原子缩小了，你也就缩小了！"

汪汪!

哈利跑到朱迪身边，嘴里叼着一个飞盘。朱迪拍了拍哈利的头，然后把飞盘用力扔向空地。哈利追着飞盘跑去。

"帮我找一下收音机，"安德鲁说，"它应该在粗铁管前面的某个地方。"

哗——"离粗铁管远一点儿！"阿探警告说。

"没关系的，阿探，"安德鲁说，"我已经把电源关了。"

安德鲁趴在地上，开始在草地里四处找寻。朱迪也帮忙一起找。

哗——"在那里，安德鲁！"阿探说。他指向一旁的树根。

安德鲁拿起收音机。它现在只有一个火柴盒那么大。

"成功了！"他喊道。

"让我看看！"朱迪说。她从安德鲁手中接过小小的收音机。

"哇！棒极了！"她说，"但是你要怎么把它恢复原样呢？"

"我只需要将原子吸尘器设定为'还原，'"安德鲁说，"它就会把收音机还原到原来的大小。"

朱迪皱起眉头："是'还原'不是'毁'吧？我对你的发明持怀疑态度。"

阿——嚏！

"你就看着吧。"安德鲁说。

他匆匆地跑到原子吸尘器的控制面板前，将倍率旋钮转到 5。

细铜管开始旋转着发出尖锐的声音，粗铁管不停地摇晃。安德鲁正准备把红色的开关推到"还原"，阿探突然尖叫了起来。

"朱迪！"

不要啊！

安德鲁抬起头，发现朱迪站在原子吸尘器前面不远处，她正在打喷嚏。

"阿——嚏！"

安德鲁吓了一跳，手不小心碰到了倍率旋钮，它一下子转到了100！

原子吸尘器像发疯的袋鼠一样跳动起来。

朱迪抬起头，眼睛瞪得和高尔夫球一样圆。

"隆隆隆隆隆隆隆！" 原子吸尘器吼叫着。

朱迪所在的地方，只剩一团橙色的烟雾。

"不！不！不要啊！"阿探尖叫道。

原子吸尘器朝直升机跳过去。

隆隆隆隆隆隆隆！

直升机消失了！

"天哪，不会吧！"安德鲁大叫。

他拼命去拉电线，试图拔掉插头，这时原子吸尘器却转向了他！

安德鲁的余光瞥见哈利在草坪上奔跑。

"快回去，哈利！"安德鲁喊道。

突然，安德鲁感觉仿佛在被猴子挠痒痒，接着整个身体好像被塞进了一个手提箱里。

他最后听到的声音，是一声巨响，**隆！**

3 这里闻，那里嗅

"有人吗？"安德鲁大喊。

这里很黑。一阵冷风吹过，风中似乎有小块的东西飞过，撞到了安德鲁。

我在哪里？安德鲁想。

在他前面，安德鲁可以看到一个遥远的光点。在他后面，则是更加漆黑的黑暗。

安德鲁的头有种很奇怪的感觉，沉甸甸的。我知道这种感觉是什么了！安德鲁心想。我现在倒挂着，就像洞穴里的蝙蝠一样！

安德鲁尝试着动了动脚，但它们陷在了黏液里。风很强劲，似乎要把他从黏液里刮到更黑暗的地方！

安德鲁想伸手抓住些什么。他发现四周到处垂着黏糊糊的奇怪绳子，于是他抓住了其中一根。

"朱迪！"安德鲁大声喊道。

哔———"好黑！好黑！安德鲁，"阿探喊道，"我怕黑！"

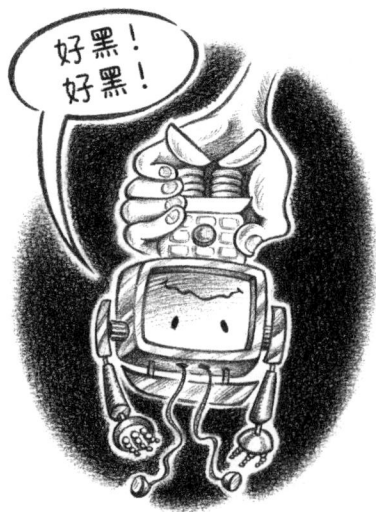

好黑！好黑！

安德鲁把阿探从口袋里拿出来。他很高兴看到阿探那明亮的屏幕，尽管屏幕上是一张皱着眉头的小脸。

风速减慢。过了一会儿，它再次猛烈起来。

但是这一次，风温热又潮湿，而且在向另一个方向吹。它把安德鲁朝前面的那个光点推去。

"你知道我们在哪里吗，阿探？"安德鲁紧紧地抓住一根绳子，问道。

阿探胸前的按钮正闪烁着黄光，这表示它非常不安！

哔———"哈利！"阿探回答道。

"你的意思是，我们在狗的身上？"安德鲁问。

哔———"在哈利身上，"阿探说，"在哈利的鼻子里！"

"天啊！"安德鲁说，"那我们肯定变得很小很小了！"

哔———"你看。"阿探说。

屏幕上，阿探的脸消失了，取而代之的是安德鲁的头像。头像开始缩小，起初缩小到橡皮擦那么大，然后缩小到一个点，最后干脆消失了。

安德鲁感到有点儿眩晕。有一部分原因是他头朝下，但更多的是因为他在想自己到底变得有多小。

安德鲁把阿探塞回口袋里。

"抓住我的钥匙绳，阿探。"安德鲁说，"把它缠在自己身上，这样你就不会掉出去了。"

哔——"好的！"阿探说。

然后安德鲁伸手去拿他的迷你手电筒，他一直将它挂在腰带上。安德鲁将手电筒打开。

手电筒那明亮的黄色光束打破了鼻腔里的黑暗。这个地方好大啊！

鼻腔的顶部皱巴巴的，就像凌乱的床单。无数黏稠的"绳子"从鼻腔顶部的褶皱中垂下来。

鼻腔的底部远在下方，那里看起来也黏糊糊的。

突然间，鼻腔的两侧开始快速地翕动起来。

哈利的呼吸在鼻腔内刮起了一阵小狂风。

哔——"哈利在闻什么东西。"阿探说，"狗鼻子比人的鼻子要灵敏100万倍。哈利可以闻出4天前安德鲁到过的地方，可以找到埋在雪下的安德鲁，可以通过安德鲁的气味判断他是快乐还是悲伤。"

"我知道阿尔叔叔给你设定了程序，让你把你知道的一切都告诉我，"安德鲁说，"但现在我们必须集中精力寻找朱迪。"

就在这时，哈利用力吸了一口气。

4 黏糊糊的鼻腔

"哎！"黑暗中传来一个声音。

"朱迪！"安德鲁大喊。

"安德鲁！"朱迪回应。

安德鲁关闭手电筒，别回腰带上。他双手抓住黏糊糊的"绳子"，开始朝着朱迪声音的方向挪动，努力在黏液中跋涉。

"哎哟！"朱迪大喊。

"噢！"安德鲁大叫。

27

朱迪和安德鲁头撞了头。

"安德鲁!"朱迪喘着气说,"我先是落到了一片巨大的叶子上,接着,哈利的鼻子像一艘大宇宙飞船,悬浮在我上方!然后他把我吸了起来!都怪你和你那个愚蠢的原子吸尘器,现在我浑身上下都是黏液!"

哗——"鼻腔里分泌出的黏液叫作鼻涕,"阿探说,"黏糊糊的鼻涕是好东西!如果鼻腔里不黏糊糊的话,就闻不到味道了。"

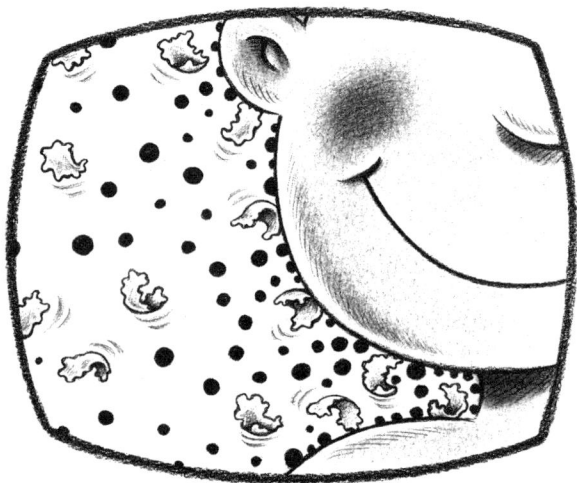

　　阿探指着自己的屏幕脸，上面显示出一张图片。

　　"所有带有气味的东西都会掉下微小的颗粒。这些微小的颗粒会粘在黏糊糊的鼻腔顶部。"阿探说，"你们看！"

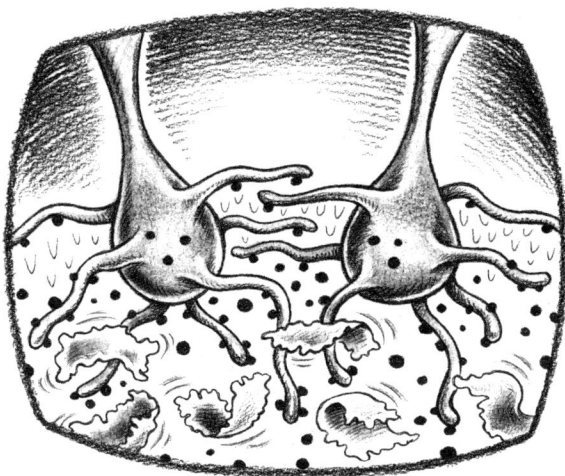

　　阿探指着屏幕脸上的新图片。

　　"鼻腔上的嗅细胞捕获到气味颗粒后就会向大脑发送信息，比如：'死掉的松鼠，好吃！新来的狗，恶心！朱迪，朋友！'哈利之所以会找到朱迪，是因为它鼻腔里有很多黏糊糊的鼻涕！"

29

朱迪皱起眉头："要是再让我听到一句有关鼻涕的话，我就把你的电池卸下来，阿探！"

就在这时，哈利的呼吸引发了一阵狂风，猛地往鼻腔里面吹。风停止后，一切都安静下来。

"出什么事了？"朱迪问。

鼻腔两侧开始颤动。

"糟糕！"安德鲁说。

随后轰的一声，安德鲁和朱迪被炸飞了！

5 狗毛森林

"啊———"安德鲁尖叫着。

他撞到了某个有弹性的东西上。

安德鲁眯起眼睛。这里非常明亮。他习惯了鼻腔里的黑暗环境，明亮的光线一下子刺痛了他的眼睛。

"阿探，怎么了？"他问道。

哔———"是哈利打喷嚏！"阿探说，"喷嚏的时速可以达到160千米——就像龙卷风一样快！"

安德鲁的眼睛开始适应光线。这里似乎在一个巨大洞穴的入口，他们被困在了顶上。

突然间，安德鲁知道他们在哪儿了。

"我们在哈利的鼻子尽头，在哈利的鼻孔顶部！"安德鲁说。

哔———"看！安德鲁！"阿探说，"朱迪的手指！"

"在哪里？"安德鲁问道。

哔———"在下面！"阿探说。

遥远的下方，朱迪正用指尖扒着哈利的鼻孔底部边缘。

"救命！"她尖叫道，"我快撑不住了！"

突然间，一道粉色的"浪"向朱迪卷去。那是哈利的舌头！舌头上覆盖着粗大的毛，就像一把巨型的刷子。

"小心！"安德鲁喊道。

朱迪尖叫着。舌头卷起她，朝安德鲁甩去。

舌头经过时，安德鲁伸手去抓朱迪，但只抓到了湿漉漉的舌毛。然后，舌头又缩回到哈利的嘴里。

哔———"朱迪不见了！"阿探喊道。

"我还在！"一个声音从上方传来，朱迪喘

着气说，"我在哈利的鼻尖上。安德鲁，赶紧走出鼻孔，到上面来！"

安德鲁从哈利的鼻孔里探出身子，抬头看去。哈利的鼻尖就像一座崎岖的黑色悬崖。

安德鲁把阿探塞进他的后裤兜里，开始攀爬。哈利的鼻子前部充满了坑洞和裂缝，安德鲁抓住它们往上爬。

因为鼻涕黏性较强，所以他不容易滑落。

我感觉自己像一只在墙上行走的苍蝇，安德鲁心想，也许我可以把这种鼻涕用在我的发明上！

最终，安德鲁爬到了哈利的鼻尖上。虽然他们正在一只狗的鼻子顶部，但那是一个平坦的地方，让人感觉很好。

哔——"我想看看外面，拜托。"阿探说。

安德鲁把阿探拿出来。

面前是一幅奇怪的景象：这里看起来像是一大片被吹倒的、带鳞片的树林，但实际上是成千上万根朝着一个方向倾斜的狗毛。

朱迪斜靠在其中一根毛发上。她的脸上愤愤不平，仿佛在说："等我抓到你，要你好看。"

安德鲁从"鼻子悬崖"的边缘往下张望。

"这个鼻尖真的需要装一道安全护栏。"他说。

"现在可不是开玩笑的时候。"朱迪说。

突然间，一切都向右倒去。安德鲁很高兴他身上还很黏，所以不会从狗鼻子上滑下去！

"哈利肯定是要打盹儿了！"朱迪抓住一根狗毛说，"它睡觉前总是会先转个圈。"

最后，哈利在树荫下蜷成一团，呼噜声在他们下方隆隆作响，就像是地铁开过一样。

朱迪和安德鲁坐在狗毛森林的边缘。

"我们怎样才能恢复原状？"朱迪问。

"首先,我们得把原子吸尘器设定为'还原'。"安德鲁说,"从我启动机器的那一刻算起,我们有8小时的时间。"

"如果我们在8小时内没变回去会怎么样?"朱迪问。

安德鲁别过头小声说:"嗯……那原子吸尘器可能会……**爆炸**。"

6 一个计划？

"**什么？！**" 朱迪大喊。

"不用担心，"安德鲁说，"阿探，我是什么时候启动的原子吸尘器？"

哔———— "12:01。"阿探说。

"所以，我们只需要在 20:01 之前将它设置为'还原'就行。"安德鲁说。

哔———— "现在是 12:31，"阿探说，"只剩 7 小时 30 分钟了。"

"天哪！"朱迪说，"我们最好快点想个办法！"

哔——"紫色按钮！"阿探指着他胸口的中央说道。

"紫色按钮算什么办法？"朱迪说。

哔——"紫色按钮发送信号给阿尔叔叔。"阿探说。

"我猜阿尔叔叔正在架设天文望远镜观测太空。"安德鲁说，"但愿他能收到我们的信号。"

阿探按下他的紫色按钮。按钮闪烁了3次。

"我们怎么知道信号有没有成功发送给阿尔叔叔？"朱迪问。

哔——"不知道，"阿探说，"以前从没按过紫色按钮。"

"好吧，我们最好不要傻傻地坐着等阿尔叔叔来接。"朱迪说，"我们需要从哈利身上离开，穿过空地，到原子吸尘器上面。"

朱迪站起来，四处张望。"我没有看到直升机。"她说。

"在你之后，它也被缩小了。"安德鲁说。

朱迪打了一个响指："有办法了！要是我们能找到直升机，我就能驾驶它！"

"我们最后都到哈利身上了，"安德鲁说，"也许直升机也在哈利身上！"

"我们爬到哈利的头顶去吧，"朱迪说，"也许能在那里找到直升机。"

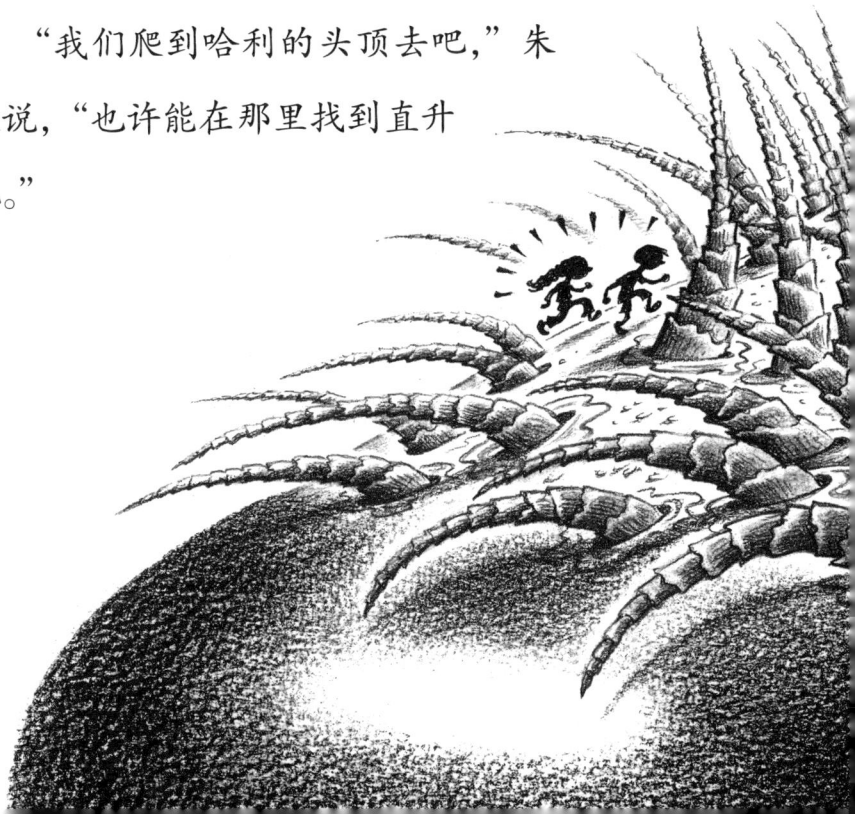

安德鲁抬头看去。一段长长的、毛茸茸的斜坡路从哈利的鼻尖通向它棕色大山一样的头顶。

"好吧，"安德鲁说，"开始爬吧！"

安德鲁迈出一步，踏入狗毛森林。

"哎呀！"安德鲁尖叫起来，脚下一滑，"好滑！"

朱迪蹲下来，看着一根狗毛底部。

"所有的毛都是从哈利皮肤上这些大圆坑里长出来的，"朱迪说，"它们就像长在盆里的树。

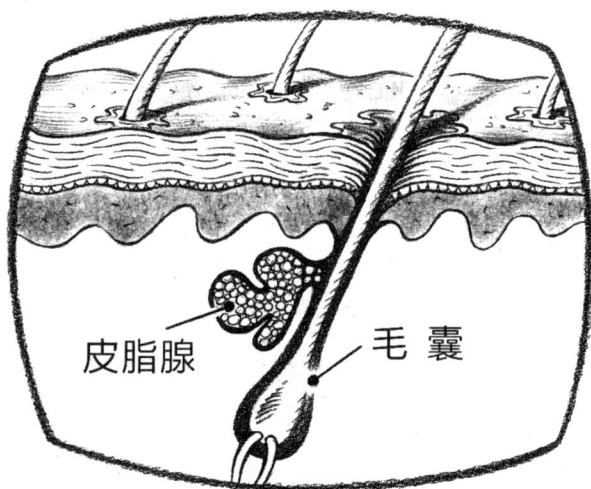

皮脂腺　　　　毛　囊

这些坑里面全是油。哕！我真的能闻到狗的气味！"

哔——"那个长毛的坑叫作毛囊，"阿探说，"毛囊和皮脂腺相连，皮脂腺会分泌油脂，保护皮肤和毛发。没有油脂，皮肤就会开裂，头发就会断掉。但时间一长，油脂就会变臭，闻起

来像坏掉的牛奶一样。所以狗洗完澡后身上很好闻，因为发臭的油脂都被洗掉了。"

朱迪将安德鲁拉起来。他们开始沿着哈利的鼻子向上爬。狗毛笼罩在他们头顶，像巨大的棕榈树。明晃晃的阳光透过毛发照在哈利的皮肤上。

哈利的皮肤上覆盖着碎纸屑一样的东西。安德鲁和朱迪拖着脚步往前走时，这些碎屑就四处飞舞。

"这是什么东西？"安德鲁问。

哔———"皮屑。"阿探说，"动物的旧皮会脱落下来。它们每天都能产生数百万的皮屑。安德鲁和朱迪也会掉皮屑！"

"也许安德鲁会掉，"朱迪说，"但我不会。"

哔———"灰尘里大多都是皮屑。"阿探说。

朱迪哈哈大笑："所以，安德鲁房间里的那些积灰，实际上就是安德鲁的皮屑？"

　　"没错！"阿探说，"你知道什么东西吃皮屑吗？"

　　"吸尘器！"安德鲁说。

　　哔——"是尘螨！"阿探指着自己屏幕脸上的一张图片说，"尘螨是一种微小的虫子，它们生活在地毯上、床单上和衣服上。尘螨喜欢吃皮屑，就像安德鲁喜欢吃比萨！"

在前方，安德鲁看到了一个巨大的棕色半圆形东西。

"那是哈利的眼睑！"安德鲁说，"我们走了一半了。"

哈利的皮肤很温暖。经过哈利眼睛的那段路又陡又滑。等他们爬到眼睑上方后，朱迪和安德鲁停了下来，稍事休息。

"现在离头顶不远了。"安德鲁说。

他探出身去，想再看一眼哈利的眼睛。

"**哇！**"安德鲁说，"哈利的眼球在眼睑下转动。"

安德鲁想看得更清楚些，所以他又往外探了探身体。但是这一次，他探得有点儿太远了。

7 螨虫的大问题

"**不！！！**"安德鲁尖叫道。他从哈利的眼睑上滚了下去，撞上了一根睫毛。

"你没事吧？"朱迪朝下面喊道。

"我想我没事。"安德鲁说，他试图站起来，却发现他正在往下沉！

"救命！"安德鲁大喊。

哔———"是很深的睫毛毛囊！"阿探说。

安德鲁还没来得及做出任何反应，腰就已经

45

陷到了一个油坑中！

"我来了！"朱迪叫道。

安德鲁把阿探举起来，以免他沾染油污。他用另一只手扒住毛囊边缘，但是那里太滑，他抓不住。

朱迪爬下哈利的眼睑，来到毛囊边缘。

油快要淹到安德鲁的脑袋了！

"呀！"安德鲁喊道，"这下面有什么东西在

蠕动！我觉得这个坑里全是蛇！"

哗——"是睫毛螨，"阿探说，"睫毛螨倒挂在毛囊里，吃油脂和皮屑。人类也有睫毛螨。看！"

"我得快点离开这里，否则这些螨虫要把我当成皮屑了！"安德鲁说。

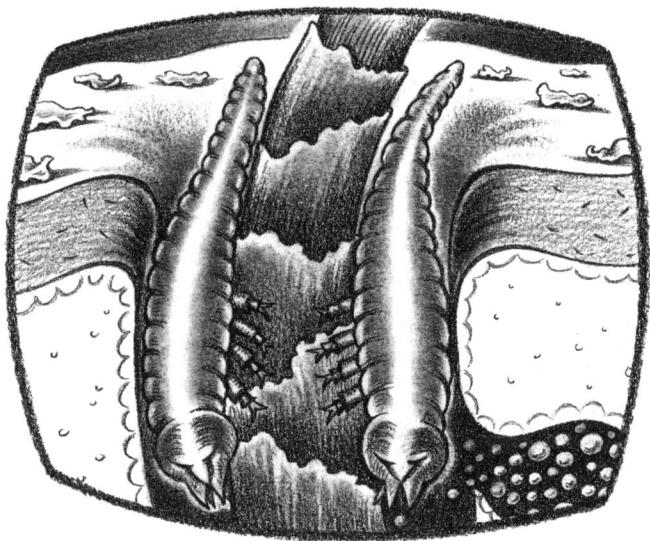

朱迪抓住安德鲁的手，试图把他拉出去。她呻吟着。

"你真是太重了，"她说，"我要站起来，这样拉你更方便。哎呀！"

朱迪滑了一跤，也跌进了毛囊里。

"呀！"她尖叫道，"我被夹住了！"

哔———"睫毛螨有钳子，"阿探说，"就像龙虾的钳子一样！"

"这些愚蠢的螨虫会离开毛囊吗？"朱迪问。

"会呀，"阿探说，"要是毛囊里太拥挤，螨虫就会离开。"

"所以，要把这个毛囊变得像校车一样拥挤！"朱迪说，"如果有螨虫试图离开，我们就可以搭个顺风车。"

朱迪和安德鲁开始用力推搡那些有钳子的邻居。螨虫们也扭动着进行回击。

"我觉得这只螨虫要出去了！"安德鲁说。

安德鲁抱住他身边那只螨虫滑溜溜的尾巴。

它的尾巴尖朝上，朝着毛囊顶部蠕动。

"抓紧我，朱迪！"安德鲁说。

朱迪一把抓住安德鲁的腰带。

睫毛螨又扭动了一下，滑到了哈利的眼睑上。朱迪和安德鲁赶紧从螨虫身上滚下来。螨虫蠕动到另一个毛囊里。

"天哪！"安德鲁说，"太可怕了！"

"你今天总算做对了一件事。"朱迪说。

朱迪和安德鲁捡起一些柔软的皮屑，开始擦拭身上的油污。

阿探抓住安德鲁的衬衫，爬回了他的口袋里。

"阿——阿——阿嚏！"朱迪打了个喷嚏，"我对狗过敏。"

哔——"你没事吧？"阿探说，"朱迪不是对狗过敏，朱迪是对皮屑和这些东西过敏。"

阿探指着毛发上的鳞片，其中一些已经掉落，毛鳞片和皮屑一起飘浮在空气中。

朱迪抬头看着哈利的脑袋。

"我有一个主意，"她说，"这一次，我们得学一下登山者。"

朱迪解下腰带，穿过牛仔裤上的一个扣环。安德鲁也用同样的方法系好了自己的腰带。然后朱迪把两根腰带的末端扣在一起。

"现在要是我们中有人摔倒了，另一个人可以帮忙。"朱迪说。

从哈利的眼睛爬到它的头顶非常困难，安德鲁和朱迪必须顺着一根根毛发往上爬。

当他们快要抵达顶部时，附近传来一声巨大的撞击声。

砰！

狗毛森林沙沙作响。似乎来了个什么大家伙！

8 逃离跳蚤

不多久，那家伙就出现在他们头顶。它的爪子钩住狗毛顶端，在爪子上方，是6条竖着尖毛的长腿。

它一条腿接着一条腿，往下滑到哈利的皮肤上。

安德鲁和朱迪跑了起来，但那家伙的一条腿钩住了绑着他们的腰带。

他们被困住了！

安德鲁抬头看去，这个巨大的铠甲生物高高地耸立在他们上方。它浑身长满尖尖的毛刺，口器垂在前面，锐利多刺。在口器上面，是两只炮弹似的黑色眼睛。

哔————"是跳蚤！"阿探说，"它没有看到安德鲁和朱迪。跳蚤的视力不太好，但它能感觉到生物的移动。它跳上来了！跳蚤需要吸血才能生存。"

那只跳蚤把它针尖般的口器对准了哈利的皮肤。

安德鲁和朱迪拉扯着腰带，试图挣脱。

跳蚤似乎感觉到了什么。它没有去咬哈利，而是一跃而起，带着他们一起跳到了空中！

安德鲁觉得胃里不太舒服，和飞机起飞时的感觉一样。

风从他们脸上呼啸而过，从这么高的地方看下去，他们害怕极了！

哔————阿探说："如果人类拥有跳蚤的弹跳能力，那么人一下子就可以跳到200米高的地方！"

然后他们飞快地俯冲着，向下、向下、向下！他们可以看到哈利的头顶，以及它那对毛茸茸的棕色耳朵。

"安德鲁，抓紧了！"朱迪尖叫道，"我们要'坠机'了！"

跳蚤落在哈利的头顶上。安德鲁和朱迪从跳蚤腿上被震开。

他们跌跌撞撞，穿过毛发，滚到了哈利的皮肤上。

一个黑影从他们的头顶掠过，是跳蚤沿着上方的毛发爬行而过。

"我们到哈利的耳朵那里去。"朱迪说，"那里很高，我们可以观察四周情况。如果再有什么恶心的东西出现，我们可以躲在里面。我敢打赌，那里肯定像一个大大的山洞。"

朱迪和安德鲁在狗毛森林中费力地穿行。

突然间，安德鲁感觉自己像在乘升降电梯一样往上升！

哈利睡醒了，它在动，它的耳朵也在动！

9 竖毛时刻

哈利的耳朵像毛茸茸的大帐篷一样竖立了起来!

"怎么了?"安德鲁问,他透过狗毛向上看去。

哔——"哈利竖起耳朵是为了找到声音的来源,"阿探说,"狗的耳朵就像天线一样。"

安德鲁听了听,唯一能听到的就是原子吸尘器发出的轻柔哨声。

哔——"哈利听到有东西来了,"阿探说,

"哈利的听力比安德鲁的听力强多了。人类主要用眼睛去找东西，而狗用的则是鼻子和耳朵。狗的视力不太好，而且它只看得到黄色、蓝色和灰色。"

"嗷呜！"哈利咆哮起来。

"我想知道他在咆哮什么，"安德鲁说，"如果我能爬到毛发的顶端，也许就能看到发生了什么。"

安德鲁解开将他们绑在一起的腰带。

借助毛发上的鳞片，他很轻松地爬起来。

在哈利的头顶上，安德鲁看到了一幅奇怪的景象。哈利脖子后面的毛都竖了起来！

哞———"哈利在害怕！"阿探说，"它皮肤下的肌肉使毛发竖了起来。这种情况也会发生在人类身上，叫作鸡皮疙瘩！竖起的毛发会让动物看起来很大、很吓人！但人类的毛发不够多，没有那种威慑力！"

"我想，我知道哈利为什么咆哮了！"安德鲁向朱迪大喊，"一只身体很长的小狗刚刚走到篱笆边来了。"

"那一定是热狗！"朱迪向上喊道，"它刚搬过来，是我们对面邻居格林家的狗。他们一家人都很好，特别是乔什，他的生日就比我早两天。"

朱迪的脸上浮现出梦幻般的微笑。

"现在热狗正在嗅闻篱笆！"安德鲁大声喊道，"你知道，那里是哈利平时尿尿的地方。"

哔 ———"通过哈利留在篱笆上的气味，别的狗能了解哈利的所有信息。"阿探说，"气味可以告诉其他狗，哈利是公是母，是老大哥还是胆小鬼。"

哈利一直在咆哮。它蹲下身子，朝那只小狗慢慢走去。

"哈利现在就在热狗面前，"安德鲁说，"它把前爪按在了热狗的肩上。"

哔 ———"哈利说，它是老大。"阿探说。

"现在热狗翻身躺下了。"安德鲁汇报道。

哔 ———"热狗同意了。哈利是老大。"阿探说。

哈利开始摇尾巴。热狗站起身，也摇起尾巴。

哔 ———"狗需要知道谁是老大。"阿探说，"现在，热狗和哈利是朋友了。"

哈利脖子上的毛又垂了下来。

当安德鲁从哈利的毛上爬下来，抵达哈利皮肤上时，一道阴影掠过哈利的头顶。

那是一只橙黑相间的蝴蝶。哈利和热狗追了过去。

"**哎！**"朱迪说，"什么恶心的味道。"

"可能是门廊旁边的垃圾桶。"安德鲁说，"我看到哈利在嗅它。"

"哦，不！"朱迪喊道，"我们得马上躲进哈利耳朵里！"

他们跑了起来。安德鲁在一块油污处滑倒了，差点摔进一个毛囊里。

这时候，他们离哈利那巨大的耳朵还很遥远。

10 浴缸浩劫

"**天哪！**"安德鲁喊道。哈利像过山车那样一个俯冲。安德鲁和朱迪紧紧地抓住一根狗毛。

然后，"过山车"变成了最糟糕的水上乐园：一滴滴黏稠的鸡蛋液像雨点般淋在他们身上，臭烘烘的奶酪巨石在空中飞来飞去，安德鲁和朱迪差点被一摊馊了的牛奶淹死。

"我就知道会发生这种事！"朱迪说，"哈利喜欢钻垃圾袋。它在所有恶心的东西里打滚！"

"哈利为什么会做这么蠢的事？"安德鲁问。

哗———"这可不蠢，"阿探说，"很久以前，狗生活在野外，需要捕食其他动物。但猎物闻到狗的气味就会逃跑。所以狗就在臭东西里打滚，用臭味掩盖自己的气味。现在的狗能从碗里得到食物，但它们仍然保留了在臭东西里打滚的习惯。"

"你到底在干什么？"这时，响起了一个女人的声音，"哈利！过来！"

"是斯卡特太太！"朱迪倒抽一口气。

哈利！

"你这只臭狗！"斯卡特太太嚷道，"你太脏了！身上真臭！"

斯卡特太太停了一会儿。"那个哨声是从哪里传来的？"她说，"那是什么东西？"

"哦，天哪！"朱迪说，"她肯定看到了原子吸尘器！"

"希望她不会把它关掉！"安德鲁说。

"又是一个吵闹的小玩意儿，"斯卡特太太哼了一声，"我要把达布尔一家赶出这个社区。"

安德鲁咯咯地笑起来："要是斯卡特太太离原子吸尘器太近，她最后可能会来到我们现在的'社区'。"

朱迪也笑了："那我宁愿跟睫毛螨做邻居。"

斯卡特太太一把抓住哈利的项圈。

"汪呜呜呜呜！"哈利哀号着。

"我们必须进入哈利的耳朵！"朱迪说，"不然就要淹死在斯卡特太太的浴缸里了！"

他们攀着一根又一根狗毛，爬上了哈利的耳朵。但那只耳朵像巨大的橡胶旗一样拍打着，他们无法进入。

斯卡特太太把哈利拽回家，推上楼梯，带进浴室。

浴室里一片雪白，除了淋浴帘。淋浴帘是蓝色的，上面印着美人鱼和海盗船的图案。

"现在几点了，阿探？"安德鲁问。

哔——"13:57。"阿探说。

朱迪和安德鲁看着斯卡特太太拉开淋浴帘，打开水龙头。

"阿探，你有收到阿尔叔叔的消息吗？"安德鲁问。

哔——"没有。"阿探说。

水哗啦啦地流进浴缸。

"这声音听起来像尼亚加拉瀑布。"安德鲁说。

斯卡特太太把一些东西倒进水里，热气在房间里升腾起来。

"进去吧，哈利！"斯卡特太太喊道。她把哈利推到浴缸边缘，朱迪和安德鲁紧紧地抓住狗毛。

哗————"安德鲁！"阿探在安德鲁的衬衫口袋里叫道，"如果阿探被冲到了下水道里，阿探想告诉安德鲁，安德鲁是阿探的好朋友。谢谢。"

扑通！

哈利跌进了浴缸里。一片泡沫的汪洋向安德鲁他们涌来。

我简直没法相信，我们居然会像皮屑一样被冲到下水道里！安德鲁想，等一下……

安德鲁将手伸进前面的口袋，但并没找到他想要的东西。

我很确定我还有一些东西，他想，会在我的

后口袋里吗？没错！

安德鲁摸到一个用纸包住的小方块。

现在，我们有机会了！

阿探揭秘

阿探知道很多事情，他说的都是事实！阿探想再聊一聊狗，但朱迪给了他一个"不许再多说一个字"的眼神。这里有一些他想告诉你的事情！

🔍 狗可以找到被埋在雪下的人，因为它们可以"闻到"热量！

🔍 狗可以在几小时甚至几天后追踪到一个人的踪迹。因为无论我们走到哪里，都会留下一串皮屑痕迹，而狗可以闻到它们。这些皮屑从我们身上掉落，就像一场看不到的暴风雪！

🔍 狗可以闻到你3周前在玻璃上留下的指纹。它们嗅嗅游泳池，就可以判断出你是否下水了。

🔍 狗的鼻子会出汗！这就是为什么狗的鼻子很湿润！除了鼻子外，狗唯一会出汗的地方是它的脚掌。

🔍 狗只能看到黄色、蓝色和灰色。我们看到红色的球

时，狗看到的是黄色；我们看到的绿草在狗眼里是
灰色的！但对于狗和人类来说，天空都是蓝色的！

Q 跳蚤是从卵里孵化出来的。跳蚤孵化后的幼虫是一
种很小的蠕虫，靠吃灰尘和皮屑为生。

Q 跳蚤在出茧后必须立刻喝血。因此，只有确定附近
有动物时，它才会出来。

Q 所有昆虫都是外骨骼，它们将骨架"穿"在外面。
跳蚤的骨骼非常坚硬，像一个小小的壳。

Q 在茧内，跳蚤什么也看不见，但它们可以感觉到很
多东西。它们可以感觉到附近是否有动物在移动，
以及动物身体的热量。它们甚至可以感觉到附近是
否有动物在呼吸。

Q 昆虫没有鼻子。它们通过骨骼上的孔去呼吸，用触
角去闻气味！

Q 跳蚤有许多不同的种类，比如：狗跳蚤、猫跳蚤、
鸟跳蚤和人跳蚤。每种跳蚤都更愿意叮咬它们各自
偏好的动物。在缺乏首选宿主的情况下，它们也会
叮咬其他动物。

第一辑

原子大爆炸
·全8册·

　　安德鲁发明了"原子吸尘器"，一不小心把自己、堂姐朱迪和小机器人阿探都变小了！小小的他们遭遇了哪些神奇的生物？安德鲁的小发明会如何帮助他们？

第二辑

生物大惊奇
·全10册·

　　安德鲁、朱迪和阿探驾驶时光穿梭机，回到了宇宙诞生的起点！他们将开启一场时间之旅，看到地球的诞生、生命的起源……

"

从花园到深海，
从宇宙起点到寒冷的冰河时代，
从神秘洞穴到危机四伏的热带雨林……
让我们跟随安德鲁、
朱迪和小机器人阿探，
一起奔赴一场又一场冒险！
从不同角度，
探索一个又一个神奇的科学世界！

"

ANDREW LOST

科学小子 安德鲁

原子大爆炸

2

浴室大逃亡

［美］J.C.格林伯格 / 著　［美］黛比·帕伦 / 绘

朱其芳 / 译

长江出版传媒 ｜ 长江少年儿童出版社

ANDREW LOST #2 IN THE BATHROOM

献给丹、扎克、爸爸，
和真正的安德鲁，爱你们。

——J.C. 格林伯格

献给各地旅行的安。

——黛比·帕伦

图书在版编目（CIP）数据

原子大爆炸. 浴室大逃亡 / （美）J.C. 格林伯格著 ；
（美）黛比·帕伦绘；朱其芳译. — 武汉 ：长江少年儿
童出版社，2024.5
ISBN 978-7-5721-4795-1

Ⅰ. ①原… Ⅱ. ①J… ②黛… ③朱… Ⅲ. ①儿童故
事—美国—现代 Ⅳ. ①I712.85

中国国家版本馆CIP数据核字(2024)第035334号
著作权合同登记号：图字17-2023-172

YUANZI DA BAOZHA·YUSHI DA TAOWANG
原子大爆炸 · 浴室大逃亡

[美] J.C. 格林伯格 / 著 　[美] 黛比·帕伦 / 绘　朱其芳 / 译
责任编辑 / 熊　倩
装帧设计 / 刘芳苇　黄尹佳　美术编辑 / 邓雨薇　雷俊文
封面绘画 / 陈　阳
出版发行 / 长江少年儿童出版社
经　　销 / 全国新华书店
印　　刷 / 广州市中天彩色印刷有限公司
开　　本 / 880mm×1230mm　1 / 32开
印　　张 / 22
字　　数 / 240千字
印　　次 / 2024年5月第1版，2025年4月第4次印刷
书　　号 / ISBN 978-7-5721-4795-1
定　　价 / 144.00元（全8册）

策　　划 / 海豚传媒股份有限公司
网　　址 / www.dolphinmedia.cn　邮　箱 / dolphinmedia@vip.163.com
阅读咨询热线 / 027-87677285　销售热线 / 027-87396603
海豚传媒常年法律顾问 / 上海市锦天城（武汉）律师事务所　张超　林思贵　18607186981

嗨！我叫阿探，是安德鲁最好的机器人朋友。阿探知道很多事情，比如：虫子是如何爬上墙的？为什么气泡会破裂？蜘蛛是如何织网的？

安德鲁喜欢搞发明，阿探是个好帮手！但是有时候，阿探和安德鲁会犯错误。发明加错误，就变成了冒险！现在阿探和安德鲁要去冒险了，你想一起来吗？那就翻到下一页吧！

目　录

安德鲁的世界

安德鲁·达布尔

　　安德鲁今年 10 岁，但他从 4 岁起就开始搞发明了！他的最新发明是原子吸尘器，它可以通过吸出物体原子中的空间将物体缩小。

　　为了写有关蚂蚁的科学报告，安德鲁想要缩小自己进入蚂蚁洞。但是今天中午，安德鲁发生了一点儿小意外。现在他、他的堂姐朱迪和机器人阿探都变得非常小，小到甚至能够把感叹号下面的小点当成蹦床来跳！

1

朱迪·达布尔

朱迪是安德鲁的堂姐，今年 13 岁。她会驾驶直升机。安德鲁把她父母的直升机也缩小了。要是他们能找到直升机，她就能驾驶直升机带他们回到原子吸尘器上。但他们得抓紧时间了。还剩不到 8 小时，原子吸尘器就要爆炸了！

阿 探

阿探是一个小小的银色机器人，他的全称是"便携式超级数字探测机器人"。

阿探的大脑是一个超级计算机。这意味着他几乎什么都知道，但同时也意味着他不能淋湿。不幸的是，他和安德鲁、朱迪现在正挂在一只狗的耳朵上，而这只狗即将进入浴缸！

阿尔叔叔

安德鲁和朱迪的叔叔阿尔是一位科学家，在一家绝密的实验室工作。他发明了阿探！在制造阿探时，阿尔叔叔在他胸前安装了一个紫色按钮。阿探只有在紧急情况下才能按下它。在上一本书中，阿探按下了紫色按钮！

哈 利

哈利是一只巴吉度猎犬。它是朱迪邻居家的狗，但朱迪和它是最好的朋友。现在，他们更加亲密了，因为朱迪在哈利的耳朵上！

几分钟前，哈利钻进了一个臭烘烘的垃圾袋里。现在，它必须得洗个澡……

斯卡特太太

斯卡特太太是朱迪的邻居。哈利是她的狗。她正准备给哈利来一次毕生难忘的大清洗。不光哈利难忘，安德鲁、朱迪和阿探也不会忘记！

3

1 糟糕的浴粉

"我们能活着出去吗？"朱迪·达布尔大叫。

"当然能！"安德鲁大声回答。但他心里在想，如果他们能活着出去，他再也不会做这种事情了，再也不会！

安德鲁的最新发明——**原子吸尘器**出了意外，把他变得比感叹号下面的点还小，他的堂姐朱迪和机器人朋友阿探也变小了。现在，他们待在一只狗的耳朵上，抱着一根狗毛摇摇晃晃。

啊呜呜呜呜呜！

宠物狗哈利蹲在一个白色的大浴缸前。哈利的主人斯卡特太太正要给它洗澡！水龙头里水声隆隆，热气腾腾。浴缸上方，斯卡特太太的脸就像是一朵巨大的、黑漆漆的乌云。

安德鲁想到或许有两样东西能拯救他们：一个是放在他裤兜里的那块**神奇泡泡糖**，另一个就是同样被缩小了的直升机。安德鲁和朱迪一直在无尽的狗毛森林中寻找它，但还没有找到。

斯卡特太太用她那章鱼般的大手抓住了哈利的项圈。

"过来吧，臭狗！"她大吼着将哈利拖到浴缸里。

汪！

哈利摇了摇头。它那长长的棕色耳朵向着轰鸣的水龙头甩去。

哔———"抓紧了！"阿探在安德鲁的衬衫口袋里尖声喊道。

哈利的耳朵撞上了水流。安德鲁和朱迪被淋了个透。

安德鲁咳嗽着，把水从鼻子里喷出来。

阿探爬出安德鲁的衬衫口袋。

哔———"朱迪还好吗？"阿探用最大的声音尖叫道。

朱迪把一绺卷曲的棕色头发从眼睛上拨开。"我现在比苍蝇的眼睛都小，还抓着一根湿漉漉的狗毛！"她朝下面大喊，"你们觉得我好不好？"

"我真的很抱歉，"安德鲁朝朱迪喊道，"我只是想写一份关于蚂蚁的科学报告！"

"脏狗，臭狗！"高大的斯卡特太太说，"这就是你在垃圾堆里翻滚的下场！"

粉色的粉末在哈利耳边如雪般落下。安德鲁

阿——嚏！

抬起头，看见那是从斯卡特太太手中的罐子里倒出来的。罐子的标签上写着"粉浴泡泡"。

哎呀！安德鲁想。我把它读反了！

"泡泡浴粉！"他说。

"阿——嚏！"朱迪打了个喷嚏，"我对泡泡浴粉过敏！"

泡泡浴粉如粉色的雪花般洒落在哈利的头上。哈利晃了晃脑袋，它的耳朵就像毛茸茸的魔毯一样飞舞着！

"安德鲁！"朱迪尖叫道，"我看到哈利的耳朵里有个亮闪闪的东西！那应该就是直升机！"

啪啪！哈利的耳朵拍到了浴缸上！

"呀啊啊啊啊啊啊！"安德鲁尖叫着，手也松开。他一只手把阿探塞回衣服的口袋里，另一只手伸进了他的裤子后兜，摸到了那块小小的神奇泡泡糖。

2 麻烦的泡泡

"哎哟！"

安德鲁跌到某个湿漉漉、有弹性的东西上，它滑得像条鱼！安德鲁沿着一个闪亮的弧形墙壁迅速往下滑，墙壁上各种颜色交织在一起——绿色、粉色、红色和紫色。

当安德鲁停止滑动时，他整个人是倒着的！在一个巨大的透明球体底部有一滴水，他的脚被那滴水粘住了。

"我们在哪里？"安德鲁问道。

哗———"在肥皂泡里！"阿探说。

安德鲁低头看去。

下方是一片汪洋，上面有堆积如山的肥皂泡。

11

"哇！"安德鲁说，"我们就像是悬挂在云里一样！"然后，安德鲁突然意识到少了某人。

"朱迪在哪儿？"他问。

哔——"朱迪被肥皂泡弹出去了。"阿探说。

"哦，不！"安德鲁说，"现在我们甚至没法去找她，我们被困在了这里！"

哔——"我们不会被困太久的。"阿探指着上方说，"看到泡泡顶部了吗？"

安德鲁抬起头，透过泡泡向上看，发现顶部正在变黑！

哔——"泡泡壁很薄、很薄、很薄！"阿探说，"100万层泡泡壁叠在一起，才会有一张书页那么厚。泡泡的颜色代表了它的厚度。黑色意味着它已经非常薄了，随时都可能破裂。"

"哦！"安德鲁说，"那我最好准备好神奇泡泡糖。"

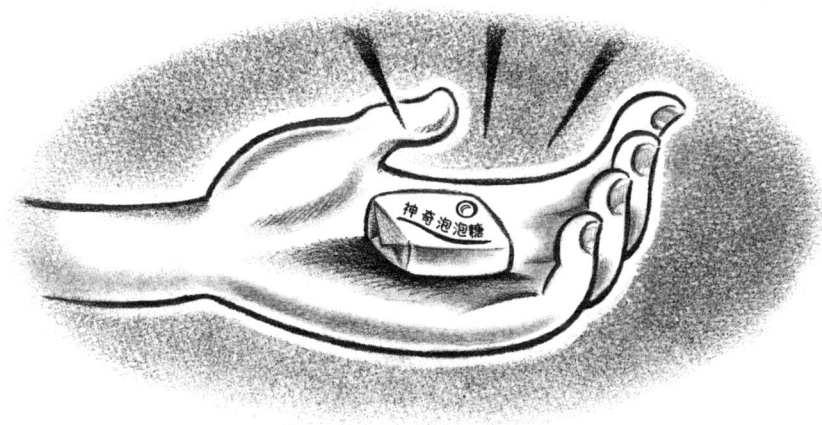

安德鲁将手伸进裤子后兜，掏出他的一项发明。它的大小和形状都跟泡泡糖一样。白色包装纸上标有天蓝色的文字——**神奇泡泡糖**。

安德鲁撕掉包装纸，把里面那个小小的蓝色方块放进嘴里。

"有点儿像葡萄的味道！"安德鲁边嚼边说，"上次我制作的口味有点儿像——"

就在这时，彩虹色的肥皂泡碎成了亿万个小碎片！

"——肉丸子啊啊啊啊啊！"安德鲁大喊着，

被迸裂的泡泡甩了出去。

但是片刻后，安德鲁感觉像打开了降落伞一样，他飘浮在空中！

"**哇哦！**"安德鲁说，"我们的速度为什么变慢了？"

哔———"空气中充满了小分子，"阿探说，"我们变得这么小，非常容易碰到这些分子！这让我们降落的速度变慢了。这些分子就像一粒粒

14

灰尘那样！你看！"

阿探指着自己的屏幕脸。

"好酷！"安德鲁说。

他看着闪烁的肥皂泡从他们身边飘过。袅袅升起的水蒸气宛若扭曲的手指。安德鲁和阿探从亮闪闪的泡泡山顶滑翔而过。

一滴水珠猛然击中了安德鲁。

"啊呀！"

3 神奇泡泡 大救援

安德鲁被粘在了水滴外面，就像骑着巨大的水球！

扑通！

水滴坠落，将安德鲁拖到了水龙头正下方那旋转的激流中。

阿探！安德鲁屏住呼吸，向水面游去。他想到阿尔叔叔曾经说过的话，千万不能让阿探打湿！

安德鲁一下子蹦出水面，钻进热气腾腾的雾

16

气里。他立刻从口袋里拿出阿探,将他举得高高的。

阿探胸前的按钮疯狂地闪烁着。它们本该是绿色的,可现在却是红色的!

哔———"动物比赛憋气,为什么赢的是羊?"阿探傻笑着问。

"什么?"安德鲁问。

哔———"因为羊没吐气(扬眉吐气)!"阿探说,"嘻嘻!"

然后阿探闭上了眼睛:"呼噜……呼噜……呼噜……"

听起来像是在打呼!

"阿探?"安德鲁说。

安德鲁轻轻摇晃阿探,非常担心。阿探以前从来没有讲过笑话,也从来没有睡过觉。

安德鲁嘴里的神奇泡泡糖已经变得软乎乎的了。于是他吹起蓝色泡泡。

当**神奇泡泡**的体积是他身体的两倍时，安德鲁停止了吹气。泡泡轻轻地漂浮在水面上。

神奇泡泡上有个小孔，是安德鲁吹气的孔。安德鲁从这个小孔钻进了泡泡里。泡泡壁很薄，有弹性，还有点儿黏。它包裹住安德鲁，把水挡在外面。小孔在他背后紧紧闭合起来。

呼噜……
呼噜……
呼噜……

啪！

安德鲁想：我最好把腿放在水里，这样我就可以在浴缸里划水。于是他把腿伸到神奇泡泡外。

当神奇泡泡再次紧紧闭合后，安德鲁开始朝阿探身上吹气，试图把他弄干。

阿探睁开眼睛。

"你还好吗，阿探？"安德鲁问道。

哔——"湿了！阿探湿了！安德鲁！"阿探哀叫道，"阿探的头也很晕。"

安德鲁把阿探贴在神奇泡泡的内壁上晾干。

"安德鲁见到朱迪了吗？"阿探问。

"还没有。"安德鲁说，"她被肥皂泡弹开后，你看到她掉在哪里了吗？"

哔——"朱迪掉在那边了！"阿探说。他指向水龙头与哈利一条高耸的狗腿之间的一座泡泡山。

"她太小了，你觉得我们能看到她吗？"安

德鲁问。

哔 —— "阿探可以使用**超级护目镜！**"

超级护目镜是一种透明的扁平眼罩，能让阿探以不同的方式看到事物。不用的时候，超级护目镜就被他收在头顶上。

阿探按下胸口的超级护目镜按钮，超级护目镜翻落到他的屏幕脸上。接着阿探按下另一个按钮，将超级护目镜设置为望远镜模式，这样远处的东西看起来就像在附近一样了。

安德鲁在波涛汹涌的浴缸里踢着水，朝泡泡山游去。斯卡特太太在擦洗哈利，肥皂泡沫滴滴答答往下掉。

"嗷呜呜呜呜！" 哈利号叫着。

"下来，小子！"斯卡特太太喊道。

哈利的爪子啪的一下拍打在水面上。

"**哇!**"安德鲁大喊，神奇泡泡被卷入了一个漩涡，冲向泡泡山。泡泡山从顶部开始崩塌，仿佛雪崩一般!

泡泡山崩塌后，一座高大崎岖的山丘闯入眼帘!

望远镜模式

4 海绵骨架

巨大的山丘赫然高耸在他们眼前。它是棕色的，上面覆盖着幽深的黑色洞穴，还有纵横交错的山脊。它径直向神奇泡泡驶来！

"它看起来像颗小行星！"安德鲁一边说着，一边迅速划水离开。

哔————"是海绵！"阿探说。

"天哪！"安德鲁说，"它看起来可不像海绵。我们用来洗碗的海绵颜色鲜艳，而且形状像长方形！"

哗———"安德鲁用的是假海绵。"阿探
说,"人造海绵是工厂制造的,但这里的是真海绵。
真海绵是生活在海洋中的海绵动物的骨骼。看！"

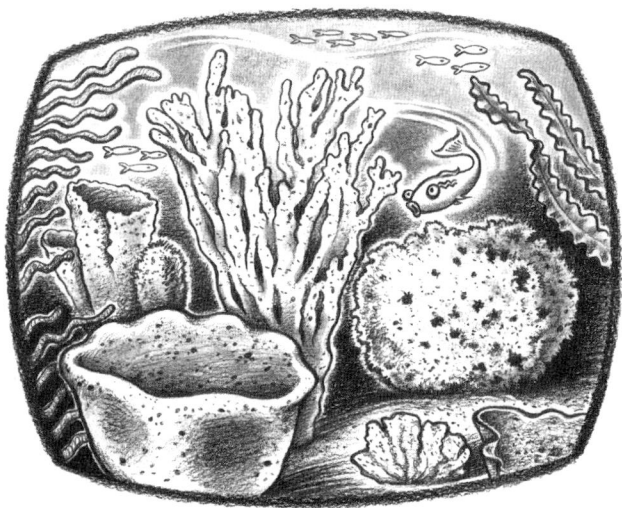

海绵越来越近了。

"这是骨骼,真奇怪！"安德鲁越划越快,"我
还以为骨骼都是硬的。"

哗———"海绵动物的骨骼非常柔软。"阿

探说。

安德鲁凝视着海绵里那黑暗而古怪的洞穴。"那些洞是什么？"他问。

哗————"海绵动物没有嘴巴，"阿探说，"它们通过这些洞吸取水分，摄取漂浮在水中的微生物。"

嗞嗞嗞嗞嗞！

安德鲁抬起头，看见斯卡特太太正在转动水龙头上的旋钮。奔涌而下的热水就像从尼亚加拉瀑布变成了涓涓细流，然后停了下来！

哗————"安德鲁！"阿探喊道，他指着海绵的顶部说，"看！是朱迪！"

安德鲁睁大眼睛，说："我想她太小了，得通过超级护目镜才能看见。"

阿探按下胸前的另一个按钮。一束光从阿探头顶上的小孔中照射出来。在光束的尽头，安德鲁看到了朱迪站在海绵顶部附近的画面，就好像是在看电视一样！

　　朱迪脱下了她的蓝色牛仔夹克，正疯狂地挥舞着。

　　突然，有什么东西从朱迪身后悄悄靠近。起初，他们只能看到一个油亮的黑色脑袋和长长的触角，接下来，是它那巨大的龙虾钳子般的下颚！

　　"一只蚂蚁！"安德鲁大喊。他的眼睛瞪得大大的，"哦，不要！它朝朱迪走过去了！"

蚂蚁用触角敲打着朱迪身后的海绵。但朱迪似乎没有注意到它。

哔——"这是侦察蚁，"阿探说，"它用触角寻找食物和水，它的视力很差。"

"希望它看不到朱迪！"安德鲁说。

哔——"侦察蚁会用触角去闻气味、尝味道，然后沿途留下气味信息，让其他蚂蚁能循着气味跟过去。"

突然，蚂蚁停止了敲打海绵，一动不动。安德鲁屏住呼吸。随后，蚂蚁抬高了触角。

安德鲁和阿探惊恐地看到，蚂蚁用触角轻轻地敲了敲朱迪的头！

朱迪转过身。安德鲁距离太远，听不到她尖叫的声音，但他能看到她惊恐的表情！朱迪双脚乱蹬！她好像滑倒了！然后，她从海绵上滚了下去，消失在水蒸气里！

5 焦躁不"蚁"

安德鲁拼命地在海绵周围划着水，但他怎么都找不到朱迪。

"她在哪里？"他问道。

这时安德鲁觉得有什么东西在扯他的脚。他低头一看，发现下面漂浮着一团乱糟糟的棕色海草——那是朱迪的头发！

"朱迪！"安德鲁大喊。

朱迪被粘在了神奇泡泡下方！

"抓住我的腿！"安德鲁喊道。

"海草"点了点头。

安德鲁猛地把腿缩回神奇泡泡里，**哗啦！**朱迪的上半身也和脚一起进来了。

"欢迎来到神奇泡泡！"安德鲁一边说，一边帮助朱迪进来。神奇泡泡在她身后闭合起来。

朱迪深吸了一口气："阿——阿嚏！"

哗——"你没事吧？"阿探说。

"我没事！"朱迪拨开脸上的头发，"这愚蠢的泡泡浴粉都溅到我鼻子里了。但不论怎样，这比我站在一块恶心的海绵上，头顶上还有恶心的蚂蚁触角强多了！"

朱迪扑通一下瘫倒在神奇泡泡里。

阿探按下超级护目镜按钮。护目镜收回到他的头顶上。

哗——"你知道一粒糖走在北极，变成了什么吗？"阿探问，"变成了冰糖！嘻嘻！"

朱迪俯身看着阿探。"我从没听过阿探说这种蠢话，"朱迪说，"他的按钮怎么是黄色的？"

安德鲁解释说，他和阿探从泡泡上掉进了浴缸里。他还告诉朱迪，之前阿探讲完第一个笑话就打瞌睡了。

"阿探不能浸水，"安德鲁说，"我希望他没事。不过至少目前他的按钮是黄色的，比红色好多了。"

朱迪挠了挠阿探的橡胶脚底，阿探一直喜欢被这样挠。

哔——"谢谢！"阿探说。他的屏幕脸变成了粉红色，整个屏幕上都是大大的笑容。

"阿探现在似乎没问题了，"朱迪说，"我不在的时候，阿尔叔叔有消息吗？"

"没有。"阿探说。

一个多小时前，阿探按下了他胸口中间的紫色按钮。这是在紧急情况下联系阿尔叔叔的按钮。

"现在是几点了？"朱迪问。

哔——"14:15，"阿探说，"还剩 5 小时46 分钟。"

朱迪皱起眉头。他们需要在 20:01 之前回到她家后院的原子吸尘器上。如果他们没有在那之前把原子吸尘器设定为"**还原**"，那它就会因为过热而爆炸！然后大家将永远都这么小了！

朱迪往后一靠，双臂抱在胸前。"我很确定，我在哈利的耳朵里看到了直升机，"她说，"如果能找到它的话，我就可以驾驶直升机，带大家飞到原子吸尘器上。从卫生间上方那扇开着的窗户飞出去。问题是，我们要怎么才能到哈利的耳朵里去呢？"

他们抬头看着哈利的脑袋，它就像云朵一样高高在上。

安德鲁靠在神奇泡泡的内壁上，泡泡在浪花中轻轻晃动。

"对了，"他说，"我想，在我的某个口袋里，有一些防水火柴。"安德鲁拍了拍他的衬衫。

朱迪翻了个白眼："安德鲁，你不如说你口

袋里有一个灶台！"

安德鲁微笑着把手伸进口袋里。"热空气会往上升，"他说，"如果我们把神奇泡泡里的空气加热，也许就能让它飞到哈利耳朵那里！"

"不要！不要！不要啊！" 阿探说，"这里面不能点火！燃烧会消耗空气里的氧气！安德鲁和朱迪会窒息的！"

朱迪坐直身子，透过神奇泡泡望出去。"看！"她指着海绵底部说，"那只蚂蚁又来了！"

他们看着蚂蚁正沿着海绵爬行。

"如果那只蚂蚁从水里走过来追我们怎么办？"朱迪问，"还记得我们在阿尔叔叔家后面的溪流里看到的水黾吗？"

安德鲁点点头："水黾在水面上奔跑，水面就像一层塑料膜一样。"

哗——"水分子之间抱得很紧、很紧、

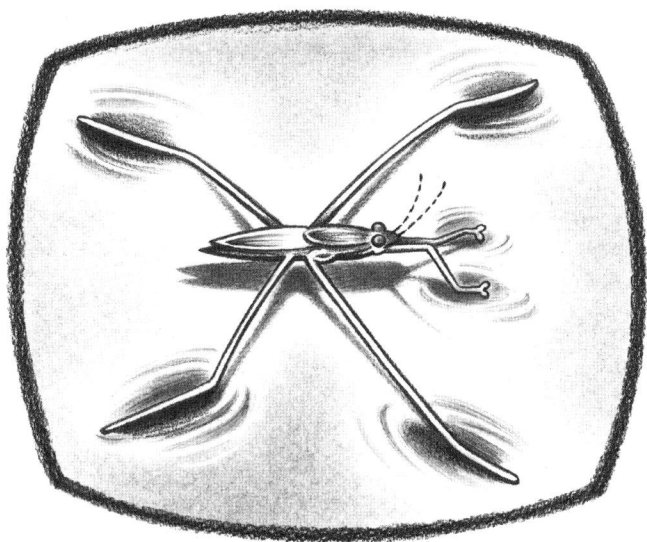

很紧！"阿探说，"水面像一层薄薄的皮肤。小东西可以在水的'皮肤'上行走。你们看！"

朱迪打了个寒战。"开始划水吧，安德鲁！"她说，"那只蚂蚁随时都可能来这儿！"

"别担心！"阿探说，"肥皂会破坏水的表面。蚂蚁会沉下去的！"

突然，阿探胸前的紫色按钮开始闪烁。

6 咕噜咕噜

哔——"阿尔叔叔！"阿探说。

"终于来了！"朱迪说，"阿尔叔叔会有办法的！"

阿探的紫色按钮弹了出来，射出一束紫光。

在神奇泡泡外面，阿尔叔叔透明的浅紫色身影浮现在光束的尽头。阿尔叔叔头发蓬松，似乎刚套上 T 恤。他的 T 恤上印了狼蛛的图案，这件衣服是安德鲁和朱迪送给他的生日礼物。

阿尔叔叔笑容满面。"嗨,你们好啊!"他说。

"阿尔叔叔,谢天谢地,你终于来了!"朱迪说,"你看,我们碰到个小问题——"

"我现在不在实验室。"阿尔叔叔浅紫色的身影继续说。

"什么?"安德鲁问。

"哦,不!"朱迪说,"这不是阿尔叔叔,这是某种答录机!"

"你的信息已送达到我的**全息助手**。"阿尔叔叔说，"如果你打电话只是想来亲切地聊聊天，请按'1'；如果你在另一个星球上发现了生命，请按'2'；如果你想投诉实验室散发的气味，请按'3'；如果这是紫色按钮发出的紧急求助，我本人会尽快与你联系。"

阿尔叔叔挥挥手："再见！玩得开心！向梦想前进！"

阿尔叔叔的全息影像消失了。

朱迪用脚踢着神奇泡泡。

砰砰！

"这下可好了！"她说，"阿尔叔叔在哪里？"

"不要踢神奇泡泡，朱迪，"安德鲁说，"阿尔叔叔收到了我们的信号。他会给我们回电话的。"安德鲁的声音比平常柔和了一些。

"嗷呜呜呜呜！"哈利在他们上方高声哀号。

"不管你喜不喜欢，我都要把你这脏兮兮的狗脸给洗干净！"斯卡特太太粗鲁地说。

一个黑乎乎的东西向神奇泡泡俯冲过来。那是哈利的鼻子！

"天哪！"朱迪喊道，"可别再来一次了！我不想一天内在狗鼻涕里被淹两次！"

狗鼻子贴得很低，他们甚至能看到哈利的鼻孔，那里面黑得就像午夜的天空！就在 2 小时之

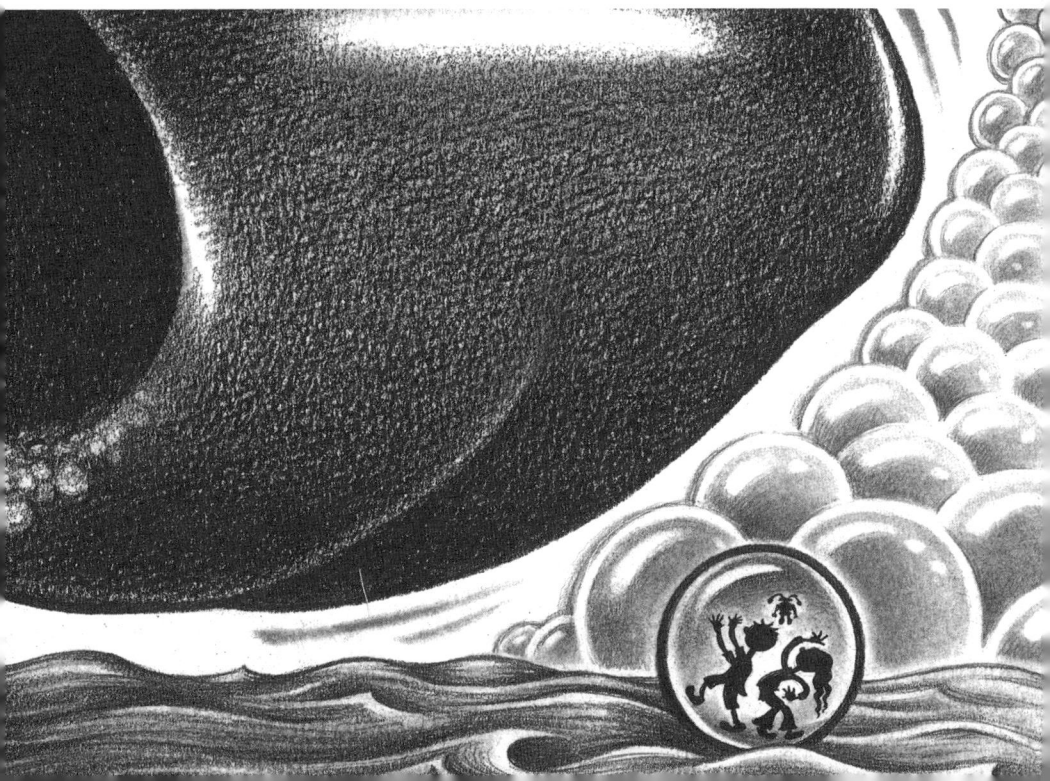

前，他们还待在它的鼻孔里面！然后，狗鼻子突然离开了。

他们听到哈利的爪子在浴缸前部刮擦的声音，接着是一阵奇怪的响动。

咕噜……咕噜……

"那是什么声音？"朱迪问。

神奇泡泡开始绕着圈打转。

咕噜……咕噜……

"你这坏狗！"斯卡特太太咆哮道，"你把塞子弄开了！"

"哦，不！"朱迪呻吟道，"哈利打开了浴缸的排水口！"

神奇泡泡正以极快的速度移动着，被水流带往排水口！

咕噜……咕噜……

安德鲁把腿伸到神奇泡泡外，开始使劲踢起来。但是水流太强了！

咕噜……咕噜……

他们离浴缸前部越来越近，即将被吸入排水口了！

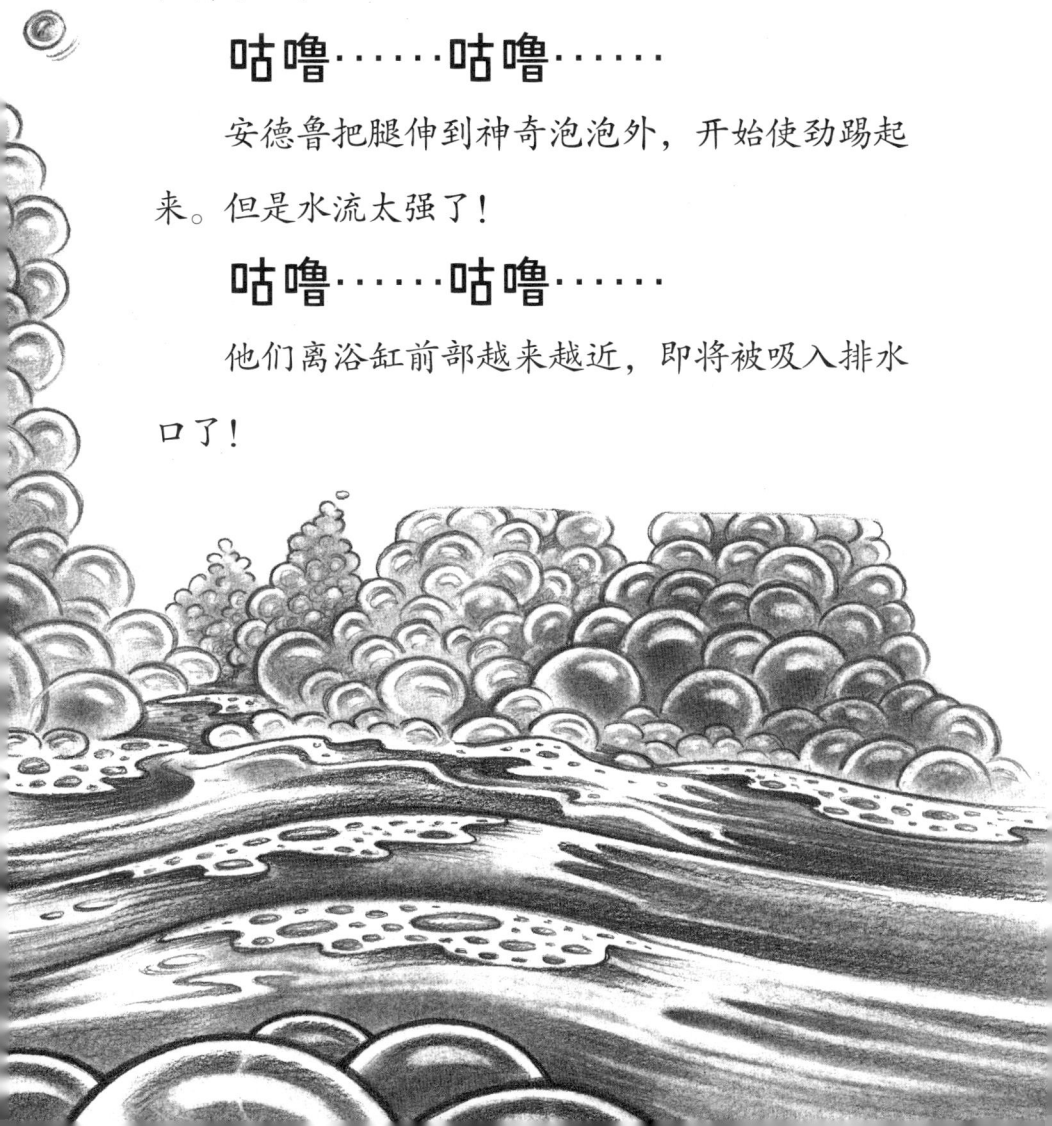

7 遥远的亲人

扑通！

斯卡特太太将手伸进神奇泡泡前方的泡沫中。

"塞子去哪里了？"他们听到她喃喃自语。

咕噜！

"也许斯卡特太太会把塞子塞回去。"安德鲁紧张地说。

朱迪四处张望，海绵就在他们边上。它也在向排水口移动。"划到那块海绵上去，安德鲁！"

她说。

"那只蚂蚁怎么办？"安德鲁问。

"不管了！不去那块海绵上的话，我们就要被冲进排水口了！"朱迪说，"来吧，我来帮忙。"

她把腿伸进神奇泡泡中，开始踢动。

但是神奇泡泡陷入了水流中，就像在轨道上奔驰的火车。他们无法抵达那块海绵！排水口越来越近了。

嗷呜呜呜呜呜呜！

哈利跳出浴缸，水花飞溅，肥皂泡破裂。神奇泡泡在湍急的水流中旋转。

"你给我回来，小子！"斯卡特太太尖叫起来。她追着哈利离开——而排水口的入口就这么敞开着！

安德鲁眼角瞥见海绵背后出现了一个大家伙，看起来像一块光滑的白色冰山！

"我的天!"安德鲁说,"看那个!"

哔———"是肥皂块!"阿探说。

"就像泰坦尼克号那么大!"朱迪说。

肥皂块撞到了海绵上,海绵又撞到了神奇泡泡上!

砰砰!

"哎哟!"安德鲁和朱迪大喊,他们猛然撞

上了神奇泡泡的内壁。

下一刻，安德鲁和朱迪就看到一个阴森的大洞穴张大着嘴巴迎接他们。神奇泡泡被粘在了海绵底部！

浴缸里的水几乎都流光了，但是海绵依然在缓缓向前滑动。

突然，阿探的紫色按钮开始闪烁。按钮再次弹开，射出紫色光束。在神奇泡泡外面，阿尔叔叔那透明的浅紫色身影在海绵洞穴边缘对他们挥手。

"叔叔！"阿探说。

"阿尔叔叔，真的是你吗？"安德鲁问。

"最好是他。"朱迪说。

阿尔叔叔大笑起来："听起来像是朱迪在说话。阿探和安德鲁也在吗？"

安德鲁和朱迪困惑地看着彼此。

"是我们，阿尔叔叔，"安德鲁说，"你看不到我们吗？"

"哦！我想我该解释一下！"阿尔叔叔说，"我能听到你们说话，但是我看不到你们。这个全息助手看不见画面，我还在完善它。你们怎么样？碰到了什么紧急情况需要按紫色按钮？"

"嗯，"安德鲁说，"首先，我们真的很小——"

"你们当然很小！"阿尔叔叔说，"你们才十几岁！你们还会长高的！我不认为这件事属于紫色按钮的紧急情况，安德鲁。"

朱迪翻了个白眼："阿尔叔叔，我们现在比苍蝇屎还要小！我们去过狗鼻子里！被一只跳蚤拖着跑！还被睫毛螨攻击了！现在我们在一个橡胶泡泡一样的东西里，这个泡泡被粘在一块海绵下面，而这块海绵要从斯卡特太太的浴缸排水口滑下去了！"

阿尔叔叔挑了挑眉毛："啊！好吧，这就另当别论了！"

朱迪继续说："我们必须回到原子吸尘器那里。那是安德鲁新发明的一个小玩意，就是它把我们缩小了。现在，这个原子吸尘器在我家后院里。"

"而且我们必须在今天 20:01 之前回去。"安德鲁补充道。

"20:01 会发生什么？"阿尔叔叔问。

"原子吸尘器可能会……爆炸。"安德鲁说。

"那我们就永远都这么小了！"朱迪说。

"你们就像是在悬崖边玩蒙眼捉迷藏游戏，真是太危险了！"阿尔叔叔惊叫道，"这果然是紫色按钮的紧急情况。"

突然，阿尔叔叔的左半部分影像消失了。

"你不会是要走了吧，阿尔叔叔！"朱迪说。

"你这是什么意思？"阿尔叔叔问。

"你的一半影像消失了！"朱迪说。

阿尔叔叔的声音听起来很遥远："肯定是阿探的天线出了问题。我可能没法长时间待在这里。"

阿尔叔叔的右半部分影像也开始消失。

"别走！"安德鲁说，"我必须告诉你关于阿探的事情！"

但是阿尔叔叔的影像变得像雨滴一样透明，他已经彻底消失了。

8 黏液城

"这下好了！"朱迪说，"现在我们该怎么办？"

浴缸里的水已经全部流干。但是海绵还在缓缓地前进，推着神奇泡泡从一层污浊的灰色泡沫和狗毛中穿过。

浴缸外面，哈利正在号叫。

"你给我过来！"斯卡特太太喊道，"我还没洗完呢！"

突然，神奇泡泡猛地停了下来。

"海绵一定撞到浴缸前面了。"朱迪说。

"糟糕！"安德鲁说。他们正停在一个巨大的黑洞上方，看起来那是个无底洞。"我们在排水口的边上！"他说。

阿探爬到安德鲁的膝盖上，查看了一番。

从浴缸里冲下去的东西全都粘在了排水管道里——睫毛、鼻毛、鼻涕、脚指甲碎屑、皮屑、旧疮痂和各种污垢。这一切都被厚厚的黏液覆盖着。

"**哎！**"朱迪感觉一阵恶心。她把腿缩回到神奇泡泡里。

"就像黏液肉汤！"安德鲁说着，也把腿缩回到神奇泡泡里，"不管什么东西，一旦覆盖上黏液，都变得恶心！"

哗——"<u>黏液是活的！</u>"阿探说，"看——"

就在这时，阿探的紫色按钮再次开始闪烁，它弹了出来，并照射出阿尔叔叔的全息影像。这一次，阿尔叔叔在排水管道里！

朱迪咯咯笑起来："阿尔叔叔，你知道你的皮带扣以下全浸在黏液里了吗？"

"天哪，这位小姐！"阿尔叔叔说，"我真希望我能看到它！黏液是很棒的东西！它由细菌制造，细菌是一种微生物。细菌用黏液覆盖自己，保护自己避免受到伤害！细菌还用黏液建造整个

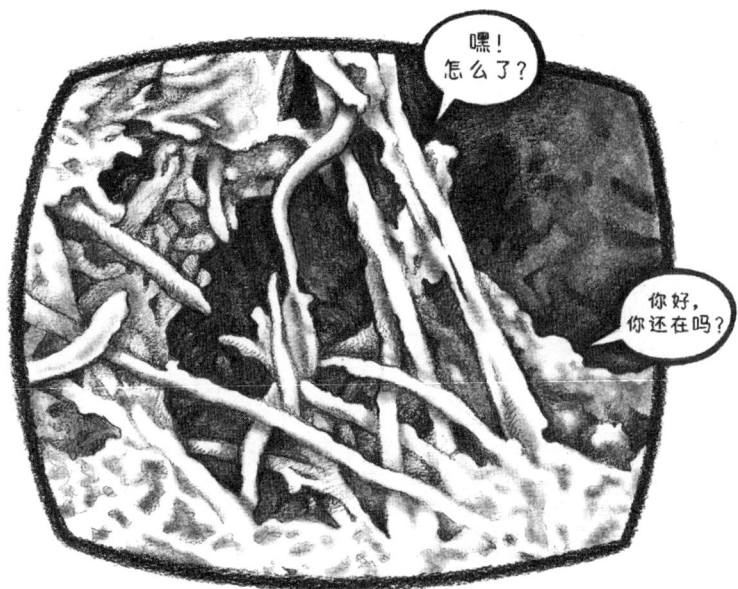

城市！它们甚至可以通过黏液互相发送消息！阿探，给安德鲁和朱迪看看黏液城。"

哔———"看！"阿探说。

"这很有趣，阿尔叔叔，"朱迪说，"但我们现在有更重要的事情要操心。"

"糟糕！"阿尔叔叔说，"不好意思，我太兴奋了，我不是有意跑题的！安德鲁，上次我们被切断联系时，你有事要告诉我。我想，我知道你要说什么，是阿探浸水了吗？"

"你是怎么知道的？"安德鲁说。

阿尔叔叔点点头。"这就是我们失去联系的原因，"他说，"肥皂水溶解了阿探的天线保护涂层。阿探打呼了吗？"

"是的。"安德鲁说。

阿尔叔叔挠了挠下巴："那笑话呢？阿探讲笑话了吗？"

"讲了，"安德鲁说，"我非常担心他。"

"听起来像是阿探的**思维芯片**浸水了，"阿尔叔叔说，"阿探有没有讲过关于大象的笑话？"

"还没有。"安德鲁说。

"很好，"阿尔叔叔说，"要是他讲大象的笑话，就表示情况严重多了。"

阿尔叔叔陷入沉思。"有件事很重要，"他说，"你千万别让阿探再次浸水，而且还不能让他生锈。给他擦一些油脂，这可以解决问题，比如——黄油！"

朱迪开口说："阿尔叔叔，我们要怎么弄到黄油？我们现在只有针尖大小，而且还被粘在海绵底下！"

"一个不同寻常的问题，"阿尔叔叔点头，"但解决不同寻常的问题，正是我们达布尔家最擅长的事情！"

"你能帮助我们吗？"安德鲁问。

"我现在得离开了，"阿尔叔叔说，"但我会在北极圈想念你们的。"他补充道。

阿尔叔叔的影像开始消失。

"等等！"朱迪喊道。

"抱歉！"阿尔叔叔喊道，"我听不到你们的话！但是请记住：当你遇到不同寻常的问题时，就以不同寻常的方式去看待一切！你们需要的一切……都在……你们的头脑……和……你们的……口袋里……"

阿尔叔叔消失了。而在他的位置上，是——

"**蚂蚁！**"朱迪叫道。

巨大的黑色脑袋、摆动的触角——蚂蚁正从排水口爬出来。它伸出带钩的脚，钩住海绵底部——就在神奇泡泡边上！

9 一张交织的网

　　蚂蚁朝他们低下头。他们抬头瞪着它那龙虾钳子般的下颚。

　　"它可以咬穿神奇泡泡！"朱迪说。

　　"嗷呜呜呜呜！"哈利大叫。

　　"回到浴缸里来，小子！"斯卡特太太大喊。她的声音听起来近在咫尺。

　　蚂蚁用它那毛茸茸的黑色触角轻轻地碰了碰神奇泡泡。

哔 —— "蚂蚁用触角能闻到我们的气味！"阿探说，"它可以判断我们是否好吃！"

蚂蚁的下颚正在张开！安德鲁和朱迪吓得僵在原地。就在这时，他们听到了浴帘拍打浴缸的声音。

"天花板上是什么？"他们听到斯卡特太太说，"我昨天刚处理掉一个！"

突然间，海绵开始移动，水从里面渗了出来！

蚂蚁摆动着硕大的脑袋，然后跳下海绵，钻进了排水口。

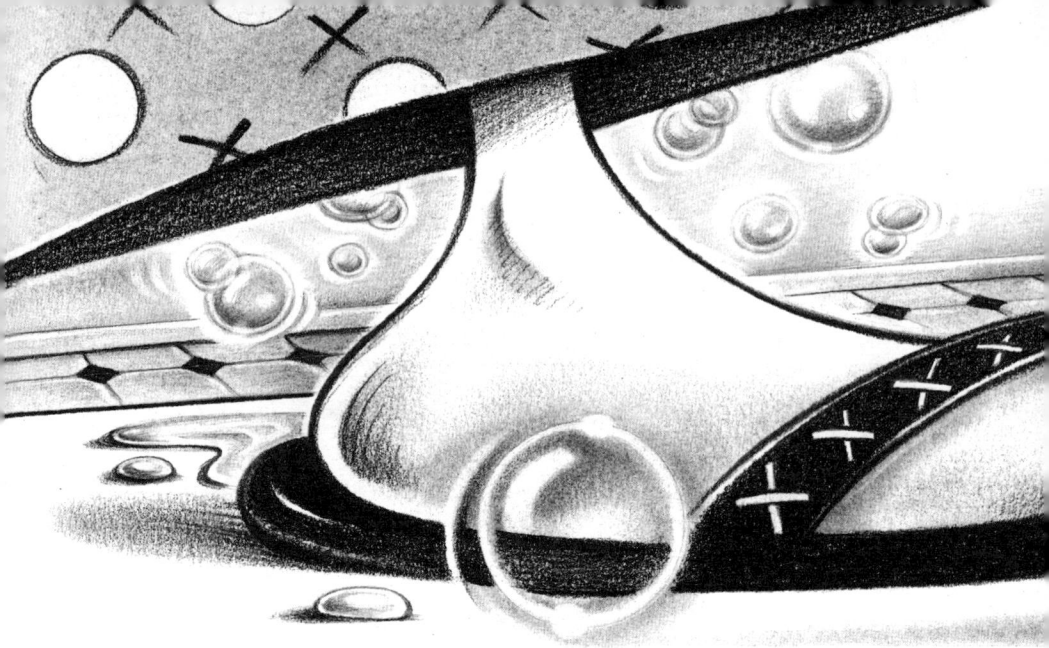

"看！"安德鲁说。

一个弧形的粉红墙出现在神奇泡泡旁边。它太高了，高到他们看不到顶部。墙上覆盖着一些隆起的线条，像是被犁过的田地。

哗———"是大拇指！"阿探指着那奇怪的犁沟说，"这是指纹！"

斯卡特太太挤了挤海绵，一道瀑布从神奇泡泡正上方倾泻而下，到处都是破碎的肥皂泡！

安德鲁和朱迪看着浴缸越来越远。粘着神奇泡泡的那块海绵正在上升！

　　"坐下，哈利！"斯卡特太太的嘶喊声传来，
"我要彻底除掉那个东西！"

　　他们看到斯卡特太太穿着人字拖鞋的大脚踩
上了浴缸边沿。

　　"她要做什么——"朱迪开口。

　　"我会抓住你的！"斯卡特太太喊道。

　　突然，他们被猛地扔向了天花板！

　　"咿呀呀呀呀呀呀！"斯卡特太太
惨叫起来。

　　随之而来的是一声巨响，就像一座山掉进了

山谷。接下来，是一声轻柔的撞击声：海绵掉到了浴缸里。但神奇泡泡像马戏团的秋千一样，在天花板上摇来晃去！

"我们正吊在一根绳子上！"安德鲁说。

哔————"这是蜘蛛网！"阿探说，"看！"

安德鲁和朱迪顺着阿探的手指看去。浴室天花板的角落里，有一堆交织着的蜘蛛网。

"天哪！"朱迪说，"我们刚从蚂蚁的口中逃脱，现在又要成为蜘蛛的点心了！"

安德鲁四处张望。"我没看到蜘蛛，"他说，"也许这只是一张空网，也许蜘蛛被斯卡特太太打死了。"

朱迪和安德鲁听到下方传来噼里啪啦的撞击声。透过敞开的浴帘，他们能看到斯卡特太太坐在浴室地板上，使劲敲打着瓷砖。哈利正试图去舔她的脸。

"她肯定是扔海绵的时候从浴缸边缘滑下去了。"朱迪说。

"糟糕!"安德鲁看着下面的浴缸说,"我们正好悬挂在排水口上方,如果这个蜘蛛网破了,我们就要掉进黏液城里了。"

哔——"蜘蛛丝非常非常坚韧!"阿探说。

"我知道。"朱迪说,"我父母曾经带我到澳大利亚附近的一座岛屿旅游。那里的蜘蛛织的网非常牢固,人们用它们来编织渔网。"

"哇!"安德鲁说,"我想我可以把蜘蛛网用在我的某个——"

"安德鲁!"朱迪喊道。她指着浴帘上的褶皱,那里有什么东西正在颤动……

10 屏住呼吸

在他们的注视下，一只像恐龙那么大的蜘蛛从浴帘褶皱处爬了出来。它看起来像一台巨大的混凝土搅拌机：身体呈黄棕色；脑袋像个弹头，毛茸茸的；长长的腿上长着毛，带有褐黄色的条纹。

蜘蛛松开浴帘，顺着一根连在身体底部的蛛丝荡走了。

正好荡在神奇泡泡的正下方！

哗———"蜘蛛在拉蛛丝，"阿探说，"这是它脱身用的特殊丝线，蜘蛛靠它摆脱了海绵的攻击。看！"阿探指向天花板，"蛛丝末端粘在蜘蛛网上。"

蜘蛛开始顺着蛛丝匆匆往上爬。他们能看到它毛茸茸的脸正朝他们而来。它的下颚上有两颗突出的尖牙，头顶上有两排黑色的眼睛。

哗———"大部分蜘蛛有8只眼睛，"阿探说，"但蜘蛛的视力不好。你们看到蜘蛛身上的毛发了吗？毛发能感知蜘蛛网的动静，告诉蜘蛛网里抓到了什么，要去哪个位置寻找它。如果蜘蛛碰到了我们这根蛛丝，它就能感觉到我们在动，感觉到我们在讲话！"

现在，蜘蛛就在他们正对面的蛛丝上。他们能看到它毛茸茸的腹部。

朱迪指着蜘蛛尾端那手指一样的喷口。"那

蜘蛛毛茸茸的脸就在神奇泡泡外面，像一只巨大的猫在盯着一个迷你鱼缸。

"**咿呀呀呀呀呀呀呀呀！**"下面传来一声尖叫。安德鲁和朱迪转过身，看到一排"树干"正飞快地向他们撞过来。

11 这次旅行糟透了!

"斯卡特太太拿着一把扫帚!"朱迪尖叫道。

哗! 扫帚擦过神奇泡泡,打破了蜘蛛网,击到了浴室的墙上。

神奇泡泡像一个小小的棒球,在空中飞快地穿梭。

几秒钟后,神奇泡泡开始放慢速度。它轻轻地飘浮在空中。

"唔!"朱迪说,"我们起初像是坐在飞驰的车上，现在像是坐在热气球里！"

他们离浴帘边缘越来越近。

安德鲁俯身向前。"浴帘上的那些斑点是什么？"他问，"它们看起来像是小小的黑色小岛。"

"那只是灰尘而已。"朱迪说。

哔——"是真菌。"阿探说。

微风将神奇泡泡吹向浴帘。黑色的斑点开始显现出别的形状。

"这看起来像是一片黑树林。"朱迪说。

哔——"真菌不是植物。"阿探说,"真菌是一种特殊的微生物。小心!远离真菌!"

"哦,得了吧。"朱迪说,"蘑菇就是真菌。真菌没什么危险的。"

哔——"真菌会用根把安德鲁和朱迪变成汁水,然后吸入口中。"阿探说,"真菌就是这样吃东西的!"

"太恶心了!"安德鲁说。

神奇泡泡碰到了真菌顶部那细细的黑枝条。

"天哪!"朱迪说,"我才不要让这愚蠢的真菌把我变成汁水!"

朱迪把腿伸到神奇泡泡外面,用最大的力气踢了一脚。神奇泡泡摇晃着离开了真菌。

"唉!"朱迪叹了口气,"现在我们变得这么小,一切看起来都是活的,甚至连浴帘上的斑点都是活的。"

他们飘离了浴帘，离开了浴缸。

"哇哦！太酷了！" 安德鲁说，"我们离开浴缸了！卫生间上面有窗户！是开着的！现在我们只需要进入哈利的耳朵，找到直升机就行。"

斯卡特太太又站了起来，站在水槽边上。她拎着哈利的项圈，用毛巾擦拭它的耳朵。

朱迪向窗户望去。

"等一下！"她说，"也许我们不需要直升机！如果我们能找到办法操控神奇泡泡……嗯，阿尔叔叔告诉我们，要用不同寻常的方式看待事物。他还说，我们口袋里有我们需要的一切。安德鲁，你全身上下的口袋加起来比一群袋鼠的袋子还多。你检查一下你的口袋，我检查我自己的。"

安德鲁还在检查他的口袋时，朱迪从自己的一个口袋里拿出一支笔。

"这个很有意思。"她说。

她打开笔,取出笔芯,把中空的笔管从泡泡壁上戳出去。然后她开始往笔管里吹气。

神奇泡泡摇晃着前进了!当她把管子向下移动时,神奇泡泡就往上升;当她把管子向左移动时,神奇泡泡就向右飞。

"太好了!"安德鲁欢呼起来,"现在我们可以操纵神奇泡泡了。我们可以飞到原子吸尘器那

里了！"

"是的，"朱迪微笑着说，"我觉得这能行。"

朱迪吹着气，神奇泡泡慢慢飘离了浴缸。他们看到斯卡特太太从高高的毛巾架上抽出一条粉色毛巾，结果整堆毛巾都掉在了地上！

"今天真是我人生中最糟糕的一天！"斯卡特太太叫嚷着。

哈利跑到浴室门附近的洗衣篮旁，开始摇晃身体，想甩掉自己身上的水珠。暴雨般的水滴飞到了空中！

哗——"要是被水滴击中，神奇泡泡就会坠毁！"阿探说，"就像之前安德鲁被淹的那次一样。"

"我在努力避开。"朱迪说，她用力往笔管里吹着气。

"别甩水！"斯卡特太太对哈利咆哮道。

她抖开毛巾，丢在哈利身上。

"哈利！"斯卡特太太尖叫道，"你怎么敢！停下来！"

扔出的毛巾掀起一股疾风，将神奇泡泡卷向地面。

"啊！ 啊啊啊啊啊！ 噢噢噢！"
朱迪、安德鲁和阿探一起叫道。神奇泡泡摔到了浴室地板的白色地砖上。

"我感觉自己像是一份被拌来拌去的沙拉。"朱迪嗅了一下空气说，"好臭！这是什么味道？"

12 哎呀!

哔———"是狗屎!"阿探指着神奇泡泡
旁那个巨大的棕色土堆说。

"天哪!"朱迪说,"这堆屎就像喜马拉雅山
一样!是屎中的珠穆朗玛峰!"

"这下你完了,小子!"斯卡特太太尖叫道,"你
居然敢在地板上拉屎!坏狗!我要把你送到动物
收容所去,你再也见不到你喜欢的那个朱迪了!"

"哦,不!"朱迪说,"我喜欢哈利!我

们得救救它！"

"我想，我们得先把自己救出去。"安德鲁说。

突然间，浴室的灯似乎闪烁了一下。安德鲁抬起头。起初他以为天花板要掉下来了，但接着他意识到发生了什么。

"**哦，不！**"他说，"斯卡特太太拿着卫生纸向我们冲过来了！"

下一秒，卫生纸掉在神奇泡泡上，斯卡特太太从地上一把抄起他们——连带着那座狗屎山一起。黏糊糊的神奇泡泡粘在了卫生纸的底部。他们不断地上升，越来越高，越来越高！安德鲁看着浴室的地板越来越远。

啪！

"你知道那是什么声音吗？"朱迪问。

"呃，不知道。"安德鲁说。

"那是马桶盖被掀开后撞在水箱上的声音，"朱迪说，"斯卡特太太准备把我们冲下去了！"

"糟糕！"安德鲁说。

哗——"如果神奇泡泡被冲走了，最后会落到一个很深、很深的地下水泥箱里。"阿探说。

"我知道，"朱迪说，"我小时候经常为我的娃娃屋建造管道系统。"

现在他们就在马桶的正上方，斯卡特太太的

手伸到了马桶的冲水柄上！

"天哪！"朱迪说，"这真是最糟糕的事情！"

"至少我们在神奇泡泡里面，"安德鲁说，"我们有足够的空气，如果被冲走了，也不会溺死。"

"不是'如果'被冲走，"朱迪说，"是即将被冲走，大约1秒钟内！"她从泡泡壁上取下空笔管，放回口袋里。神奇泡泡自动闭合起来。"我们可不想让泡泡漏气！"她说。

啪！ 斯卡特太太拉下了马桶的冲水柄！

下方漩涡般的水流开始搅动。

哗 ——— "有个人把大象给气死了，请问这个人在哪里上班？"阿探问，"气象局！嘻嘻！"

哦，不！安德鲁想起了阿尔叔叔的关于大象笑话的警告，心道不妙。

卫生纸、神奇泡泡和狗屎被飞快地冲进了下方的漩涡，没人来得及多说一句话！

阿探揭秘

阿探知道很多事情，阿探说的都是真的！关于浴室里发生的那些事情，阿探本来想多说几句的，但他现在有些犯迷糊了。以下就是他想告诉你的：

🔍 泡泡壁是由肥皂和水组成的混合物——肥皂分子包裹着水膜。泡泡破裂是因为泡泡壁的水分蒸发了。据说有人可以让泡泡保持1年不破，你能维持多久呢？

🔍 你嚼的口香糖实际上是树木里的天然树胶！

🔍 细菌通过分裂繁殖。它们有的每小时分裂一次。所以，如果一开始有1个细菌，1小时后就会有2个细菌，2小时后就有4个细菌。你能猜出24小时后会有多少细菌吗？（答案请在下页找。）

🔍 蜘蛛没有牙齿，所以它们无法咀嚼食物。但蜘蛛会将毒液注入猎物体内，将猎物的内部溶解成汁液。

蜘蛛通过吸食汁液来进食！

🔍 有的蜘蛛和人类手掌一样大！还能发出叫声！其中的某些蜘蛛会捕食蜥蜴和小鸟！

🔍 目前地球上最大的生物可能是美国俄勒冈州的一片巨型蜜环菌。它实际上可能比罗德岛州还要大，甚至和美国特拉华州一样大！

🔍 细菌和真菌能分解绝大多数死掉的生物遗体和各种废物。没有它们，地球会堆满粪便！

（我们算出它！）

答案是1600万！你可以使用计算器来验证。不对，它们中的人类都算起来死亡！

79

ANDREW LOST

科学小子安德鲁

经典科学冒险桥梁书

10岁的安德鲁是一个充满想象力的发明家和聪明勇敢的冒险家，安德鲁与堂姐朱迪，以及小机器人阿探开启了一次又一次奇幻旅程……

既是惊心动魄的冒险探秘
也是收获满满的科普之旅

涉及多学科 衔接中小学课堂知识

- 物理
- 宇宙
- 海洋
- 植物
- 昆虫
- 沙漠
- 动物
- 古生物
- 科技产品
- 人与自然
- 环保
- 地球
- 物质变化
- 时间

第一辑
原子大爆炸
· 全8册 ·

安德鲁发明了"原子吸尘器"，一不小心把自己、堂姐朱迪和小机器人阿探都变小了!小小的他们遭遇了哪些神奇的生物?安德鲁的小发明会如何帮助他们?

第二辑
生物大惊奇
· 全10册 ·

安德鲁、朱迪和阿探驾驶时光穿梭机，回到了宇宙诞生的起点!他们将开启一场时间之旅，看到地球的诞生、生命的起源……

"
从花园到深海，
从宇宙起点到寒冷的冰河时代，
从神秘洞穴到危机四伏的热带雨林……
让我们跟随安德鲁、
朱迪和小机器人阿探，
一起奔赴一场又一场冒险!
从不同角度，
探索一个又一个神奇的科学世界!
"

ANDREW LOST

科学小子安德鲁

原子大爆炸

3

厨房历险记

〔美〕J.C.格林伯格 / 著 〔美〕黛比·帕伦 / 绘

朱其芳 / 译

长江出版传媒 | 长江少年儿童出版社

ANDREW LOST #3 IN THE KITCHEN

本书中文简体版权经美国Sheldon Fogelman代理公
司授予海豚传媒股份有限公司，由长江少年儿童出
版社独家出版发行。

献给丹、扎克、爸爸，
和真正的安德鲁，爱你们。

——J.C. 格林伯格

献给戴夫，谢谢你洗碗。

——黛比·帕伦

图书在版编目（CIP）数据

原子大爆炸. 厨房历险记 /（美）J.C. 格林伯格著；
（美）黛比·帕伦绘；朱其芳译. — 武汉：长江少年儿
童出版社，2024.5
　ISBN 978-7-5721-4795-1

Ⅰ. ①原… Ⅱ. ①J… ②黛… ③朱… Ⅲ. ①儿童故
事－美国－现代 Ⅳ. ①I712.85

中国国家版本馆CIP数据核字(2024)第035333号
著作权合同登记号：图字17-2023-172

YUANZI DA BAOZHA·CHUFANG LIXIAN JI
原子大爆炸 · 厨房历险记

[美] J.C. 格林伯格 / 著　[美] 黛比·帕伦 / 绘　朱其芳 / 译
责任编辑 / 熊　倩
装帧设计 / 刘芳苇　黄尹佳　美术编辑 / 邓雨薇　雷俊文
封面绘画 / 陈　阳
出版发行 / 长江少年儿童出版社
经　　销 / 全国 新华书店
印　　刷 / 广州市中天彩色印刷有限公司
开　　本 / 880mm×1230mm　1 / 32开
印　　张 / 22
字　　数 / 240千字
印　　次 / 2024年5月第1版，2025年4月第4次印刷
书　　号 / ISBN 978-7-5721-4795-1
定　　价 / 144.00元（全8册）

策　　划 / 海豚传媒股份有限公司
网　　址 / www.dolphinmedia.cn　邮　箱 / dolphinmedia@vip.163.com
阅读咨询热线 / 027-87677285　销售热线 / 027-87396603
海豚传媒常年法律顾问 / 上海市锦天城（武汉）律师事务所　张超　林思贵　18607186981

　　嗨！我叫阿探，是安德鲁最好的机器人朋友。阿探知道很多事情，比如：虫子是如何爬上墙的？为什么气泡会破裂？蜘蛛是如何织网的？

　　安德鲁喜欢搞发明，阿探是个好帮手！但是有时候，阿探和安德鲁会犯错误。发明加错误，就变成了冒险！现在阿探和安德鲁要去冒险了，你想一起来吗？那就翻到下一页吧！

目 录

安德鲁的世界

安德鲁·达布尔

安德鲁今年 10 岁，但他从 4 岁起就开始搞发明了！他的最新发明是原子吸尘器，它会吸出物体原子中的空间将物体缩小。

为了写有关蚂蚁的科学报告，安德鲁想要缩小自己进入蚂蚁洞。但他发生了一点儿小意外。现在，他、他的堂姐朱迪和机器人阿探都变得非常小，小到甚至能够把一滴水当成一个游泳池！

朱迪·达布尔

朱迪是安德鲁的堂姐，今年 13 岁。她对安德鲁把他们缩小这件事非常生气。安德鲁把她家后院的直升机也缩小了。要是他们能找到直升机，她就能驾驶飞机带他们回到原子吸尘器上。但是还剩不到 8 小时，他们得抓紧时间了，要不然原子吸尘器就要爆炸了！

阿 探

阿探是一个小小的银色机器人，他名字的全称是"便携式超级数字探测机器人"。他是安德鲁最好的朋友。

在上一本书中，阿探在浴缸里浸湿了，他需要弄干自己，免得他的思维芯片因太过潮湿而失灵！

阿尔叔叔

阿尔是一位科学家，他是安德鲁和朱迪的叔叔。他在一家绝密的实验室工作。他发明了阿探！

阿探试图用他的紫色按钮呼叫阿尔叔叔，但他的天线生锈了。安德鲁和朱迪需要找些黄油来润滑阿探的天线，否则阿尔叔叔根本没办法来帮助他们！

哈 利

哈利是一条巴吉度猎犬，它是朱迪邻居家的狗，朱迪和它是最好的朋友。在变小之后，安德鲁、朱迪和阿探都来到了哈利的身上！

几分钟前，哈利在地板上拉了屎。它的主人在清理粪便时，将安德鲁、朱迪和阿探也一起清理了！

斯卡特太太

斯卡特太太是朱迪的邻居，哈利是她的狗。她刚把哈利的粪便以及安德鲁、朱迪和阿探——一起冲进了马桶！

3

1 马桶保龄球

　　早上醒来的时候，安德鲁万万没想到自己会被冲进马桶里！

　　中午 12:01，安德鲁不小心把自己、堂姐朱迪和他的机器人朋友阿探给缩小了，缩得比针尖还小！现在，他们蜷缩在安德鲁的发明——一个透明的、富有弹性的**神奇泡泡**里。

　　神奇泡泡在马桶里飞速旋转。朱迪的邻居斯卡特太太刚刚把它冲了下去——连同她家的狗哈利拉的一堆狗屎！

"天哪！"朱迪说，"我们就像在龙卷风的龙嘴中一样！"

哔———

声音来自安德鲁手里紧紧握着的银色小机器人——阿探。

"动物园里的动物们一起画画，为什么大象受伤了？"阿探问道，"因为画的是抽象画！嘻嘻！"

安德鲁看着阿探，有点儿担心。阿探之前掉进浴缸，被浸湿过。现在他净说些傻乎乎的笑话。

神奇泡泡被卷到了漩涡中央，加速下冲。他们不断往下、往下、往下！头顶上的光慢慢消失了。

哔———"我怕黑！"阿探说。

隆隆隆隆隆！ 马桶咆哮着。

朱迪凑到安德鲁身边。"如果神奇泡泡漏了，"她说，"我就用你的脑袋堵住它！"

神奇泡泡猛地停了下来。

"呀！"安德鲁叫道。

"噢！"朱迪高呼道。

"啊！"阿探也在喊。

"我们好像被卡住了。"安德鲁说。

外面的水声越来越轻，然后停住了。

"估计所有的水都冲完了。"安德鲁说。

突然，黑暗中闪过了一丝亮光——是阿探胸前的那个紫色按钮！

咔嗒！

紫色按钮弹了出来，射出一束光。光束尽头浮现出清晰的紫色全息影像——是安德鲁和朱迪的叔叔阿尔。

"你回来了！"安德鲁说。

"你们好呀！"阿尔叔叔急切地说。

当天早些时候，安德鲁和朱迪曾跟阿尔叔叔通过话，希望他能设法帮助他们。安德鲁看到阿尔叔叔浓密的眉毛紧紧皱在一起，显得十分担心他们。

"现在是 17:15，"阿尔叔叔说，"我的飞机正行驶在加拿大上空。我尽量在 20:01 之前，也就是原子吸尘器爆炸之前，赶到你们身边。你们现在在哪里？"

"我们被冲进了马桶里！"朱迪解释说，"现在我们被困在大排水管里。"

"哎呀呀！真是不得了！"阿尔叔叔说。

哔 ——"鼻子最长的动物是大象，那鼻子第二长的动物呢？"阿探插话说，"是小象！嘻嘻！"

"糟糕！"阿尔叔叔说，"阿探在讲大象的笑话，这意味着他的思维芯片严重受潮！你们得让他保持干燥，还要往他身上涂点儿黄油避免他生锈。"

朱迪皱了皱眉头："我知道你的全息影像看不到我们，阿尔叔叔。但我们现在在大排水管里，这里一点儿也不干燥，也根本没有黄油！"

阿尔叔叔点点头。"你们需要找到厨房，"他说，"马桶、浴缸和水槽的管道全都跟大排水管连在一起。"

哗———"快看！"阿探说，他的屏幕脸亮了起来，上面显示出斯卡特太太家的管道图。

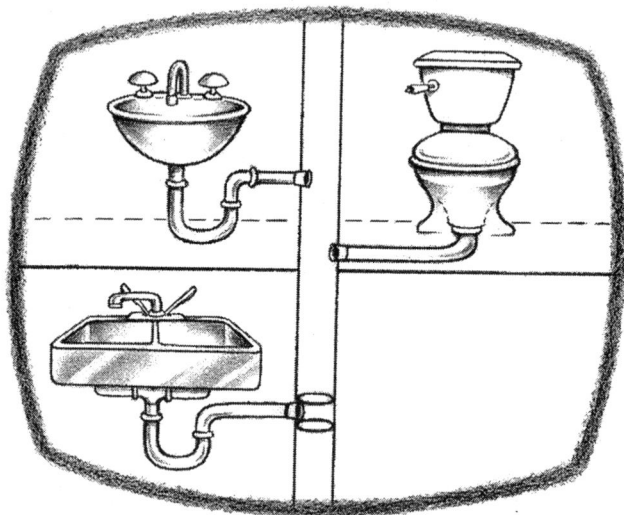

"我知道，"朱迪说，"我小时候给我的娃娃屋建造过真正的管道。"

"太好了！"阿尔叔叔说，"所以你应该知道，有根通向厨房水槽的小管子连在大排水管上，你们能弄清楚目前处在大排水管的哪个位置吗？"

安德鲁把阿探粘在神奇泡泡那黏糊糊的内壁上，然后从腰带上取下迷你手电筒，按下开关。

神奇泡泡被一堆黏糊糊的果冻状的东西包围着，粘在管道上！那里面漂浮着线状的东西，还有一些小颗粒在其中蠕动！

"我们被困住了，周围全都是浴缸排水口里的那种污垢。"安德鲁说。

"啊，污垢！"阿尔叔叔说，"我喜欢那东西！那太有意思了！"

突然，阿尔叔叔的紫色身影开始消失——首先不见的是他的脚，然后顷刻间就只剩下他乱蓬蓬的头发了。

"阿尔叔叔！"朱迪喊道，"不要走！"

但是太晚了，阿尔叔叔消失了！

2 被困住了!

　　"我们必须找到通往厨房的那根管道。"安德鲁说。他晃动手电筒，环顾着管道。巨大的水滴闪闪发光，顺着污垢缓缓滴落。

　　"等等！"朱迪说，"我好像看到什么东西了！"她抓过手电筒，向他们下方巨大的弧形黑影照去。

　　哔———"朱迪找到和大排水管连接的厨房管道了！"阿探说。

"我们需要移动神奇泡泡，然后进入那根管道里！"朱迪说。

"上下跳动或许能帮我们摆脱这些污垢。"安德鲁说。

他们在神奇泡泡里跳动起来，但是没什么反

应。于是他们再次跳动了几下，神奇泡泡这才缓缓摆脱了污垢。

"太好了！"安德鲁欢呼起来。

神奇泡泡缓缓下降。很快，他们就来到了管道连接处的黑色洞口。

"我看我们得像在浴室时那样去控制神奇泡泡。"朱迪说。

朱迪把手电筒还给安德鲁，从口袋里掏出一支圆珠笔。她之前已经将笔芯取出来了，她用空笔管刺破神奇泡泡，开始吹气。

神奇泡泡朝相反的方向移动，掉进了新的管道。

"哇！"安德鲁说，"这里闻起来有便便、旧球鞋和洋葱的味道！"

朱迪翻了个白眼："谢谢你说出来。"

安德鲁将手电筒向管道顶部照去，看到有奇

怪的、鸡蛋一样的东西粘在上面。它们是白色的，看起来湿漉漉的，还泛着光。

"我对那些东西很好奇，"安德鲁微微打了个寒战说，"但是我又不太想知道它们到底是什么。"

哗———"这是下水道飞虫的卵。"阿探说，"快看！"他指指最边上的一个卵，那个卵正在颤动！突然间，它裂成两半，有什么东西开始蠕动着往外钻！

朱迪屏住呼吸，看着它说："好像是虫子！"

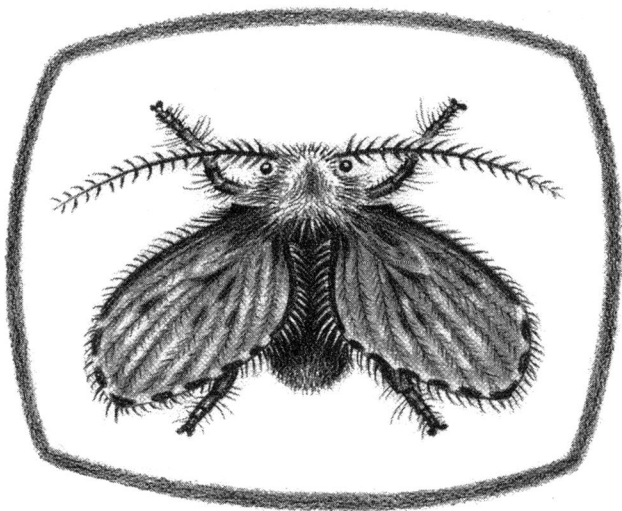

哔——"这是下水道飞虫的幼虫。"阿探说,"它长大了以后就是这个样子!"他指着自己的屏幕脸上的飞虫图案说。

就在安德鲁和朱迪盯着阿探的屏幕脸看时,神奇泡泡撞到了什么东西上。

安德鲁用手电筒照了过去,发现是一个向下的弯道,而且下面的管道里全是水!

"这是什么?"安德鲁问道,"我还以为这根管道会通向上面的水槽呢。"

"我们跑到了排水管的存水弯里。"朱迪说。

"为什么要在排水管里设置弯道?"安德鲁问。

朱迪看了看安德鲁,脸上的表情明显在说"你怎么连这都不知道"。"水槽、马桶和浴缸下面的管道都有这些 U 形弯道,用来贮水。"她说,"这些水可以防止臭味散发到房屋里去。"

安德鲁挠了挠头："你的意思是，我们必须从水里游过去，才能前往水槽？"

"不仅仅是水，"朱迪说，"冲进排水管的东西都会卡在弯道里，比如腐烂的肉、发霉的蘑菇、黏糊糊的葡萄……"

"好了，好了，别说了！"安德鲁说。

朱迪操控着神奇泡泡缓缓下降。他们身下漂着好多东西，有的是黑色的块状物，有的是亮闪闪、黏糊糊的东西。

紧接着，水面上某些粗粗的、鳞片状的东西露了出来。安德鲁的手电筒光掠过，这东西看上去有些眼熟。

"是一根头发！"安德鲁说。

"斯卡特太太的头发很长，"朱迪说，"如果这是她的，我们就可以顺着头发从存水弯走到厨房的水槽里。但等等……"朱迪眯起眼睛，"这意味着，我们得把手伸到那些恶心的东西里，抓住头发！"

安德鲁和朱迪对望了一眼。

安德鲁正想问问阿探是否有更好的主意时，却听到了自己不想听到的声音。

"呼噜······呼噜······呼噜······"

阿探又开始打呼了！阿探在被水浸湿之前，是绝对不会睡觉的。

朱迪从神奇泡泡上拔出笔管，然后卷起外套的袖子。安德鲁把手电筒粘在阿探旁边的泡泡内壁上。

"准备好了吗？"朱迪问道。

安德鲁点了点头。

他们把手伸到柔软又富有弹性的神奇泡泡外面，伸进了黏糊糊的黑暗里。

3 管道向下

"**哎！**"朱迪尖叫道，"这里面黏糊糊的，太恶心了。自从我在澳大利亚吃了一只油炸蟋蟀后，就再也没做过这么恶心的事情了。"

"别想就好了。"安德鲁说。

他们抓住头发，开始拖着神奇泡泡穿过黏液。

模糊的影子在神奇泡泡外的黑暗中扭动，宛若幽灵一般。

"安德鲁，你看！"朱迪指着什么东西说道，

"是字母 A！"

一个白色的字母 A 在外面漂过。

"还有个 B！"她继续说。

"我猜，斯卡特太太喜欢喝字母汤。"安德鲁说。

随后，一朵绿色的花从字母间漂过，看上去有翻斗车那么大。

"真奇怪！"朱迪说。

哔———"花椰菜！"阿探再度醒来。

突然，手电筒的光芒捕捉到外面闪闪发光的东西——它闪耀着红、黄、蓝、白相间的光晕。

"哇！"安德鲁说。

朱迪凑过去看。"好像一段彩虹！"她说。

阿探按下胸前的"**这是什么**"按钮，一束红光射向了那个闪烁的东西。

这道"这是什么"射线能让阿探知道这个东西的成分。

哔——"是钻石！"阿探说，"和铅笔芯的成分一样，都是碳！"

"这看起来可完全不像铅笔芯。"安德鲁说。

哔——"钻石来自地球深处。"阿探说，"那里很热，而且很挤！碳就被挤压成了钻石！"

安德鲁看着朱迪："也许斯卡特太太总是发脾气，就是因为她的钻戒丢了。"

朱迪摇了摇头："就算斯卡特太太有一颗球场那么大的钻石，她仍然会暴躁。"

他们拖着神奇泡泡走过那颗钻石。

水下的世界宁静而阴森。

他们不知道自己身在何处，也不知道头发究竟能否带领他们顺利穿过存水弯。

安德鲁眯起眼睛。他们周围黏稠的黑色黏液

似乎正在变成恶心的灰色。

"哇！"安德鲁说，"光线越来越亮了！"

朱迪将脸凑近泡泡壁："我觉得我们离存水弯顶部很近了！"

安德鲁和朱迪拉着头发，加快速度往前走。

最后，神奇泡泡冒出了水面。

"**太好了！**"安德鲁欢呼起来。

"**太好了！**"阿探尖叫道。

"**我们成功了！**"朱迪说。

神奇泡泡表面覆盖着存水弯里黏黏的海草状污垢，但是还有几小块空白的地方让他们可以往外看。

安德鲁指着神奇泡泡上方的一个光圈。"那是厨房的下水道！"他说。

"现在的问题是，我们要如何到那里去。"朱迪说，"我们要把神奇泡泡弄上去。"

他们一离开水面，朱迪和安德鲁就把手缩回了神奇泡泡里。

安德鲁在裤子上擦拭着他又黏又脏的手。"太恶心了！"他说。

"我们今天中了恶心彩票头奖！"朱迪说。

朱迪再次掏出笔管，刺破神奇泡泡底部。她看着安德鲁。

"好啦，灾难大师，现在轮到你吹神奇泡泡了。"

"没问题。"安德鲁说。

他开始吹气，神奇泡泡升了起来。

咚！

神奇泡泡撞到了什么东西。

"可能是管道内壁。"朱迪说。

安德鲁不停地吹气，但神奇泡泡就是一动不动。

"我们又被卡住了！"朱迪说。

安德鲁停止吹气。

神奇泡泡动了起来。但它没有飞起来，而是在……抖动！

朱迪和安德鲁试图找到泡泡壁上干净的地方，看看外面发生了什么。

"我看到一根毛茸茸的树枝。"朱迪说。

"我看到一大片亮闪闪的瓷砖。"安德鲁说。

突然，阿探的天线开始转动。阿探可以用天线来听声音，也可以用它闻气味。

显然，他的天线感应到了什么东西！

4 水槽里的感觉

"**哎呀！哎呀！**"阿探尖叫道，"我闻到了什么大东西！"他的天线开始疯狂转动，"糟糕，是蟑螂！"

阿探挣扎着从泡泡壁上跳下来，朝安德鲁跑去。

哗———"亮闪闪的瓷砖是蟑螂的眼睛！"阿探说，"蟑螂的眼睛由几千只小眼睛组成。但它们的视力很差，大多数时候只能看到移动的物体。"

27

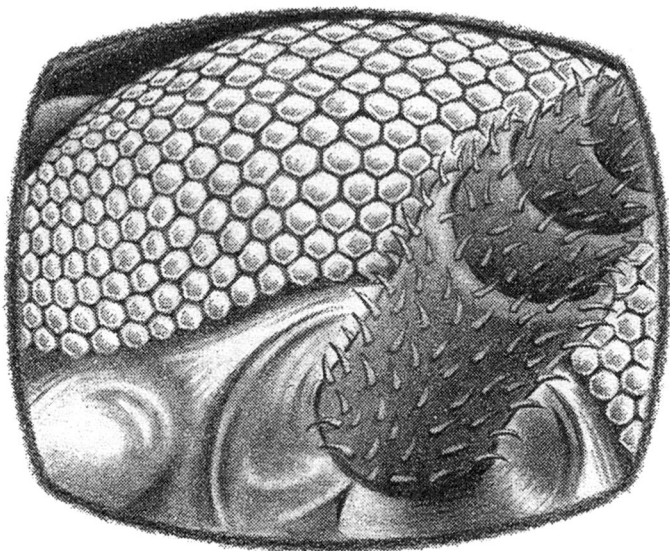

"那根毛茸茸的东西是什么？"朱迪问道。

阿探匆忙跑到朱迪身边。

哔——"是蟑螂的触角，"阿探说，"触角能够品尝味道，还能感受物体的移动。"

他们头顶上的光圈越来越大。

"我猜这只蟑螂在往水槽里爬。"朱迪说。

"蟑螂到厨房里以后，"阿探说，"会去寻找食物，然后躲起来。你可以在缝隙里发现一个蟑螂大家族。"

"那我们最好赶快甩掉这家伙，"朱迪说，"否则我们就要和蟑螂一家一起吃感恩节大餐了！"

朱迪拼命地撞向泡泡壁，安德鲁也在帮忙，但神奇泡泡还是纹丝不动。

这时蟑螂动了动触角，抢在他们的前面爬上了排水口。神奇泡泡飘到了一边！

安德鲁关掉迷你手电筒，把它系在腰带上，吹着神奇泡泡往光圈飞去。

最终，他们钻进了水槽，这里密布着由各种脏碟子堆成的摩天大楼！

"**呀呀呀呀呀呀！**"一声尖叫传来。

朱迪捂住了耳朵。

"那是什么声音？"她问道。

安德鲁摇摇头。接着他听到了轻柔的咔嗒声。"那个声音听起来就像是——"

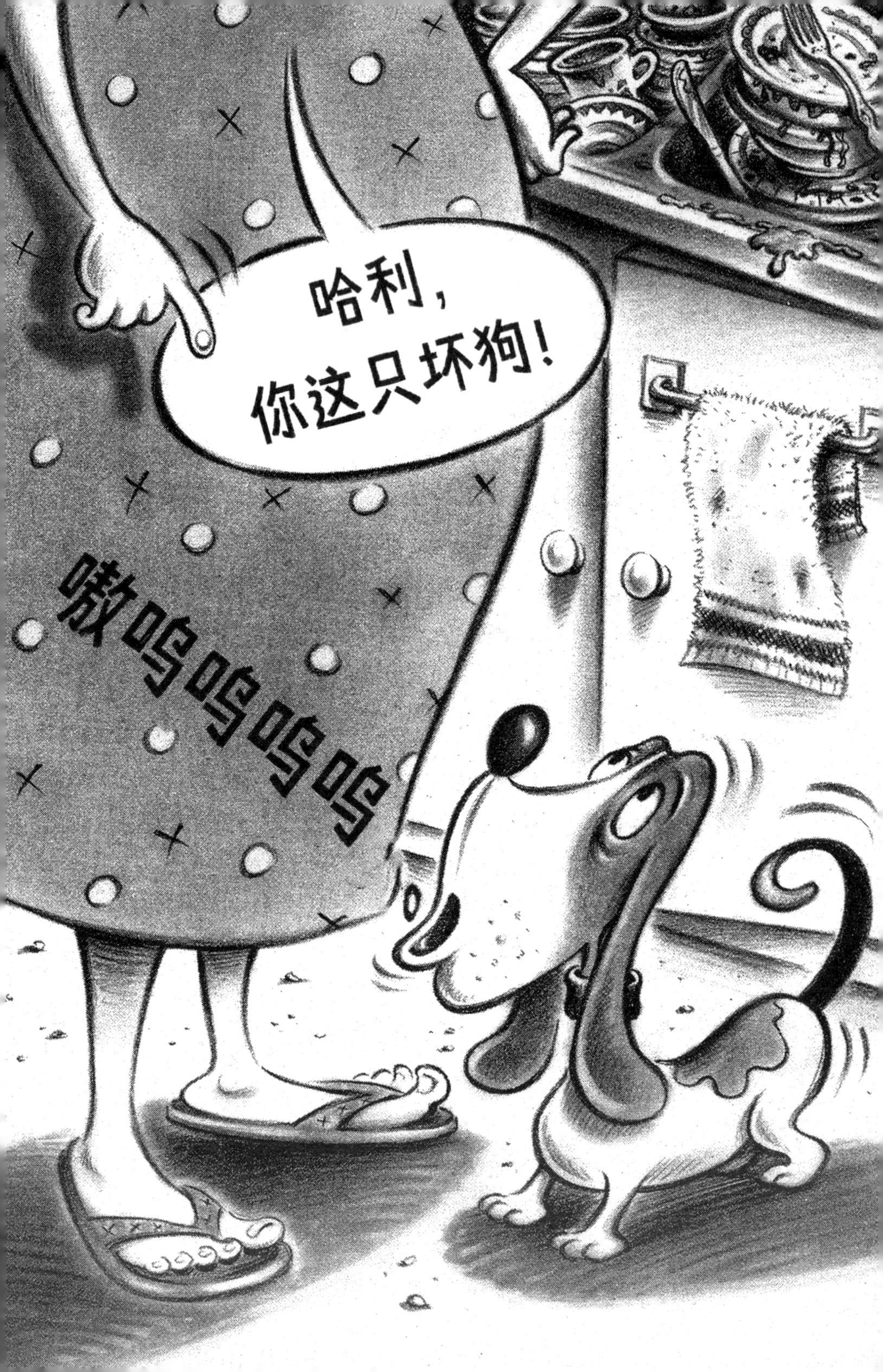
哈利，
你这只坏狗！
嗷呜呜呜呜

哗——"是哈利的爪子踩在厨房地板上的声音！"阿探说。

咚！咚！咚！

沉重的脚步声传来，斯卡特太太的声音震动了神奇泡泡。

"哈利，你这只坏狗！"她喊道，"你居然敢在地板上拉屎！"

"嗷呜呜呜呜！"哈利咆哮着。

"不！"斯卡特太太大喊，"你不能出去！一出去你又要钻进垃圾袋了！我才给你洗过澡！你已经毁了我的浴室，也毁了我今天的美好时光！"

朱迪叹了口气。"斯卡特太太不配拥有哈利那么好的狗。"她说。

安德鲁吹着神奇泡泡在成堆的脏盘子里飞了起来。在他们的下方，一个白色盘子上还留着煎蛋的蛋黄，仿佛太阳坠落到了面包屑的沙漠中。

在蛋黄旁边，是一块发黄的苹果。

哔——"火和发黄的苹果有什么区别？"阿探问。

"我不知道！"安德鲁说。

哔——"没太大区别！"阿探说，"物体快速氧化就会着火！而苹果是慢慢氧化，所以会发黄。"

阿探指着水槽底部一大团生锈的金属丝，那是用来刷洗脏锅和脏盘子的钢丝球。

哔——"生锈的东西是在慢慢氧化！"阿探说。

如果我们不尽快找到黄油，安德鲁心想，阿探可能也会氧化。

"呀呀呀呀呀呀！"尖叫声还在持续，只是现在，那声音更响亮、更尖锐了。

"这声音听着比指甲在黑板上的刮擦声还刺

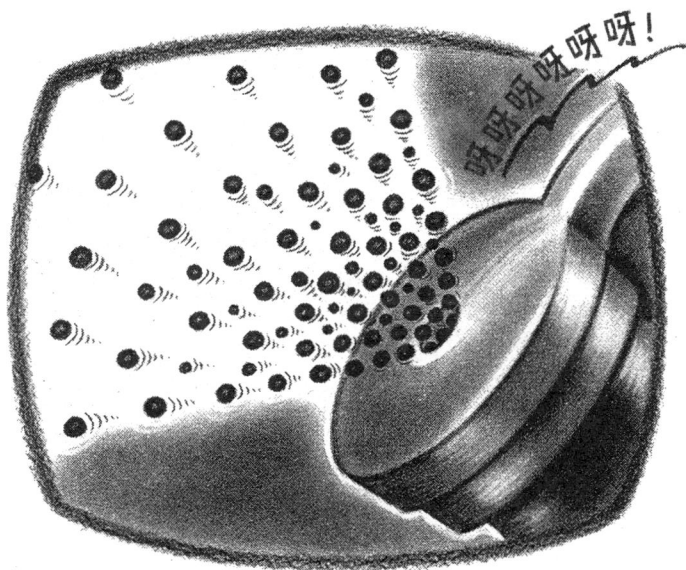

耳！"朱迪抱怨道。

神奇泡泡飘出了水槽。

现在他们可以看到整个厨房了。

水槽边的厨房台面上，堆满了水果和蔬菜。

台面旁边是炉灶，炉子上放着水壶。安德鲁这才意识到，刺耳的声音就是从这里传出来的！

斯卡特太太把水壶从炉子上拿下来。

"在下一场灾难来临之前，我最好先喝杯茶。"

斯卡特太太自言自语道。

哗———"水沸腾的时候，细小的水分子因为加热而获得了很多能量！水分子会离开水壶进入空气中，很多很多水分子摩擦壶嘴，就发出了声音！"阿探说。

斯卡特太太拎起水壶，把热气腾腾的水倒进了一个白色大杯子里。

房间另一边，哈利直起身来，用前爪去推纱门。吱呀一声，纱门打开了。

"哈利，别跑！"斯卡特太太一边喊，一边冲过去抓哈利。

不过太迟了，哈利已经跑出去了！

但是，有别的东西进来了。

5 再见，神奇泡泡！

嗡嗡嗡嗡嗡嗡！

黑色的大苍蝇从门缝里飞了进来。斯卡特太太匆忙跑过去，重重地关上了门。

厨房里立刻刮起一小阵风，将神奇泡泡往厨房台面卷去。

"抓紧了！"朱迪说，"我们要撞到蔬菜山了！"

安德鲁抓住阿探，将他塞进自己的衬衫口袋。他看到了一堵红色的墙，还闻到了熟悉的香料味。

接着，神奇泡泡着陆了，好多小刺把泡泡戳了个稀烂！

"哎呀！"安德鲁大叫，"神奇泡泡被扎破了！"

他们周围的神奇泡泡像派对上的气球一样泄了气。他们被卡在了西红柿的茎上，茎上长满了刺，就像是一棵巨大的仙人掌！

这时，安德鲁发现有东西在动。一对毛茸茸的长触角在西红柿底下抖动着。

"天哪！"安德鲁说，"是那只蟑螂！"

朱迪从西红柿的茎上掰下两根刺，递了一根给安德鲁。"它要是敢过来，你就用这个对付它！"她说。

"嗯，多谢了。"安德鲁说，"但这东西完全吓唬不了它吧！"

"那你有更好的主意吗，机灵鬼先生？"朱迪反问道。

蟑螂的触角扫向紧挨着西红柿的一颗草莓。

哔——— "草莓是唯一一种种子长在表皮上的水果！" 阿探说。

朱迪翻了个白眼。"这个知识点很有趣，阿探，"她说，"但我们现在快被一只大虫子给吞进肚子里啦！"

蟑螂开始沿着西红柿往上爬。安德鲁、朱迪和阿探凝视着蟑螂的眼睛，它的下颚像带有锯齿的大剪刀，咔嚓咔嚓地撕咬着东西。

安德鲁和朱迪挥舞着他们手里的西红柿刺，但蟑螂似乎不屑一顾。

哔——— "蟑螂不喜欢光，"阿探说，"用手电筒，安德鲁！"

但还没等安德鲁摸到手电筒，忽然就闪现出一道黄色的闪光。

啪嗒！

蟑螂消失了！

安德鲁抬起头，看到斯卡特太太正挥舞着一根香蕉，在水槽周围搜寻。

哗——"蟑螂的速度对于人类来说太快了，"阿探说，"有东西移动的时候，它尾部的触须就能感知到。"

"就像你的后脑勺上长了两只眼睛一样。"安德鲁说。

"不，就像你的屁股上长了两只眼睛！"朱迪说。

斯卡特太太又开始嘀咕："先是我的狗跑到了垃圾堆里，接着我的浴缸里又出现了蚂蚁，天花板上还有蜘蛛，现在水槽里又多了只蟑螂。我实在受不了了，我得冷静一下。"

斯卡特太太放下香蕉，抿了一口茶。"我知道了！"她说，"我要给自己做一小份西红柿烤

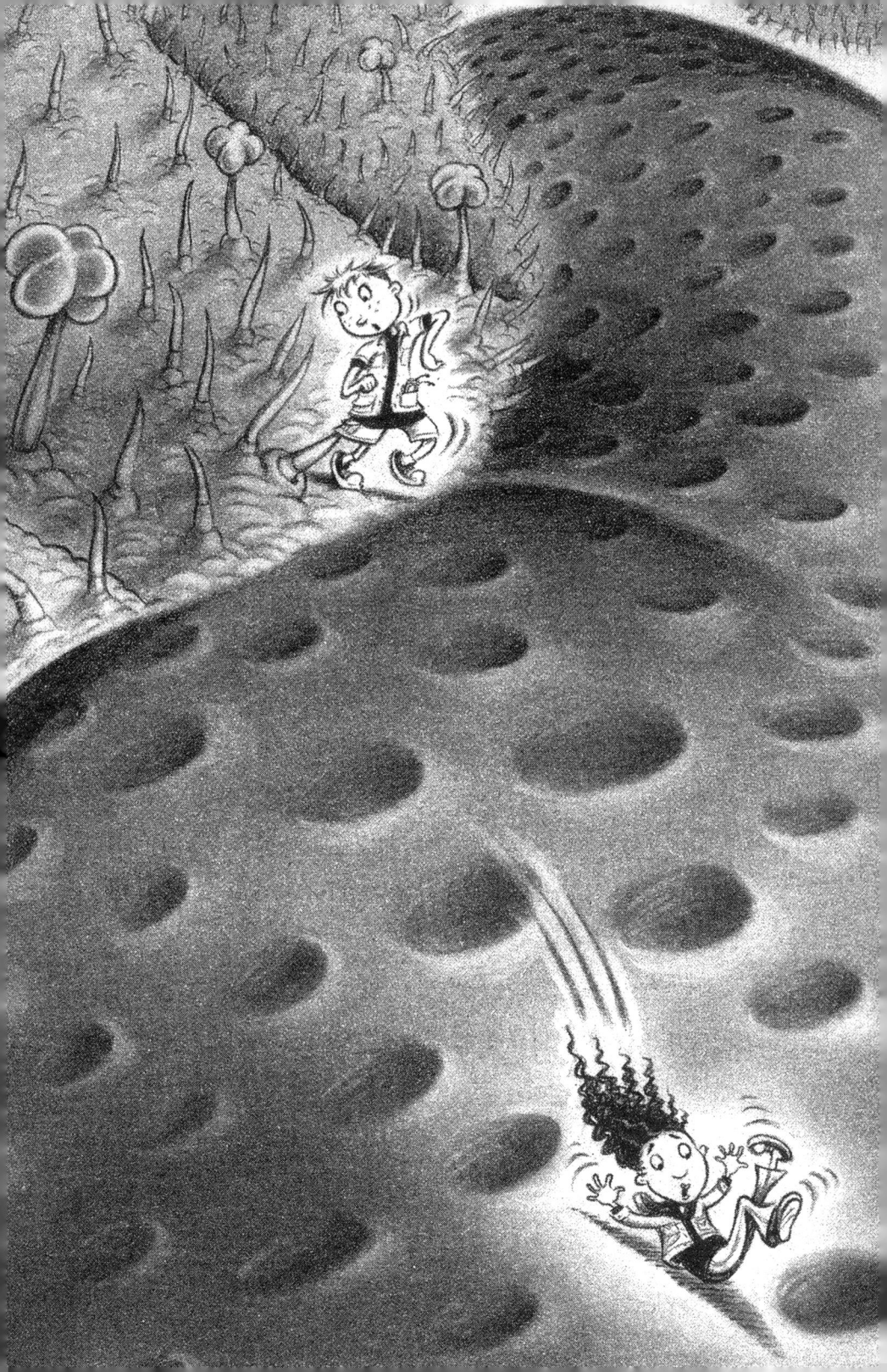

芝士三明治！没错！"

"不要啊！"安德鲁和朱迪异口同声地喊道。

"我们必须赶紧离开这个西红柿！"朱迪说。

朱迪从西红柿茎上成簇的刺中爬下去，安德鲁跟在她身后，但这像从仙人掌上往下爬一样困难。

"她来时要绕过山……"斯卡特太太哼着歌，把面包扔到蓝色的盘子上，然后在面包上放了一片橙色的芝士。

她用巨大的手指抓起了西红柿，安德鲁和朱迪还在上面！安德鲁的短裤还被西红柿的倒刺钩住了！

"她来时要绕过山，绕过山，绕过山……"斯卡特太太唱道。

朱迪从西红柿茎上跳下来，开始沿着西红柿皮往下滑，就快要看不见她了！

安德鲁紧随其后。西红柿的表皮很光滑，但上面点缀着像碗一样的坑。他跳到西红柿表皮上，往下滑去。

突然，他上方有道光一闪而过，一堵明晃晃的银墙落在了他和朱迪中间！

6 我们分开了

　　斯卡特太太用刀将西红柿切成两半，安德鲁和朱迪被困在了不同的半球块上。

　　安德鲁向另一半西红柿张望着，斯卡特太太正在切那一半西红柿！

　　她将3片滴着汁水的西红柿片放在覆盖着芝士的面包上。

　　然后斯卡特太太往3片西红柿上撒了点儿盐，又在上面放了一片面包。

"现在我要把可爱的三明治放进烤箱了，"她说，"肯定很好吃！"

她瞥了一眼微波炉，然后又看了看烤箱："点兵点将，点到谁就用谁。"

哔———— "所有的食物中都含有水分，"阿探说，"微波炉产生的微波会让水分子快速震动，很快很快！水分子会变得很烫、很烫、很烫！然后水分子会把其他分子加热。但烤箱的工作原理则不同，它会加热食物中所有的分子。"

"我想还是用微波炉吧，"斯卡特太太说，"这样更快一些！"

她从盘子里拿起三明治，放进微波炉里，设置好时间，打开开关。

"不，不要！"安德鲁失声叫道，"如果朱迪在那个三明治上……"

"朱迪！"阿探哭了起来。忽然，他闭上了

眼睛。

"呼噜······呼噜······呼噜······"

阿探又开始打呼噜了。

"我得把剩下的西红柿放进冰箱里。"斯卡特太太说。

斯卡特太太拿走了安德鲁所在的那半个西红柿，嗖的一下拉开冰箱门。由于速度太快了，安德鲁觉得整个厨房都变得有些模糊。

安德鲁透过西红柿的边缘往冰箱里最顶层的架子上望去。那里非常拥挤！有几瓶橙汁、一盒牛奶及一只烤火鸡，果酱、芥末和蛋黄酱的罐子也堆在一起。

"嗯，"斯卡特太太沉思道，"这里塞不下任何东西了。"

斯卡特太太俯身去看冰箱中间的架子。那里也很拥挤：有装了泡菜和橄榄的罐子、一个水壶

45

和几个巧克力纸杯蛋糕，在架子中间有几颗大卷心菜，顶部被切去了一部分。

"我想可以放在这里。"斯卡特太太说。

她把安德鲁所在的那一半西红柿放到了大卷心菜上，砰的一下关上了冰箱门。冰箱里顿时一片漆黑。罐子和瓶子互相碰撞，发出丁零当啷的声音。大卷心菜歪倒了，半个西红柿滑落到大卷心菜旁边，撞上了泡菜罐。

好冷啊！安德鲁打了个哆嗦。他打开手电筒。

扑通！

一大滴东西落在了西红柿上。

哗———"这是什么？"阿探醒了，他问道。

安德鲁扬起手电筒，看到了上面的牛奶盒子。

"牛奶！肯定是盒子漏了。"安德鲁说。

哗———"牛奶的大部分成分是水，"阿探说，"牛奶之所以是白色的，是因为里面含有很多细小的蛋白质和脂肪颗粒，牛奶里还有细菌。"

安德鲁用手电筒照向冰箱的架子底部。

下方有一盒打开的酸奶、一碗鸡蛋，还有一个玻璃盘子，里面装着半块三明治，另外还有一块带有蓝色条纹的奶酪。接下来，安德鲁在这堆杂货中看到了他要找的东西。

"哇，棒极了！"他说，"阿探，快看！一块黄油！"

哗——"动物园里，为什么大象管理员的职位比其他管理员高？"阿探问，"因为它是首相（守象），嘻嘻！"

阿探胸前的紫色按钮开始闪烁，然后突然弹开，阿尔叔叔的紫色身影出现在光束的尽头。

"嗨，你们好！"阿尔叔叔的全息影像说，"上一次我试图和你们保持联系，但阿探的天线开始生锈了。我正在用高功率的全息助手，这才联系到你们。你们现在在哪里？"

"我们在斯卡特太太的冰箱里。"安德鲁说。

"干得漂亮！"阿尔叔叔笑了，"我就知道，你们会想办法进入厨房的！给阿探涂黄油的任务有什么进展吗？如果他的天线锈得再狠一点儿，我就联系不上你们了。"

"我们下面的冰箱架子上有一些黄油，"安德鲁说，"但我不知道该怎么拿到它。"

阿尔叔叔咧开嘴笑了。"我有一个主意……"他说。

7 超级橡皮筋

"你今天穿的是什么衣服？"阿尔叔叔问。

"哦，我穿的是你送给我的那件衬衫，上面有很多口袋。"安德鲁说。

"太好了！"阿尔叔叔说，"安德鲁，你记住，大多数答案不是在你的口袋里，就是在你的脑袋里。有时候，这两个地方都有答案！我送给你这件衬衫的时候，在某个隐蔽的口袋里放了一个神秘礼物。让我想想，应该是在你左侧衣领下方的口袋里，有一样我一直在开发的新产品，叫作超级……"

突然间，阿尔叔叔的声音中断了，随即阿尔叔叔的影像也不见了！

安德鲁查看了一下自己的衣领，发现左侧衣领下方有一个小拉链。他拉开拉链，找到一个小口袋，但里面什么都没有。

这时安德鲁想起来一件事情，阿尔叔叔虽然很聪明，但他有时会把左右搞反。于是安德鲁检查了一下他的右侧衣领，果然找到了一个隐蔽的口袋，里面真的有东西。

它摸起来是软乎乎的。安德鲁拉开口袋，把它拿出来。它看上去像是一根橡皮筋，两头各有一个杯子形状的小托。

橡皮筋上面附着一个标签，写着"**超级橡皮筋（1.1 版）**"。

哔————"松手，把超级橡皮筋的一头放下去。"阿探说。

安德鲁握住超级橡皮筋的一头，松开另一头。橡皮筋穿过中间置物板的格栅，径直落到了冰箱底部！

"哇，太棒了！"安德鲁喊道，"这是我见过的最有弹性的东西！"

安德鲁试图把另一头拉回来，但超级橡皮筋似乎越拉越长了。

哔————"使劲啊，安德鲁！"阿探说，"就像拉悠悠球那样！"

安德鲁猛地拽了一下超级橡皮筋的这头，另一头嗖的一下回来了！

"哇，酷极了！"安德鲁说。

安德鲁把超级橡皮筋的一端绑在阿探身上。

"好了！"安德鲁说，"我把你放下去拿黄油，

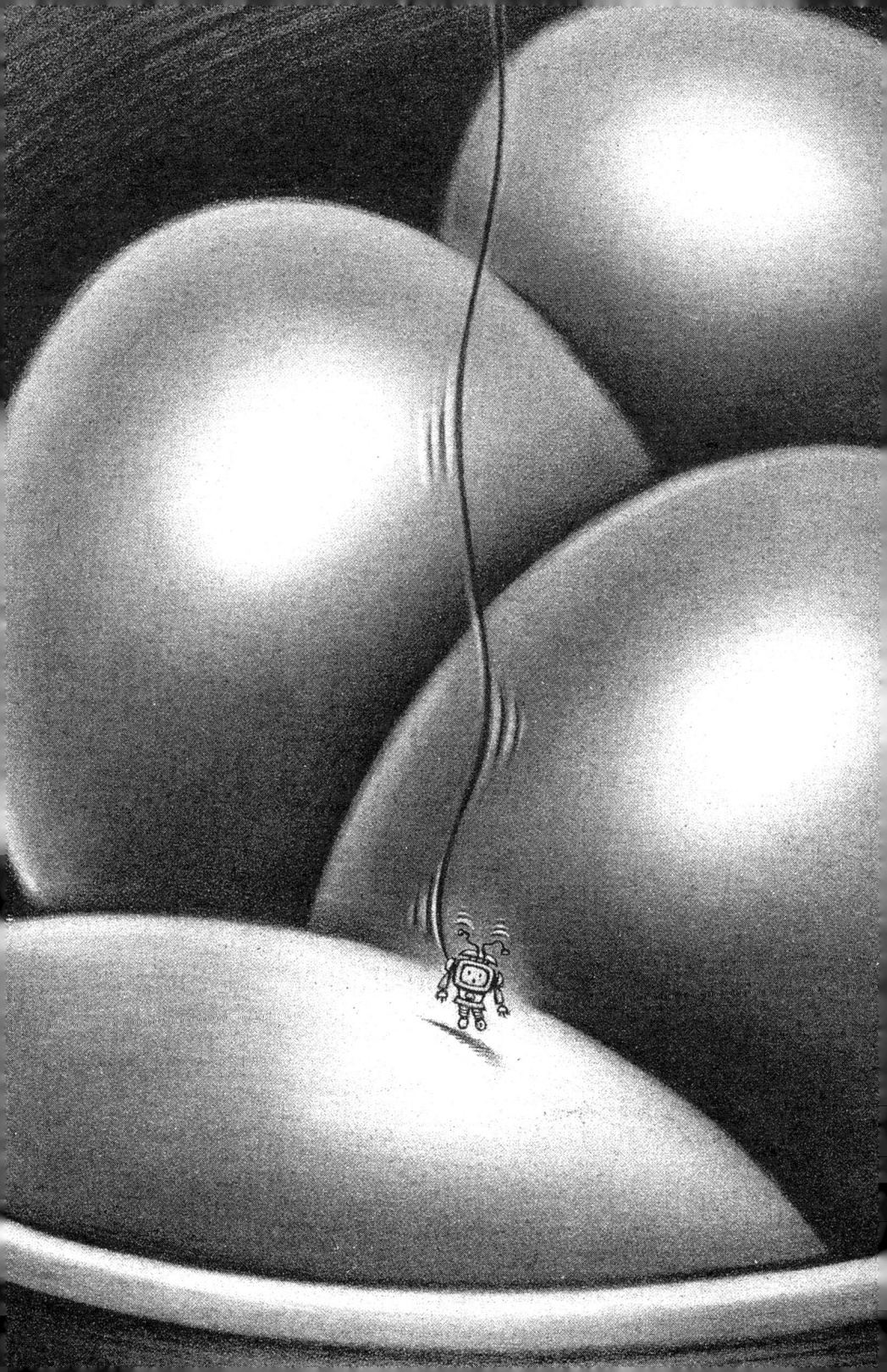

阿探。你挖一大块，我再把你拉上来，给你涂个痛快！"

"好啊！好啊！好啊！"阿探说。

阿探跳下西红柿，一溜烟滑到最底下的架子上，落在那碗鸡蛋里。

"阿探，你没事吧？"安德鲁喊道。

但是阿探听不见他说话。他的声音太小了，传不到那么远的地方。

安德鲁想起了超级橡皮筋末端的杯状小托，他连忙把小托举到嘴边。

"喂，阿探！"他说，"你能听到我的声音吗？"

"可以，安德鲁！"下方的阿探也把杯状小托凑到嘴边。

"阿探，我试着把你从鸡蛋上面荡到黄油上去。"安德鲁说。

哔———"你知道为什么鸡蛋不是圆的吗？"阿探问。

"阿探，现在可不是科普的好时机，"安德鲁说，"我必须给你涂上黄油，然后一起去救朱迪。"

哔———"如果鸡蛋是圆的，就很容易滚动，"阿探继续说，"这样鸡蛋会破裂、会滚丢。椭圆形的鸡蛋会围着尖头一端打转，不会滚很远。"

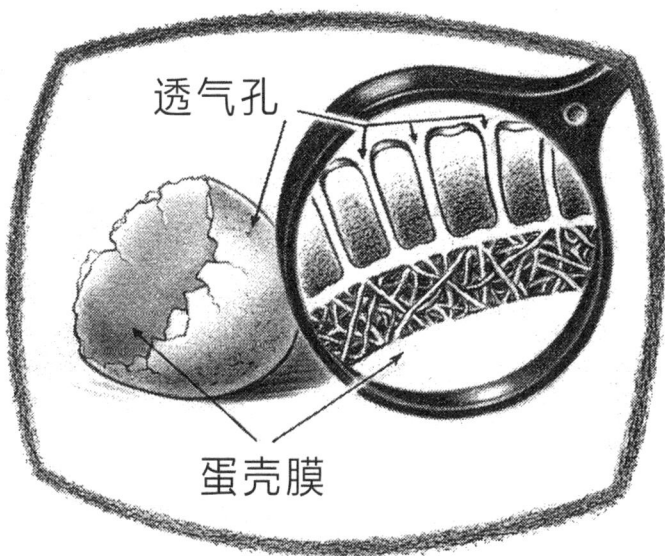

透气孔

蛋壳膜

"阿探，现在我要把你从鸡蛋上拉开了，"安德鲁说，"做好准备！"

哔——"鸡蛋壳上有很多小孔！"阿探说，他向安德鲁投射了一张图片，"这样当鸡蛋里有小鸡时，小鸡才能呼吸！"

"别说了，阿探！"安德鲁说。

安德鲁把阿探从鸡蛋上拉起来，试图把他甩到黄油上。但阿探落到了没吃完的三明治上，摔进了一个深深的面包孔洞里。

哔——"面包上有很多洞，就像月球表面一样，"阿探说，"月球上的坑是由陨星撞击造成的，面包上的洞则是小酵母发酵时产生的。小酵母生活在面团中。"阿探向安德鲁展示了小酵母的图片。

"小酵母会吃面团里的某些物质，"阿探说，"然后小酵母就会打嗝！打出的嗝在面团里产生

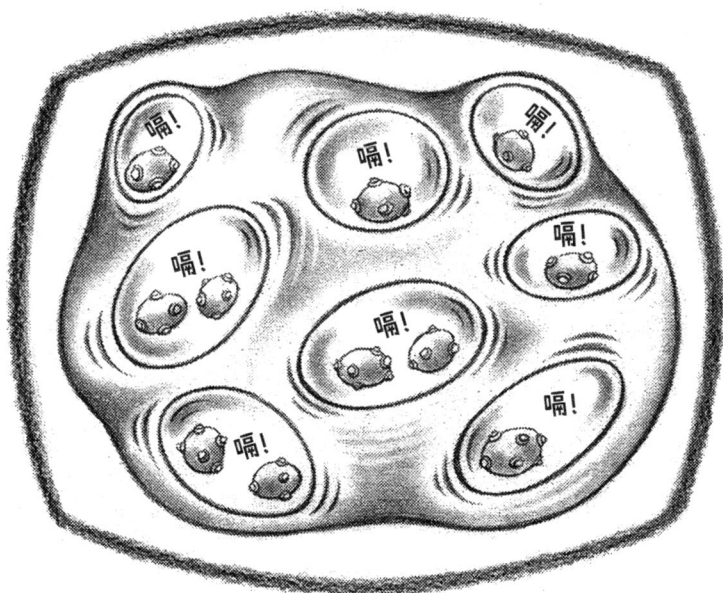

了泡泡。面包被烤熟，小酵母也死了，但泡泡留了下来！"

安德鲁打了一个寒战。"快点儿，阿探，"他说，"我的手指冻僵了。"

阿探爬出面包孔洞。

哗——"大象的左耳朵最像什么？"阿探问，"最像右耳朵，嘻嘻！"

　　安德鲁叹了口气："我再来试一次，把你弄到黄油上，你再试着像刚才那样摆动身体。"

　　"没问题！"阿探说。

　　安德鲁终于让阿探荡到了黄油表面。就在他正准备把阿探放到那层奶黄色的黄油上面时，冰箱的门突然打开了。

8 涂上黄油

"嗒，嘀嘀，嗒嗒……"斯卡特太太哼唱着。她的鼻子出现在安德鲁面前，像一个粉红色的大雪坡。

"我看看,泡菜在哪里？"她自言自语道,"哦,在这儿！"

斯卡特太太用肉嘟嘟的手拿起了一罐泡菜——正是安德鲁所在的西红柿靠着的罐子。西红柿在大卷心菜边缘摇摇晃晃。安德鲁关掉手电筒，把它挂在皮带环上，然后牢牢抓住西红柿！

丁零零零零零零！ 斯卡特太太的电话响了。

"我敢打赌，是市长给我回电话了！"斯卡特太太说。

她重重地关上冰箱门，但是她的力气太大了，门又弹开了！

"哦，你好，赞博尼市长！"斯卡特太太说，她的声音变得很甜腻，"是关于我的邻居，达布尔一家的事情。是的，我已经打过很多次电话投诉他们了。"

啪嗒！

一滴牛奶径直落在安德鲁头上，把他从滑溜溜的西红柿表皮上冲了下去！

"哎呀！"安德鲁说。他一手抓着西红柿光滑的表皮，一手拿着超级橡皮筋！

斯卡特太太的声音变得没那么动人了："我很忙，赞博尼市长，但我绝对不是多管闲事的人！"斯卡特太太沉默了片刻，"我简直不敢相信！"她终于开口说道，"他居然挂我的电话！"

安德鲁的手指冰凉，他再也抓不住了。他从西红柿上滑落，落在一堆软软的黄色雪堆上——是黄油！

头顶上，西红柿沿着大卷心菜越滑越远，最终从大卷心菜边缘滑落，穿过中间一层架子，撞向装着半个三明治的玻璃盘子……

哐嘟！

乱糟糟的一堆东西全掉在厨房地板上。

安德鲁听到斯卡特太太沉重的脚步声越来越近。"我已经忍无可忍了！"她尖叫道。

安德鲁四处张望，寻找着阿探，但他没看到阿探，不过阿探应该还在超级橡皮筋的另一端。

"阿探！"安德鲁喊道。但是没有回应。

安德鲁猛地拉了一下超级橡皮筋，阿探沿着黄油向他滑过来。

"**呼噜**……"阿探又睡着了。他所有的按钮都在闪烁红光。

"醒醒，阿探！"安德鲁说。他将阿探从超级橡皮筋上解开，然后抓起一块黄油，涂在阿探的身上，尤其是天线部位。

冰箱门大敞着。

斯卡特太太跪在地上收拾那一团糟。她的头顶正好在安德鲁下方，他可以看到她黑色的发根，甚至还有一些头皮屑！

"**呼噜**……黄油由牛奶中的许多小脂肪团制成……**呼噜**……"阿探在说梦话！

当安德鲁用黄油擦拭阿探时，阿探的按钮从闪烁红光变成了黄光。然后，阿探睁开了眼睛！

　　"现在可真够头痛的！"斯卡特太太呻吟道。她看了看手表自言自语道："我的天哪！已经晚上六点半了！我怎样才能把今晚的花园派对准备好？"

　　斯卡特太太那张阴沉的脸从安德鲁面前掠过，就像是感恩节游行中的气球。

哗——"什么东西和大象一样大，却没有重量？"阿探说，"是大象的影子！嘻嘻！"

"哦，不是吧！"安德鲁说，"你还在讲大象的笑话！"

哗——"我还是很潮湿！"阿探说，"得把我弄干！"

砰！

"微波炉！"斯卡特太太尖声叫道。她跑到微波炉旁边，把门打开。门上沾满了橙色的芝士和红色的西红柿！

"真是难以置信！"她说，"我一定是不小心把时间设定成了10分钟！又是一团糟！"

斯卡特太太摇了摇头。"或者我该回去睡一觉，"她呻吟道，"但我得吃点东西。也许就来一片吐司配茶。就这样！热乎乎的黄油吐司！"

9 蓝色小点

哦，不要啊！ 安德鲁心想。他抓起阿探向黄油边上跑，但距离太远了，而且黄油实在是太滑了。

斯卡特太太打开烤箱的门，将一片面包放进去，然后关上门，转了一下旋钮。

接着她重重地踩着脚走回冰箱边。

还在黄油碟子上的安德鲁和阿探嗖的一下就离开冰箱，被厨房里温暖的空气包围了。那黄油碟子就像飞碟一样!

　　他们被放在厨房台面上,旁边就是斯卡特太太给自己做的西红柿烤芝士三明治。

叮!

　　斯卡特太太把吐司从烤箱中拿出来,放进盘子里。

　　安德鲁看到一道银色的闪光,又是那把刀!

　　刀刃猛地插进黄油块中,卷起金黄色的巨浪。巨浪朝安德鲁和阿探席卷而去,把他们带走了!

他们升到空中，然后向下俯冲。

他们朝着下方一大片棕色的吐司扎去！

黄油落到了吐司上，安德鲁顿时感到一阵暖意——带着烤面包香味的暖意。

哗——"真暖和！"阿探尖叫道，"阿探马上就会干。"

"哇！运气不错呀！"安德鲁笑道。

黄油正在融化，安德鲁和阿探的身上沾满了黄油！

刀子开始像扫雪机一样，推着黄油在面包上到处移动。安德鲁和阿探被推到了面包的边缘。

安德鲁低头看去，目光越过面包皮看到了下面的盘子：那里有许多面包屑，还有一些闪闪发光的立方体。

哗——"是盐！"阿探说，"一些盐来自盐洞。盐洞是古老的海洋干涸后形成的！"

阿探兴奋起来。

哔———"看！"他尖叫道，"蓝色！"

安德鲁眯起眼睛，顺着阿探所指的方向望去。在一粒盐后面，有一个蓝色的小点。蓝点上方还有一小绺卷曲的棕色头发！

"朱迪！"安德鲁大喊。

"朱迪！"阿探大喊。

朱迪没有抬头。她离得太远了，听不到他们微小的声音。

"嗯，"安德鲁嘀咕着，"我有个主意。"

他把超级橡皮筋的一端扔向朱迪。橡皮筋飞过她身边，碰到了一块盐粒又弹开了。

朱迪急忙转过身，想看看究竟发生了什么，她抬起头，但还是没看到他们。

安德鲁将超级橡皮筋拽回来，像甩套索一样将它在头顶上旋转，然后再次扔出去。

这一次，超级橡皮筋一头的杯状小托卡在了朱迪旁边的一块盐粒上。

朱迪跑过去拿起小托，审视了一下，然后把它放在嘴边。安德鲁赶紧把另一端的小托放在耳边。

"哦，你好，笨蛋先生！"朱迪响亮的喊声震得安德鲁的耳朵都痛了！"我等得花儿都谢了！你上哪儿去了？"

"我们一直在冰箱里待着，"安德鲁说，"但好消息是我已经给阿探涂上了黄油。吐司很热，就快把阿探烘干了！你还好吗？我们都担心你被放进微波炉，和斯卡特太太的三明治一起被加热了！"

"差一点儿！"朱迪说，"但我被盐粒从西红柿上撞下去了！"

突然间，吐司开始升到半空。斯卡特太太正准备咬一口！

安德鲁感到超级橡皮筋被拉了一下。

　　朱迪想把他们从面包皮上拉回盘子里，但超级橡皮筋卡住了！

　　斯卡特太太把吐司送到嘴边，朱迪也从盘子上被拖了起来。安德鲁将超级橡皮筋从面包上拽走，然后猛地拉了一下。朱迪弹了起来，正好落在他旁边！

　　"哦，棒极了！"朱迪说。她松开超级橡皮筋的一端，爬过一块黄油屑。"现在，我们都要被斯卡特太太软软的嘴唇一口吸进去了！"

10 顺利逃脱

吐司片停在半空，斯卡特太太抿了一口茶。

嗡嗡嗡嗡嗡嗡……

安德鲁抬起头，看到一只毛茸茸的大苍蝇正在向吐司扑来！接着，安德鲁和朱迪的目光就迎上了两个闪闪发光的巨大球形物体。

哔———"是苍蝇的眼睛！"阿探说，然后他指着苍蝇毛茸茸的脚，"看到爪子了吗？它能帮助苍蝇攀爬。苍蝇有毛茸茸的爪垫，能让它

71

们附在滑溜溜的东西上，比如玻璃、墙壁、天花板！苍蝇也用爪垫来品尝味道！"

苍蝇的眼睛下伸出一根又长又粗的管子。

哗———"是苍蝇的口器！"阿探说。

现在那个管子里正流出一些水状物体。

"哟！"朱迪说，"它在干什么？"

哗———"苍蝇不吃固体的食物，"阿探说，"苍蝇先在食物上呕吐，把食物弄成糊状，然后通过口器吸吮糊状物。"

"哟！"朱迪颤抖着说。

"把这只苍蝇当作我们的新朋友吧！"安德鲁说，"快，到我身后，抓紧我！我们要起飞了！"

"这个想法真恶心！"朱迪呻吟道。

"但是总比去斯卡特太太体内参观要好得多。"安德鲁说。

朱迪来到安德鲁身后，双臂环住他的胸膛。

安德鲁把超级橡皮筋的一端系在他和朱迪身上，然后像套索一样旋转着另一端，将它甩向苍蝇头部。超级橡皮筋缠在了苍蝇那巨大的眼睛后面！

安德鲁猛地拉了一下超级橡皮筋。接下来，安德鲁、阿探和朱迪转瞬间来到苍蝇脑袋后面的绒毛丛里！

"又来了一只苍蝇！"斯卡特太太咆哮着。

她扔掉吐司，苍蝇立马飞走了。安德鲁觉得自己像坐在喷气式飞机上！风将他们推到了苍蝇脑袋后面的那些绒毛里。他们看到厨房中的颜色和形状在旋转中变得一片模糊。

嗡嗡嗡嗡嗡嗡······

苍蝇翅膀在他们身后发出嗡嗡的声音！

斯卡特太太愤怒的声音从身下传来："有本事就等我拿苍蝇拍来！"她说。

苍蝇在房间里呈"之"字形飞舞，安德鲁他

们就像坐在过山车上一样。

我开始觉得饿了，安德鲁心想，但很庆幸我还没吃任何东西，不然就要吐了。

接着，苍蝇突然停了下来！要不是被超级橡皮筋系着，安德鲁和朱迪肯定会从苍蝇背上飞出去。此刻，苍蝇竟然倒挂着！

"安德鲁！"朱迪说，"我们在天花板上！"

"哇！"安德鲁说，"我一直都很想知道，苍蝇是怎么倒挂的！"

哗 —— "飞行中的苍蝇抬起前腿，"阿探说，"用前腿扒住天花板，这样苍蝇的一部分身体就吸附在天花板上了！飞行员会让你想到什么成语？有机可乘！嘻嘻！"

安德鲁叹了口气："我想你还没有完全康复。"

"啊啊啊啊啊啊！" 斯卡特太太尖叫着。

他们低下头向下看去，斯卡特太太挥舞着黄色的苍蝇拍追了过来！"我要不惜一切代价，除掉你们这些肮脏的东西！"

苍蝇像离弦之箭，从天花板上飞走了，片刻后，他们又猛地停了下来。安德鲁不再觉得头晕

目眩，他看到了绿色的叶子，那是斯卡特太太的院子！苍蝇落在了斯卡特太太的纱门上。

在他们身后，斯卡特太太正挥舞着苍蝇拍。

"逮住你了！"斯卡特太太大喊。

苍蝇拍带着黄色的残影，笔直地朝他们落下来！

我们没有溺死在斯卡特太太的浴缸里，安德鲁心想，但现在我们可能会被苍蝇拍拍死！

　　苍蝇七弯八绕地飞到纱窗，径直朝上面的一个洞飞去！它收起翅膀，从洞中挤了出去！

　　下一秒，他们以最快的速度穿过斯卡特太太的花园！

　　不知道我身上有没有带着**虫子黏液**，安德鲁心想，如果有的话，真希望它不要漏出来……

阿探揭秘

阿探懂的东西很多，而且他说的都是真的！阿探本来想着要讲讲马桶、水、昆虫和鸡蛋的知识，但安德鲁和朱迪忙着躲避蟑螂，忙着不让自己被烤熟，没有心思听他多说。下面是阿探想说的一些话：

- 地球上所有的水都来自外太空！巨型陨星撞击在一起形成地球时，产生了绝大部分水。还有一些水可能来自后来撞击到地球的冰态彗星。

- 水在地球上已经存在了亿万年，它一直在地球上循环。你可能在恐龙喝过的水中洗过澡，也可能正在喝山顶洞人的洗澡水！

- 你能喝山顶洞人的洗澡水，是因为细菌能净化水源。细菌吞噬了水中的有害物质，把它们分解成无害物质，让植物和动物可以再次使用。

- 昆虫的眼睛最擅长观察移动的物体。对昆虫而言，移动意味着危险。移动的东西可能是一只饥饿的鸟，或者挥动的苍蝇拍！昆虫的眼睛能比我们的眼睛更快地察觉到移动的东西。

🔍 昆虫的触角能察觉到动静，它身体上的毛发也有这种功能。你的毛发也有同样的本领，比如，你的头发会告诉你风在吹拂！

🔍 加热会让食物发生变化。例如，生鸡蛋的蛋黄周围有透明的黏液——蛋清，它是由蛋白质分子构成的。蛋白质分子就像微型机器，它有一部分可以移动，并且能够工作。当你煮鸡蛋时，蛋清会变白，并且凝固。这是因为热量改变了蛋白质分子结构，使蛋白质变性，失去活性。

🔍 你也由许多蛋白质分子构成。在正常体温下（约37℃），这些分子能在最佳状态下完成工作。这就是为什么人在高烧时很危险，因为热量会烤熟你的蛋白质分子！

ANDREW LOST

科学小子安德鲁

**经典科学
冒险桥梁书**

　　10岁的安德鲁是一个充满想象力的发明家和聪明勇敢的冒险家，安德鲁与堂姐朱迪，以及小机器人阿探开启了一次又一次奇幻旅程……

**既是惊心动魄的冒险探秘
也是收获满满的科普之旅**

涉及多学科　衔接中小学课堂知识

物理　宇宙　海洋　植物　昆虫　古生物

沙漠　动物

科技
产品　人与
自然　环保　地球　物质
变化　时间

第一辑
原子大爆炸
·全8册·

安德鲁发明了"原子吸尘器"，一不小心把自己、堂姐朱迪和小机器人阿探都变小了！小小的他们遭遇了哪些神奇的生物？安德鲁的小发明会如何帮助他们？

第二辑
生物大惊奇
·全10册·

安德鲁、朱迪和阿探驾驶时光穿梭机，回到了宇宙诞生的起点！他们将开启一场时间之旅，看到地球的诞生、生命的起源……

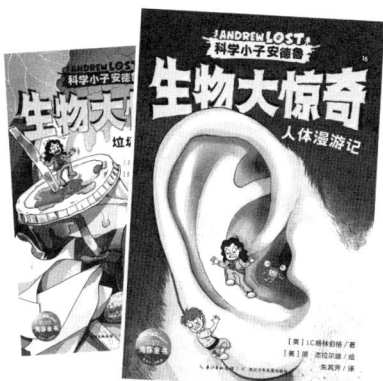

从花园到深海，
从宇宙起点到寒冷的冰河时代，
从神秘洞穴到危机四伏的热带雨林……
让我们跟随安德鲁、
朱迪和小机器人阿探，
一起奔赴一场又一场冒险！
从不同角度，
探索一个又一个神奇的科学世界！

ANDREW LOST

科学小子安德鲁

原子大爆炸

4

花园奇遇记

［美］J.C.格林伯格 / 著　［美］黛比·帕伦 / 绘

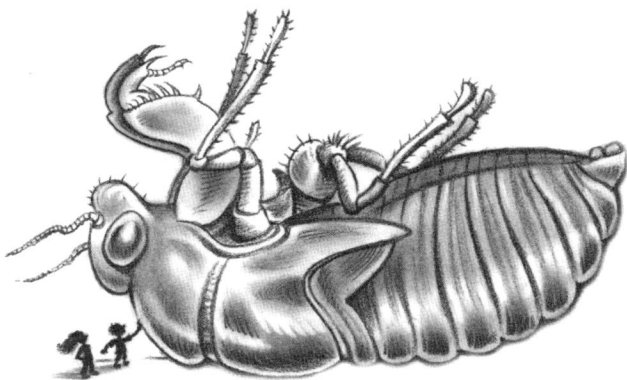

朱其芳 / 译

长江出版传媒 ｜ 长江少年儿童出版社

ANDREW LOST #4 IN THE GARDEN

献给丹、扎克、爸爸，
和真正的安德鲁，爱你们。

——J.C. 格林伯格

献给巴布，我那热爱园艺的母亲。

——黛比·帕伦

图书在版编目（CIP）数据

原子大爆炸. 花园奇遇记 / （美）J. C. 格林伯格著 ；
（美）黛比·帕伦绘 ；朱其芳译. — 武汉 ：长江少年儿
童出版社，2024.5
ISBN 978-7-5721-4795-1

Ⅰ. ①原… Ⅱ. ①J… ②黛… ③朱… Ⅲ. ①儿童故
事—美国—现代 Ⅳ. ①I712. 85

中国国家版本馆CIP数据核字(2024)第035331号
著作权合同登记号：图字17-2023-172

YUANZI DA BAOZHA·HUAYUAN QIYU JI

原子大爆炸 · 花园奇遇记

[美] J. C. 格林伯格 / 著 ［美］黛比·帕伦 / 绘 朱其芳 / 译
责任编辑 / 熊 倩
装帧设计 / 刘芳苇 黄尹佳 美术编辑 / 邓雨薇 雷俊文
封面绘画 / 笪蓉蓉
出版发行 / 长江少年儿童出版社
经 销 / 全国新华书店
印 刷 / 广州市中天彩色印刷有限公司
开 本 / 880mm×1230mm 1 / 32开
印 张 / 22
字 数 / 240千字
印 次 / 2024年5月第1版，2025年4月第4次印刷
书 号 / ISBN 978-7-5721-4795-1
定 价 / 144.00元（全8册）

策 划 / 海豚传媒股份有限公司
网 址 / www.dolphinmedia.cn 邮 箱 / dolphinmedia@vip.163.com
阅读咨询热线 / 027-87677285 销售热线 / 027-87396603
海豚传媒常年法律顾问 / 上海市锦天城（武汉）律师事务所 张超 林思贵 18607186981

　　嗨！我叫阿探，是安德鲁最好的机器人朋友。阿探知道很多事情，比如：虫子是如何爬上墙的？为什么气泡会破裂？蜘蛛是如何织网的？

　　安德鲁喜欢搞发明，阿探是个好帮手！但是有时候，阿探和安德鲁也会犯错误。发明遇上错误，就变成了冒险！现在阿探和安德鲁要去冒险了，你想一起来吗？那就翻到下一页吧！

目 录

安德鲁的世界

安德鲁·达布尔

　　安德鲁今年 10 岁，但他从 4 岁就开始搞发明了！他的最新发明是原子吸尘器，它可以通过吸出物体原子中的空间，将物体缩小。

　　今天中午，安德鲁把他自己、他的机器人阿探，以及堂姐朱迪通通缩小了。现在，他们变得极小，甚至能在针尖上打棒球。如果他们不能在 20:01 前回到原子吸尘器上，他们将永远都那么小！

朱迪·达布尔

朱迪是安德鲁的堂姐，今年 13 岁。她很生安德鲁的气。自从安德鲁把他们缩小以后，她经历了被吸进狗鼻子里、被冲下马桶、被和黄油一起涂在一片吐司上……不过，安德鲁把朱迪父母的直升机也缩小了。要是他们能找到直升机，她就能驾驶直升机带他们回到原子吸尘器上。但距离原子吸尘器爆炸只剩下 2 小时了！

阿 探

阿探是一个小小的银色机器人。他名字的全称是"便携式超级数字探测机器人"。他是安德鲁最好的朋友。

阿探的大脑是一台超级计算机，这意味着他几乎什么都知道。多亏了阿探，阿尔叔叔要赶来帮他们了！

哈 利

哈利是一条巴吉度猎犬，它是朱迪邻居家的狗，但朱迪和它是最好的朋友。

朱迪认为，她在哈利的耳朵里看到了她父母的直升机。但安德鲁和朱迪正骑在一只苍蝇的背上，嗡嗡地绕着花园飞行。他们该如何摆脱苍蝇，回到哈利身上呢？

阿尔叔叔

阿尔叔叔的全名叫阿尔法德 · 达布尔，他是一位科学家，在一家绝密实验室工作。正是他发明了阿探！

阿尔叔叔想帮助安德鲁、朱迪和阿探恢复原样，但他不可能在 20:01 前赶到！

斯卡特太太

斯卡特太太是朱迪的邻居。哈利是她的狗。斯卡特太太正在筹备一场花园派对。但原子吸尘器即将爆炸！

1 巨大的嗡嗡声

当安德鲁·达布尔骑在一只苍蝇的背上飞过花园时，他心想：我永远不能指望一只虫子来解决问题。

嗡嗡嗡嗡嗡嗡嗡嗡……

他身后的苍蝇翅膀发出嗡嗡声，像是一台嘈杂的发动机。风呼呼地吹在他的脸上。

安德鲁的身旁是他 13 岁的堂姐朱迪，她趴在苍蝇的一只巨大的黑眼睛后面，紧紧地抓住苍蝇的一根毛发。安德鲁的银色小机器人阿探则和安德鲁抓着同一根毛发。

就在几分钟前，他们差点成了朱迪的邻居斯卡特太太的下午茶。但在最后关头，他们成功地骑着苍蝇逃跑了。现在，他们正在飞越斯卡特太太的花园。

砰！

斯卡特太太猛地关上门。

"恶心的苍蝇！"斯卡特太太大喊着。她从厨房里跑出来，手上挥舞着一把黄色的苍蝇拍，"我一定要抓住你！"

在他们下方，安德鲁和朱迪看到一条铺了砖块的小路。小路从斯卡特太太的厨房门通向一个水泥露台，那儿摆了一张野餐桌。

小路两旁是斯卡特太太的花园。紫色的雏菊和粉色的百合随风摇曳。白色的围栏旁种着玫瑰花丛。那道围栏隔开了斯卡特太太家的院子和朱迪家的院子。

"看!"朱迪指着自家的院子说,"我能看到你那台愚蠢的**原子吸尘器**!"

原子吸尘器是安德鲁的最新发明。今天中午,这台原子吸尘器把他们缩得很小很小,小到他们甚至能在针尖上漫步。

为了变回正常大小,他们必须在 20:01 原子吸尘器爆炸之前返回那里!

安德鲁和朱迪感到一阵风从他们身边刮过,原来是斯卡特太太的苍蝇拍正在他们身边挥舞。为了逃离,苍蝇绕着圈子飞来飞去。

空中飘浮着圆圆的东西,长得有点儿像带刺的乒乓球,其中一些卡在了朱迪长长的卷发中。

哗——"是花粉!"阿探尖声说,"花粉来自花朵!它能孕育新的植物。"

7

"哦，**好极了！**"朱迪试图把这些毛刺球从头发中拽出来，"我对花粉过敏！阿——阿——阿——**阿嚏！**"

斯卡特太太发出一声尖叫，苍蝇拍随即挥到了他们头顶！

"哈利，**不！**"斯卡特太太说。

哈利是斯卡特太太的宠物狗。它站在白色的围栏旁，抬起了它的一条腿！

突然，安德鲁感到胃里翻江倒海。他们骑着的那只苍蝇正在俯冲！风大极了，呼啸着吹到安德鲁的脸上，他几乎睁不开眼睛。花园变成了一

团模糊的绿色。

苍蝇落在泥地上时，安德鲁和朱迪差点被甩出去。他们闻到了奇怪的霉味。苍蝇的一侧是一片带绒毛的巨大叶子，另一侧则是那条砖块铺成的小路。

苍蝇在地面上爬行，然后停在一堆亮闪闪的黑色黏稠物体前，它从眼睛下面伸出一根粗壮的软管，将软管浸入其中。

哔———"苍蝇在吃东西！"阿探说。

"它在吃什么？"朱迪问。

哔———"朱迪不会想知道的。"阿探说。

"我想知道。"朱迪说。

哔———"是虫子的粪便！"阿探说。

"**哎！**"朱迪说，"让我们甩掉这只恶心的虫子！"

她动手解开**超级橡皮筋**，之前安德鲁用这根橡皮筋将两人固定在了苍蝇身上。超级橡皮筋是安德鲁的又一项发明。

"不要把超级橡皮筋弄乱了，"安德鲁说，"我们以后可能还用得上它。"

朱迪解开了自己，把长长的超级橡皮筋递给安德鲁。安德鲁像拉悠悠球一样拉了一下，超级橡皮筋便立马收缩起来。现在，这根橡皮筋只有安德鲁的一根手指那么长了！

安德鲁把超级橡皮筋塞进他衬衫领子下的秘密口袋里，然后拉上拉链。

"我要离开这里！"朱迪从苍蝇眼睛后面滑下来，安德鲁紧随其后。他们像尘埃一样轻盈，轻轻地飘落了下来。

突然，一声惊叫刺痛了安德鲁的耳朵。

"天哪！"朱迪大喊，"这比我们被冲进马桶里还恶心！"

2 那里有"熊"

　　安德鲁落在朱迪旁边，脚底踩到了某个黏糊糊的东西！那是一个透明的小圆点，而且还在蠕动！

　　安德鲁看到，附近有一团团东西正在潮湿的棕色泥地上蠕动！

　　其中有些看起来像长了嘴巴的、毛茸茸的派对气球！

　　有些看起来像煎饼，摇晃着前行。

还有些虫子似的东西在旁边扭动着。

哔——"许多这样的小家伙住在土壤中，"阿探说，"有数十亿！它们吃细菌和死去的生物，循环往复，为植物提供养分！"

"看这个！"安德鲁说。他指着一个东西，它的形状好像长了嘴的毛球，外表像塑料三明治包装袋那样透明，可以看到在它体内有一个小得多的、枕头形状的生物在翻滚。

朱迪睁大了眼睛说："我想，这个家伙的午餐还活着！"

安德鲁弯下腰，想更好地观察观察。这时，有什么东西从后面撞了他一下。

"哎哟！"安德鲁大喊。

"呀！"阿探尖叫。

那是一条黑色的"触手"，又长又黏，在安德鲁胸口周围抽打。"触手"的一部分鼓胀起来，

就像沙滩排球一样！

"触手"缠得越来越紧，安德鲁几乎不能呼吸了！

啪！

突然间，"触手"开始变软，浓稠的黄色黏液流了出来，弄得安德鲁全身都是！然后"触手"便松开了。

"哎哟！"安德鲁喘着气，转过身来。

朱迪在安德鲁的面前晃动着她的圆珠笔，"触手"的黏液正顺着笔杆往下滴。

"你欠我一个大人情，"她说，"我刚刚救了你的小命！"

"阿探，你还好吗？"安德鲁问着，将手伸进口袋。

哔———"我还好！"阿探回答。安德鲁帮阿探擦拭着身上的黏液。"安德鲁刚刚是被真菌的套索抓住了！有些真菌会用套索来捕捉线虫，把它们套住！然后吃掉它们！"阿探说。

朱迪一边摇头，一边清理她的笔："真菌没什么了不起的。唯一好的真菌，就是比萨上的蘑菇了。"

就在这时，阿探的天线开始摆动。他指着一片大叶子的下方，那儿有一丛繁茂的苔藓。

哔——"想去那里，拜托！"他尖声说。

"好的，阿探。"安德鲁说着，有些吃惊，他从没见过阿探如此兴奋。

安德鲁开始朝苔藓走去。

"嘿，等一下！"朱迪说，"在做新的决定之前，我们需要制订一个计划。我们必须先到直升机那里去。"

朱迪的父母有一架直升机，用于探险旅行。在安德鲁和朱迪被缩小时，直升机也被缩小了。

朱迪确信，她可以驾驶直升机飞回原子吸尘器那里——如果他们能找到它的话。

朱迪拽了拽缠在她头发里的一粒花粉。"我觉得直升机肯定卡在哈利的耳朵里了。"她说，"问题是——我们要怎么去那里？"

阿探的天线朝着苔藓的方向摇晃。

哔————"我想，我们最好到那里去。"阿探说。

朱迪无奈："好吧，我知道了！"

他们朝着苔藓走去。路上的每一粒尘土都大得像巨石，上面爬满了蠕动着的东西。

他们走近苔藓，看到了苔藓上的水滴。

哔————"在那里！"阿探指着一颗水滴说。

他沿着安德鲁的衬衫，爬上了他的肩膀。

安德鲁看着那颗水滴，就像看着一个巨大的金鱼缸——里面有东西在动！

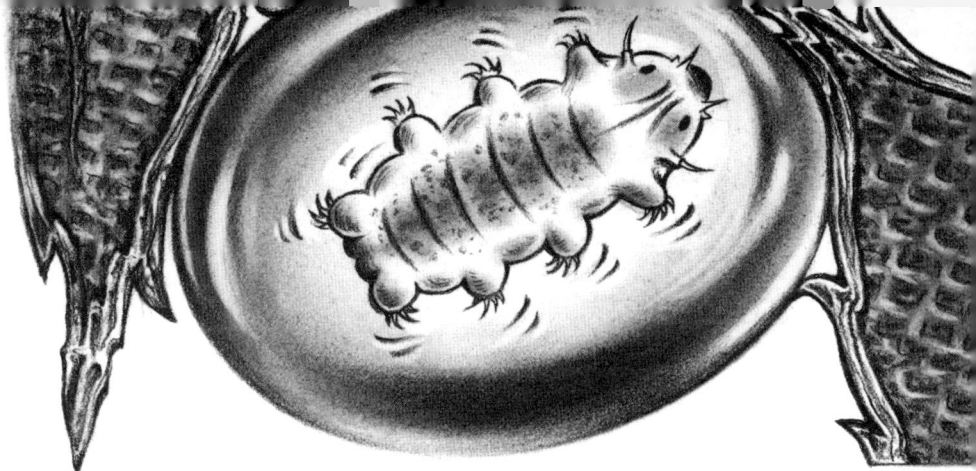

那东西看起来像只长了 8 条腿、没长毛的胖熊，个头比安德鲁还大。它向着水滴的前部游动。

哔————"想养宠物，拜托！"阿探说。

"那是什么？"朱迪问。

哔————"是水熊虫，我想叫它点点！"阿探说，"水熊虫很特别！如果苔藓变干，水熊虫也会变干。它不吃不喝，可以活几十年！苔藓再次变湿时，它就会重新活过来。它是个好宠物，连猫砂盆都不需要！阿探想把点点带回家养，拜托！"

"点点？"安德鲁叹了口气，"我们甚至不知道自己能不能回家。"

17

朱迪摇摇头说："你看它有多大！"

阿探沉默地坐在安德鲁的肩膀上。

安德鲁想了想说："这样好吗？当我们变回正常大小时，我们可以让阿尔叔叔来带走点点。斯卡特太太喜欢阿尔叔叔，会同意的。"

"好的！太好啦！"阿探说，"谢谢！"

阿探按下胸前的一个按钮，一道细细的黄色光束照向水滴。

哔——"'它在哪里'射线会帮助我们再次找到水熊虫。"阿探说。

阿探向水熊虫挥手，水熊虫的小短腿似乎也在朝阿探挥舞。

当阿探爬回安德鲁的口袋里时，他们听到了类似纸张折叠的声音。安德鲁转过身——

一个摩天大楼那么高的怪物赫然站在他们身后！

3 虫子黏液

怪物的腿是绿色的，很长很长，似乎没有尽头。上方是怪物的两条前肢，像镰刀一样。

它的头部呈倒三角形，巨大的绿色眼睛似乎正盯着他们。

"它看起来像电影里的外星人。"朱迪低声说。

哞 —— "是螳螂！"阿探尖叫道，"螳螂吃虫子，甚至还吃蜥蜴！"

螳螂慢慢地抬起一条后腿。

朱迪打了个寒战。"我们这么小，连螳螂的零嘴都算不上。"她说，"但它可以像霸王龙一样把我们踩扁。"

"如果我有一些**虫子黏液**就好了。"安德鲁说着在他的衬衫口袋里翻找起来。

"虫子黏液?！"朱迪说，"听起来像是你的一种愚蠢发明。它最好是能驱虫的！"

安德鲁别过头。"嗯，实际上，它闻起来像是给虫子准备的比萨。"他说，"虫子们会从几千米外来抢夺它。"

"你疯了吧！"朱迪说，"你想让螳螂过来抓我们?"

安德鲁拉开裤腿上的口袋拉链，里面什么都没有。但那个口袋的后面还有一个口袋。安德鲁摸到有一小块东西。他掏出一个小小的塑料瓶。

"看这个！"安德鲁说。

他打开瓶盖，瞄准螳螂身后，迅速按了一下。塑料瓶里的绿色虫子黏液立即向阴影中的树叶喷射而出。

螳螂晃了晃头，腿抽搐了一下，然后转过身，向着虫子黏液蹒跚而去！

"看！"安德鲁说。

头顶上，苍蝇、蜜蜂和蚊子纷纷朝着虫子黏液迅速飞去。光亮的棕色甲虫从叶子上跳下来，也朝着虫子黏液冲去。

除了虫子的嗡嗡声之外，还有一种声音。那声音来自朱迪的院子。

咔嗒、咔嗒、咔嗒、咔嗒……

声音越来越响。

咔嗒、咔嗒、咔嗒……

"那是什么奇怪的声音？"朱迪问。

"糟糕！"安德鲁说。

朱迪瞪着安德鲁。

"'糟糕'可不是一个好答案。"她说。

"那可能是原子吸尘器的声音，"安德鲁说，"呃，这可能意味着，它开始发烫了。"

砰！

纱门砰的一声关上了。斯卡特太太穿着拖鞋，一双大脚踏着重重的步子走向他们。

安德鲁和朱迪抬起头，看到斯卡特太太拿着一串彩色的气球，手里还有一条白色的横幅。

她走到围栏旁边，将气球系在上面，把横幅挂在两棵树之间。横幅上用大红色的字写着"**清除害虫五周年庆**"。

"清除害虫"是斯卡特太太开的公司的名字。她的公司不光清除虫子，也清除一切人们不想在房子里见到的东西。

斯卡特太太后退一步，看了看这些装饰。"真不错！"她说，"虽然今天是糟糕的一天，但我要办一场完美的花园派对。"

她转过身，踏着重重的步子走向厨房。她脚上的一只拖鞋差点拍到安德鲁、朱迪和阿探的头上！

朱迪指着一片远离小路的树叶说："我们爬到那片树叶上去吧，免得被斯卡特太太踩到。"

要抵达那片树叶，他们必须爬过一块块狗屋

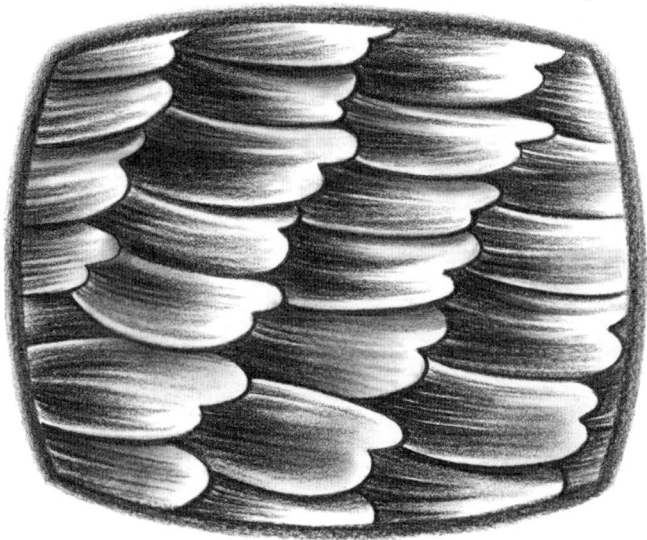

大小的泥土。

泥土中的生物试图舔他们的脚。这里就像是一片垃圾场，充斥着许多怪异的东西。

安德鲁在一个看起来像一堵橙色的墙一样的东西前停了下来。它表面覆盖着鳞片，就像鱼鳞一样。

哔——"是蝴蝶的翅膀。"阿探指着自己的屏幕脸说，"那明亮的橙色是在警告鸟儿们，'别吃我！我很难吃，还有毒！'"

安德鲁朝翅膀顶部望去，发现什么东西正从空中旋转着俯冲下来，而且无比巨大，直冲他们而来！

"快跑！"安德鲁喊道。

4 绿色嘴唇

那东西砰的一声掉在他们眼前——看起来十分巨大，而且是透明的，看起来像一个飞艇大小的昆虫状果冻！

摸起来像是塑料！

哔——— "是昆虫的外骨骼！"阿探说。

安德鲁用手碰了碰说："摸起来像是塑料！"

哔——— "这是一种名叫蝉的昆虫蜕下的外骨骼。"阿探说，"昆虫长大后，小的外骨骼就用不了了，所以它们需要新的外骨骼。"

朱迪皱起眉头。"我不喜欢蝉在炎热的夏天发出的那种吵闹声。"她说，"而且这愚蠢的昆虫曾经害我写了错别字！"

"怎么回事？"安德鲁问。

朱迪翻了个白眼："我把'蝉'的虫字旁写成了口字旁，因为它的叫声真的很吵。"

哔——— "17年前，有很多蝉的幼虫从卵里孵化出来。"阿探说，"幼虫钻进地里，在地下待了17年！它们会吸吮树根里的汁液。在六月的一个晚上，它们一起从地里爬了出来！"

"17年后，它们突然决定一起爬出来了？"

安德鲁问。

"没错!"阿探说,"它们需要在安全的地方蜕下外骨骼，于是爬上树。眼前这个蜕了外骨骼的蝉属于爬上来较早的一只蝉。还有成千上万只蝉很快就要上来了!"

"什么时候?"朱迪问。

哗———"也许就是今晚。"阿探说。

朱迪摇了摇头说:"到现在为止，我们今天已经被吸进一只狗鼻子里，被冲下马桶，还差点和一块西红柿芝士三明治一起被烤熟。现在，我们又可能会被一大群蝉给踩扁!"

28

砰！

斯卡特太太跺着脚走出厨房，手里拿着一个白色的大盘子，上面高高地堆着一摞三明治。

"快点！"朱迪说，"爬到叶子上去！"

这片巨大的叶子垂到了地面。不过，他们爬到叶子上去仍然像是在攀爬一座悬崖。

幸运的是，叶子上长满了绒毛。朱迪抓住一根绒毛，往上攀爬。安德鲁紧跟着她。

"天啊！"朱迪喊道，"这片叶子上有嘴唇！"

安德鲁望着叶子。叶子表面真的全是嘴唇。而且都是张着的！

哗——"这是植物的气孔，"阿探说，"植物从空气中吸取食物。不会吃我们的！"

朱迪眯起眼睛看着阿探："你确定吗？"

"确定！"

朱迪和安德鲁爬上那片叶子。

突然，阿探胸口中间的紫色按钮开始闪烁。

"是阿尔叔叔！"安德鲁说。

阿探的紫色按钮弹开，发出一束紫色光线。

朱迪和安德鲁坐在那片叶子上。

"嘿，你们好！"阿尔叔叔的全息影像说。

这影像是淡紫色的，他们可以透过影像看到后面。

"大家都没事吧？"阿尔叔叔问。

"我们正坐在植物的嘴巴上！"朱迪说。

"但我们很舒适。"安德鲁说。

"你们已经进入了花园！"阿尔叔叔说，"我这边的信号越来越强了。你们肯定修好了阿探的天线，你们真是开动了脑筋！"

"阿尔叔叔，"朱迪说，"我们没有多少时间了，我们得变回原来的大小。"

哔——"现在是 19:25，"阿探说，"离 20:01 还有 36 分钟！"

"我将在 30 分钟内到达机场，"阿尔叔叔说，"但是从机场到你们那里，还需要 10 分钟。现在，我想让你们回想一下我办公室门上的那块牌子上的字。"

"哦，对！"安德鲁点点头，"那块牌子上面写着'**问题有许多答案**'。"

"你说对了！"阿尔叔叔说，"这是我知道的最好的魔法，它对任何事情都有用。你们可以用它来做比萨、发现新的星球，或者变回原来的大小！"

嗞嗞嗞嗞嗞嗞嗞……

阿尔叔叔的信号里出现了干扰声。

"我正在穿过风暴云，"阿尔叔叔说，"我的信号可能会中断。但记住我说过——"

嗞嗞嗞嗞嗞嗞嗞嗞……

干扰声越来越大，阿尔叔叔消失了。

咔嗒、咔嗒、咔嗒……

咔嗒、咔嗒、咔嗒……

"原子吸尘器的声音越来越响了。"朱迪说。

"呃，它可能越来越烫了。"安德鲁说。

阿探的天线开始抖动。

哔———"听到了隆隆声，"阿探说，"在地下！"

突然，叶子的前方拱起一堆泥土，从中钻出一个物体，看起来就像棕色的、滑溜溜的鱼雷！

5 蚯蚓的逃亡

一个长长的、圆滚滚的东西正在往外蠕动，仿佛一个由轮胎内胎制成的尼斯湖水怪。

哔——"是蚯蚓！"阿探说。

"它像雷龙那么大！"朱迪说，"我希望蚯蚓是素食主义者。"

哔——"蚯蚓吞食泥土，"阿探说，"获取其中的有机物质。"

"你觉得它看到我们了吗？"朱迪问，"也许，

33

它以为我们是泥土里的小零食吧。"

哔———"蚯蚓没有眼睛。"阿探说。

这只蚯蚓蠕动着身体前部，朝他们所在的叶子爬过来。明亮的阳光照在蚯蚓湿漉漉的皮肤上，让它看起来亮晶晶的。

哔———"太阳对蚯蚓不好，不好，不好！"阿探说，"如果待在太阳底下时间过久，蚯蚓就会脱水而亡！"

"那它为什么要出来呢？"安德鲁问。

哔————"因为蚯蚓感觉到地下有东西在震动，"阿探说，"也许是原子吸尘器的噪声让地下产生了震动，蚯蚓试图要逃走。"

"我有点儿同情这小子了。"朱迪说。

哔————"蚯蚓不是'小子'，"阿探说，"也不是'姑娘'。蚯蚓是雌雄同体！"

"太奇怪了吧！"朱迪说，"我们能做些什么，让它回到地下呢？"

"也许我们可以发出一种真正让它烦恼的噪声。"安德鲁说，"阿探能记住他听过的每一首曲子，甚至能播放音乐。阿探，就来那首臭脚丫的歌吧。"

哔————"蚯蚓听不到声音，"阿探说，"当声音很大时，蚯蚓只能感觉到震动。"

"那是一首很吵的歌，"安德鲁说，"也许吵到足以让蚯蚓感觉到。试试吧。"

"好的。"阿探说完便开始唱道：

> "脏袜子，脏袜子！
> 它们从没干净过，
> 它们让你脏兮兮。
> 它们从脚趾头开始，
> 然后让你，
> 一路脏到
> 头发里！"

阿探尽可能地高声唱着那首歌，但蚯蚓仍在不断靠近。它摇摇晃晃地朝他们所在的那片叶子爬来。

朱迪和安德鲁匆忙站起身。他们没有往后看就向后退了，结果不小心从叶子上掉了下来，落到了泥地上。

嗒嗒⋯⋯嗒嗒⋯⋯

咚咚⋯⋯咚咚⋯⋯

凉鞋和运动鞋踏响了砖铺的小路。斯卡特太太的客人们来了。

"嗨，斯纳弗莱斯夫人，你好！"斯卡特太太对其中一位客人说，"见到你真好。很遗憾斯纳弗莱斯先生不能来。他脚趾上的毛病真是太糟糕了，希望用不着动手术切除。"

"看我手上拿的是什么！"一个小男孩的声音传来。

"杰里米·斯纳弗莱斯，"一个女人的声音说，"马上把水枪放下！"

斯卡特太太踏着重重的步子走回厨房。她已经换下了拖鞋，现在穿的是红色高跟凉鞋，鞋尖上还装饰着蝴蝶结。

他们听到斯卡特太太嘀咕道："邀请函上写着'不能带孩子'。她应该把那个小家伙留在家里。"

斯卡特太太走过时，安德鲁和朱迪都感觉到地面在摇晃。

蚯蚓肯定也感觉到了。它停止了移动，然后，非常缓慢地退回到泥土里。

阿探摇摆着天线。

哔———"阿探听见了一些动静。"阿探说。

"我只听见了原子吸尘器的声音。"朱迪说。

哔———"是沙沙、沙沙的声音。"阿探说。

安德鲁眼角瞥见有东西在动。他转过头，看到一片枯黄的叶子在颤抖。有什么东西从它下方渗了出来！

看起来就像是一片黄色的湖泊，正在向他们涌来！

"等等，"朱迪说，"我觉得我的确听到了什么声音。"

"可能只是一阵微风吧。"安德鲁说，他不想让朱迪再感到不安，"但你看起来需要一些运动。我们来跑步吧。"

安德鲁奔跑起来。

6 蚂蚁农夫

朱迪紧随着他跑了起来。"等我抓住你，要你好看！"她喊道。

他们爬过一根树枝，从岩石一侧滚下，摔在了什么东西上面。那东西看起来像是蓬松的白色垫子。

"呼！"朱迪喘着气说，"我们在这里休息一下吧。我们到底是为什么要这么蠢兮兮地奔跑？"

安德鲁耸了耸肩说："刚刚有一团巨大的黄

41

色黏菌在朝我们爬来。"

哔——"看！"阿探指着自己的屏幕脸说，"黏菌是菌类中的一门。大部分时间，黏菌细胞都是独自生活。但是当它们的食物耗尽时，黏菌细胞就会聚在一起，形成一大片黏液状的物体，开始'美食游行'，寻找新的食物。"

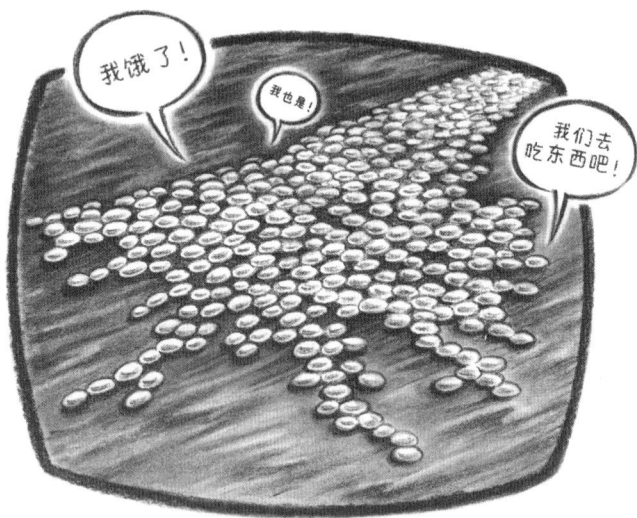

"听起来有点儿像班级旅行时，大家一起找地方吃午饭。"安德鲁说。

朱迪皱起眉头。"真是好极了！"她说，"那么黏菌会跟着我们来这儿吗？"

哔———"黏菌翻不过那块岩石。"阿探说。

"很好！"朱迪说，她摸着他们坐着的垫子，那上面有蓬松的白色细丝，"这玩意有点儿黏，像棉花糖，但很舒服。"

安德鲁环顾四周，突然张大了嘴巴。

"太厉害了吧！"安德鲁大喊，他指着一座土山，"你知道那是什么吗？"

朱迪翻了个白眼。"那是一个蚁穴，"她说，"但是你最好没有在想我认为你会想的事情。我可不想再听你那些关于蚂蚁的科学报告。"

"朱迪，我们必须进入那个蚁穴。"安德鲁说，"就是现在，我们发现惊人秘密的机会来了！"

朱迪摇摇头说："自从海绵上的那只蚂蚁靠近我以后，我就再也不想见到任何蚂蚁！"

"啊，拜托，朱迪。"安德鲁恳求道，"我想蚂蚁现在正在睡觉呢。"

哗——"还没到蚂蚁的睡觉时间。"阿探说。

"别担心，"安德鲁说，"你并没有看到任何一只蚂蚁，对吧？"

"每当你说'别担心'的时候，"朱迪转过身说，"我就有不好的预感……**啊呀呀呀呀呀呀！**"

安德鲁转过头，去看朱迪为什么尖叫。

"**蚂蚂蚂蚂蚂蚁！**"安德鲁和朱迪大喊起来。

蚂蚁那富有光泽的黑色脑袋就在他们身后。他们可以从它那玻璃墙一般的眼睛里看到自己的倒影。

这只蚂蚁用巨大的下颚钳住了他们坐着的垫

子，然后将它举起，带着他们一起，向蚁穴走去！

哗——"蚂蚁不会吃我们的！"阿探尖声叫道。

"什么？"朱迪大喊，"我们被蚂蚁用下颚钳住，你却说蚂蚁不会吃我们？我想，你的天线是浸到了什么奇怪的东西吧，阿探！"

哗——"这是只蚂蚁农夫，"阿探说，"负责照顾粉蚧。"

阿探指着他们下面那张毛茸茸的垫子说："这就是粉蚧！"

朱迪倒吸一口气。"你的意思是，我们正坐在一只虫子上吗？"她说，"可它甚至没有移动过！"

哗——"粉蚧不怎么动。"阿探说，"蚂蚁把粉蚧带到蚁穴里，就像农夫把牛带到牛棚里一样！人类喝牛奶，蚂蚁则吃粉蚧的排泄物！甜甜的，甜甜的，甜甜的！正粘在朱迪的手上！"

"**哎**！"朱迪疯狂地擦去手上黏糊糊的白色绒毛。

下一秒钟，蚂蚁飞快地钻进了蚁穴，就像钻进一根烟囱一样。周围变暗了，并且越来越暗。他们的鼻子里充满了潮湿发霉的味道，仿佛置身

于一个陈旧的地窖中。

安德鲁从腰带上取下迷你手电筒，按下开关。

他们处在一个巨大的洞穴里。手电筒的光照在墙上露出的"白色毛绳"上。

哔———"是植物的根。"阿探说。

其他蚂蚁在穴底爬来爬去。其中一只蚂蚁来到了安德鲁和朱迪身边。两只蚂蚁相互晃动着它们的触角。

哔———"蚂蚁在用气味交流！这只蚂蚁说它找到了失踪的粉蚧。"

钳住他们的蚂蚁钻进蚁穴中一个黑暗的洞里，这是另一条隧道。

"天哪！"朱迪说，"我们又迷路了！"

7 真菌大炮

他们从隧道中出来，来到蚁穴中的一个巨大房间。

安德鲁瞪大眼睛。"太酷了！"他喊道。

房间中央躺着一只巨型蚂蚁，它比其他蚂蚁大多了！它的周围有闪亮的白卵，卵的旁边蠕动着虫子一样的东西。

正常大小的蚂蚁在卵和虫子一样的东西间爬行，用触角去触碰它们。

哔——"那是蚁后！"阿探说，"所有的蚂蚁宝宝都是蚁后生的。蚂蚁宝宝从卵中孵化，看起来就像是虫子。蚁后用气味来统治蚂蚁！有很多蚂蚁负责照顾蚁后和蚂蚁宝宝。"

蚂蚁钳着他们穿过蚁后的房间，进入另一条黑暗的隧道。

朱迪抱怨着："我们要怎样才能离开这里？"

哔——"有办法了！"阿探说，他指着自己的天线，"阿探可以散发出像蚂蚁一样的气味。阿探可以尝试用气味告诉蚂蚁，让它带我们出去！"

阿探的天线摆动着。安德鲁和朱迪闻不到任何味道，但钳着他们的蚂蚁却停了下来，放下了粉蚧。

"糟糕！"阿探说，"搞错了。"

阿探再次摇动天线。蚂蚁轻轻地衔起粉蚧，

跑到了隧道里。

哔 —— "再试一次。"阿探说着，摆动起天线。

这一次，蚂蚁的触角也摆动起来。它在隧道里调转方向，开始朝蚁后的房间奔跑。

在蚁后的房间里，蚂蚁们正疯狂地奔跑着，有些蚂蚁还带着卵。所有蚂蚁都在逃离蚁穴。钳住安德鲁和朱迪的那只蚂蚁也跟其他蚂蚁一样往外冲。

"天啊，阿探！"安德鲁说，"你对它们说什么了？"

"我用气味告诉它们大难临头了！"阿探说。

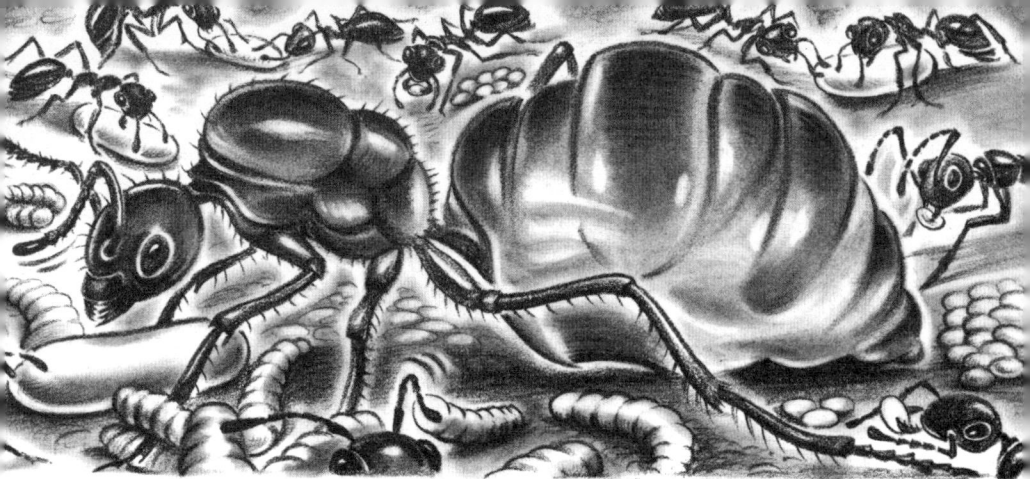

安德鲁看到前面有一点儿光。蚂蚁正爬上通往外面的隧道。安德鲁关掉手电筒，挂回腰带上。

"我们必须离开这只蚂蚁！"安德鲁说。

"别让其他蚂蚁把我们踩扁！"朱迪说。

蚂蚁的脑袋探出蚁穴。安德鲁深吸了一口新鲜空气。

蚂蚁们朝花园进发。安德鲁和朱迪将自己从黏糊糊的粉蚧上拉开。

钳住他们的蚂蚁爬过一块石头。石头下方的地面上有许多茶杯状的物体。虽然个头不大，但对于安德鲁和朱迪来说，这些"杯子"足以成为游泳池了。每个"杯子"的底部，都有闪亮的黑色斑点。

安德鲁指着那些奇怪的"杯子"说："我们可以跳进其中一个。这样在蚂蚁大军经过时，我们就能安全了。"

朱迪点点头。

哔——"好吧，"阿探说，"只要不下雨的话。"

"现在是晴天！"安德鲁说。他跳下了粉蚧。朱迪紧随其后。

安德鲁和朱迪跳进其中一个"杯子"，落在一块闪亮的黑斑上。他们感觉黏糊糊的。

哔——"我们落到真菌大炮里了，一会儿可要抓紧了。"阿探说。

"真菌大炮？"安德鲁说，"为什么要这么说？"

"**啊啊啊！**"他们听到斯卡特太太在尖

叫，"我全湿透了！你这个小野兽，现在就给我把水枪放下！"

"我不！"杰里米·斯纳弗莱斯大声回答。他发出了恶作剧的笑声。

啪嗒！

一颗大水滴溅落在他们所在的"杯子"上。

"糟糕！糟糕！糟糕！"阿探说，"赶快抓紧了！"

下一刻，黑斑以及黑斑上的安德鲁、朱迪和阿探，都飞出了"杯子"！他们疾速穿过树叶，就像是在坐火箭一样！

"呀呀呀呀呀呀！" 安德鲁喊道。

"**哎哟！**"朱迪喊道。

哗———"这就是之前提醒你们抓紧的原因。"阿探说，"这个'杯子'其实是一种真菌，黑斑里充满了真菌的孢子。当水滴溅落，真菌就会像大炮一样把孢子发射出去，让孢子找到生活的地方！"

"闭嘴，阿探！"朱迪大喊。

黑斑停了下来，然后开始下落！

8 这么近，那么远

黑斑掉进一片紫色的崎岖地带，上面布满了尖刺状的花粉。

哔——"我们降落在了雏菊的花瓣上。"阿探说。

"阿——阿嚏！"朱迪打了个喷嚏。

安德鲁从黑斑上挣脱，走到花瓣的边缘。

从那里，他可以看到斯卡特太太家的大半个花园。现在那里有很多人。斯卡特太太正用托盘端着美食。

她正在和一个男人交谈，那个人身材高大，膝盖凸起，眉毛浓密。

"哦！迪茨沃思先生！"她说，"我希望清除害虫公司已经把你浴室里那些讨人厌的蝙蝠都赶走了！"

迪茨沃思先生摇了摇头。

"啧啧。"斯卡特太太说，"别担心，我们会再来替你驱赶蝙蝠的！"

她将托盘递到他面前："再来一个美味的芝士三明治吧，上面有鱼子酱。"

迪茨沃思先生扬起眉毛，他拿起一个三明治，点了点头。

杰里米·斯纳弗莱斯将手伸向托盘，抓起一个三明治，闻了一下。

"鱼子酱是什么做的？"他问道。

"就是鱼卵！"斯卡特太太冷冷地说。

"哟！"杰里米·斯纳弗莱斯大叫。

他把三明治扔进花园里。三明治落在一朵雏菊附近。

哈利跑过来，在叶子堆中找到三明治，然后吞了下去。它的一只长耳朵蹭到了一株百合花，它抬起后腿，挠了挠耳朵。

"看！"朱迪说，"如果我们能让哈利过来，挠一挠另一只耳朵，也许就能把直升机甩出来！"

"哈利！"斯卡特太太喊道，"快给我过来！快点！"

她朝着哈利冲过去。突然，她踩着高跟凉鞋不小心崴了一下脚，装着三明治的托盘从她手中飞了出去！

三明治全都飞到了空中，其中一个落在雏菊底下。

"这或许是件好事！"朱迪说。

哈利摇着尾巴，跳进了叶子丛中，搜寻着三明治。

托盘撞上围栏，哐啷一声掉在地上。

嗡嗡嗡嗡嗡嗡⋯⋯

愤怒的嗡嗡声充斥着他们的耳朵。一群黄黑相间的昆虫低低地在鲜花附近打转。

哔——"是黄蜂！"阿探说，"有的黄蜂在地下筑巢。斯卡特太太的托盘砸中了蜂巢，

黄蜂生气了。黄蜂要出击了！"

黄蜂向花园派对飞去。

"躲起来！"一位女士喊道。

"躲什么？"另一个人说。

"黄蜂！"

斯卡特太太的客人们挥舞着胳膊，撞来撞去，逃离黄蜂。

哔 ——"隆隆声，地底下有隆隆声！"阿探说。

"你又听见虫子的动静了吗？"朱迪问。

"是蝉！"阿探说，"蝉快要出来了，很快，很快，非常快！有上百万只！"

"哈利来了！"朱迪说。

一瞬间，哈利的黑色大鼻子就凑了过来嗅探他们所在的雏菊。

朱迪把安德鲁推到花瓣上。"低头！"她说，

"虽然我爱哈利，但我不想再在它的鼻涕中游泳了！"

哈利的鼻子从雏菊上移开，它朝三明治走去。

"我们怎样才能让哈利挠它的耳朵？"安德鲁问。

"嗯……"朱迪喃喃自语，"我有主意了，把超级橡皮筋给我。"

安德鲁拉开他衣领下面的秘密口袋，拿出了超级橡皮筋。朱迪一把抓过。它非常有弹性。

朱迪走到雏菊的花芯，将超级橡皮筋的一端系在其中一个花柱上，然后指着哈利脑袋另一侧粗壮的百合花茎。

"我打算把超级橡皮筋的另一端扔到那根花茎上。"她说，"这样等哈利抬头时，超级橡皮筋就会把我们待着的这朵雏菊拉到它的耳朵上。但愿它会想挠痒痒！"

　　朱迪眯起眼睛，打量那粗壮的花茎。"现在，是我一展身手的时候了，我要投个最好的曲球！"她说。

　　朱迪挥动手臂，舌头舔了舔上嘴唇，就像她在少年棒球联盟比赛中投球时做的那样。她用力把超级橡皮筋的一端扔向哈利的头顶。

　　超级橡皮筋逐渐变长，然后继续伸展，最后成功到达目的地！橡皮筋的另一端围绕着那根花茎旋转着，伸到了哈利的头顶。

哈利舔了舔嘴唇，抬起头来。

安德鲁和朱迪屏住了呼吸。

哈利的头碰到了超级橡皮筋，把它顶了起来。这就将雏菊拉向了它毛茸茸的棕色耳朵！

"就是这样！" 安德鲁说。

雏菊倾斜时，他和朱迪紧紧抓住雏菊。花瓣离耳朵越来越接近。终于，它们碰到了！

哈利的耳朵轻微地抽动了一下。然后它又抽动了许多下！哈利的后腿开始朝耳朵挪。

"它要开始挠痒痒了！"安德鲁说，"抓紧了！"

9 找回直升机

哈利开始挠痒痒——它挠啊挠啊挠啊，每一次挠痒都令雏菊像地震一样颤动！

阿探按下按钮，让**超级护目镜**翻转下来，覆盖在他的屏幕脸上。超级护目镜能让远处的东西看起来也很清楚，就像一个望远镜。

哞——"安德鲁！朱迪！"阿探指着下面说，"看！"

"我什么也没看到。"安德鲁说。

哔———"是直升机！"阿探说。

"你确定吗？"朱迪问。

"确定！一定！肯定！"阿探说。

"我们得下去找它。"安德鲁说。

安德鲁看着超级橡皮筋，它缠在了雏菊和百合之间。"我想，我们只能把超级橡皮筋留在这里了。"他说。

他们跳下花瓣，落到地面上。

哔———"在那个方向！"阿探指着左边说。

在一个巨大的圆坑旁，安德鲁和朱迪看到了一丝银色的闪光。

"直升机！"朱迪尖叫。

朱迪和安德鲁爬过一堆土块，穿过那些在土壤里蠕动的动物。

当他们来到直升机旁边时，朱迪仔细地检查

了一遍，只有机舱门上有几道划痕和一个凹陷。

"看起来还好。"安德鲁说。

"但它还能飞吗？"朱迪问。

她坐到驾驶座上，座椅下面是一个小磁盒，直升机的驾驶钥匙就在里面。

"系好安全带。"朱迪说。

她转动钥匙启动直升机，但直升机没什么反应。她检查了一下燃料，燃料充足。

当朱迪再次试图启动直升机时，有什么东西在他们下方晃动。

他们觉得自己就像在一个巨大的卵上，而卵正在孵化！

哗——"蝉来了！"阿探说。

朱迪再次试图启动直升机。这一次她将钥匙拧得更用力了。

咔嗒、咔嗒、咔嗒——

发动机发出响声。

某样巨大的东西正从坑里出来！在直升机正前方，一个棕色的昆虫脑袋露了出来，脑袋很大，上面有一双明亮的圆眼睛。

安德鲁转过身，看到一群红眼睛的蝉就在他们身后！

轰隆隆隆隆隆隆！

直升机的发动机启动了！

直升机摇摇晃晃地飞了起来！它飞到了叶子中间！它飞到了雏菊上方！它飞到了玫瑰上方！

下方的地面上爬满了蝉！蝉顺着树干往上爬！也顺着人腿往上爬！

"哎！"
"呀呀呀呀呀呀呀呀！"
"不不不不不不不不不不！"

从花园上方看去，斯卡特太太的客人们像是

在跳舞，但他们其实是在疯狂地甩掉身上的蝉。

朱迪把直升机驶向围栏，飞进自家院子。

"原子吸尘器在那里！"安德鲁喊道，指着正在一棵树下弹跳的豪猪形机器。

长长的、细细的铜管四处插着，前面还有一根粗粗的铁管。他们在这里被缩小，应该也能在这里恢复原样。

咔嗒、咔嗒、咔嗒！ 原子吸尘器哐啷作响。

铜管正在旋转，整个机器晃动着，就像正在甩干衣服的洗衣机。

"那么，我们怎么才能把操控杆从'缩小'推到'还原'呢？"朱迪喊道，"这架直升机比瓢虫还轻。"她检查了一下控制面板上的时钟。"现在是19:59，"她说，"我们只剩2分钟了。"

安德鲁挠了挠鼻子说："呃，我们要飞到原

子吸尘器的后面去。就停在红色的开关上面。"

温暖的六月夜晚，天色开始变黑。院子里闪烁着微小的光芒。

哔——"是萤火虫！"阿探说，"它们的尾部会发光，发光是为了交流和寻找配偶！"

"闭嘴，阿探！"朱迪大喊。

他们盘旋在原子吸尘器后面。他们可以看到红色的开关。开关旁边有两个标记。上面写着"**缩小**"，下面写着"**还原**"，开关的控制杆现在处在"**缩小**"的位置。

"再飞近一些！"安德鲁喊道。

"你有什么计划？"朱迪问。

"别担心。"安德鲁说道。

朱迪给了安德鲁一个"到时候要你好看"的眼神。但她还是驾驶着直升机飞了下去，在红色开关上方盘旋着。

10 隆隆隆隆隆！

安德鲁将手伸进口袋，拿出装虫子黏液的瓶子。他打开瓶盖，拿到直升机窗外，喷了一些虫子黏液。

绿色的虫子黏液滴在了红色的开关上。

"再飞高些！"安德鲁喊道。

在下面，昆虫汇聚成河流状，开始涌入朱迪家的院子。这些昆虫包括蝉、蚂蚁、白蚁和甲虫！

一堆飞虫环绕着原子吸尘器盘旋！有跳蚤、

苍蝇、萤火虫、瓢虫，还有蚊子、飞蛾和螳螂！

很快，虫子像叠罗汉一样，在红色的开关上堆起了大约 30 厘米高！而且还在继续往上堆积！

安德鲁面带微笑，看着它们："所有虫子的重量应该能把开关压下去了，推到'**还原**'！"

突然间，原子吸尘器停止晃动。它完全静止下来了。

然后，被虫子覆盖的铜管似乎开始朝相反的方向缓缓旋转。它们加快了速度！它们旋转得快极了，将虫子都甩掉了！

前面的大铁管摇摆着，就像安德鲁他们被缩小时那样！

"我觉得它已经准备好，要将我们恢复原样了。"安德鲁说，"我们飞到大铁管前面去吧。"

朱迪翻了个白眼。"我觉得，它是在准备把我们缩得更小。"她说，"我们应该等阿尔叔叔来接我们。"

安德鲁还没来得及再说什么，一只大虫子的脚就狠狠撞在了直升机的挡风玻璃上。

"抓紧了！"朱迪尖叫道，"我们要掉下去了！"

直升机在布满昆虫的空中翻腾着。

隆隆隆隆隆！

突然间，安德鲁感到自己仿佛在被猴子挠痒痒，然后整个身体像是被塞进了一个手提箱里。

我的裤子里有什么可怕的事情发生了！安德鲁心想。

他感到腿上一阵刺痛，还痒痒的，其他部位也一样！

安德鲁睁开眼睛。虫子正在他身上爬来爬去，蚂蚁和蝉在他的安全带上行进，一只螳螂正站在他的膝盖上。它们都是正常虫子的大小！安德鲁变回了普通男孩的大小！

安德鲁笑得格外开心，嘴都咧得没边了。

"我要说句傻话。"朱迪拍落夹克上的虫子，又拿出袜子里的虫子，"有虫子爬在我身上的感觉很棒，因为我又变大了！"

"没错！没错！没错！"阿探在安德鲁的衬

衫口袋中说。

透过爬满虫子的直升机挡风玻璃，他们看到自己正在原子吸尘器前面。原子吸尘器和直升机都在他们被缩小之前所在的地方。

朱迪关闭了直升机的发动机。她和安德鲁解开安全带，走进朱迪家的院子。

原子吸尘器静止了。

"哇！"安德鲁说，"肯定有人关掉了原子吸尘器！"

"你们真是让我大吃一惊！"一个熟悉的声音传来。

阿尔叔叔正穿过虫群向他们走来。

"见到你们，我真是太高兴了！"阿尔叔叔说着，给了他们一个大大的拥抱，"别担心原子吸尘器，我已经拔掉了它的插头！"

汪汪！

哈利朝朱迪跑了过来。朱迪给了它一个大大的拥抱，并在它湿漉漉的黑鼻子上亲了一下。

斯卡特太太跟在哈利身后。

"哦，达布尔教授！"斯卡特太太红着脸说。甲虫挂在她的头发上，白蚁从她的衣服里钻出来，蝉正顺着她的高跟凉鞋爬上她的腿。

"我的派对是一场彻头彻尾的灾难，但有您这样的名人来访，还是值得的！我在电视上见过您！您解释了海豚是怎样经历了几百万年的时间，由生活在陆地上的动物演变而来的！真是难以置信！"

"啊，斯卡特太太。"阿尔叔叔说，"安德鲁和朱迪有更惊人的事情要说。但现在他们看起来饿极了。去吃点比萨，怎么样？"

"好的！"安德鲁和朱迪异口同声。

哗——"去找水熊虫点点吧！"阿探说。

"阿探！"阿尔叔叔说，"你发现了水熊虫？"

"是的！"阿探回答。

"太棒了！"阿尔叔叔说，"现在太晚了，如果您不介意的话，斯卡特太太，我们明天会再来的。"

"哦，达布尔教授，请您一定要来！"斯卡特太太说。她的脸更红了。一只萤火虫从她的耳朵中飞了出来。

阿尔叔叔带着安德鲁他们往院子外走去。"顺便说一下，孩子们，"他说，"我正在研制一个新装置——**水虫号**。它可以带你们深海探险。也许，你们愿意帮我测试一下它吗？我打算去寻找大王乌贼。还没人见过活着的大王乌贼呢！"

当他们穿过朱迪家满是虫子的院子时，安德鲁产生了一个有趣的想法：**也许，你可以靠虫子来解决你的问题！**

阿探揭秘

阿探知道很多事情，阿探说的都是真的！阿探想跟安德鲁和朱迪详细地说一说，斯卡特太太花园中的那些奇怪事物。但他们已经被虫群"淹没"了。以下是阿探想说的话：

🔍 苍蝇的嘴巴看起来像水管。苍蝇进食时会吐出消化液，消化液将食物变成糊状，然后，苍蝇通过它的水管状嘴巴吸取糊状物！

🔍 如果你握起一把土，你手里就有数十亿的微生物！

🔍 有毒的动物，比如帝王蝶，通常颜色非常鲜艳。对于那些寻找食物的动物来说，这种鲜艳的颜色是一种警告。

🔍 许多使用毒素捕获猎物的动物，比如蛇或蜘蛛，身上的颜色都会与环境相似。这能帮助它们偷偷接近猎物。

🔍 50只水熊虫排成一列,也不到5厘米长！它们很小,但它们可能是地球上最坚强的动物。如果环境太干燥，它们也会变得干燥，进入"隐生状态"。它们可以在不吃不喝的情况下幸存几十年！等到环境重新变得湿润，它们便又会复苏。水熊虫在高于沸点及低于冰点的温度下都能生存！

🔍 人类和动物吸入氧气，呼出二氧化碳，植物的生长则需要二氧化碳。叶子上的"嘴唇"叫作气孔，植物通过气孔吸入二氧化碳。二氧化碳由碳和氧组成，植物消耗了碳，并通过气孔呼出氧气。

🔍 蚯蚓没有眼睛、耳朵和鼻子。它们如何呼吸呢？它们所需的氧气直接通过皮肤进入它们的血液。

🔍 蚂蚁的大脑非常小。但是通过协作，蚂蚁可以做出惊人的事情。有些蚂蚁负责经营"农场"，在那里饲养粉蚧和其他昆虫。蚂蚁取食昆虫的分泌物，就像我们喝牛奶一样！还有些蚂蚁会用叶子建造惊人的帐篷状住所。它们用丝线将叶子缝合在一起。而这些丝线是由蚂蚁幼虫吐出的！成年蚂蚁搬运这些会吐丝的幼虫，把它们当作"便携式缝纫机"一样使用。

ANDREW LOST

★ 不可错过的冒险+科普桥梁书 ★ 美国儿童科幻文学金鸭奖中年级组奖 ★ 全18册

科学小子安德鲁

经典科学冒险桥梁书

10岁的安德鲁是一个充满想象力的发明家和聪明勇敢的冒险家，安德鲁与堂姐朱迪，以及小机器人阿探开启了一次又一次奇幻旅程……

既是惊心动魄的冒险探秘
也是收获满满的科普之旅

涉及多学科 衔接中小学课堂知识

物理　宇宙　海洋　植物　昆虫

沙漠　动物　古生物

科技产品　人与自然　环保　地球　物质变化　时间

第一辑
原子大爆炸
·全8册·

安德鲁发明了"原子吸尘器"，一不小心把自己、堂姐朱迪和小机器人阿探都变小了！小小的他们遭遇了哪些神奇的生物？安德鲁的小发明会如何帮助他们？

第二辑
生物大惊奇
·全10册·

安德鲁、朱迪和阿探驾驶时光穿梭机，回到了宇宙诞生的起点！他们将开启一场时间之旅，看到地球的诞生、生命的起源……

> 从花园到深海，
> 从宇宙起点到寒冷的冰河时代，
> 从神秘洞穴到危机四伏的热带雨林……
> 让我们跟随安德鲁、
> 朱迪和小机器人阿探，
> 一起奔赴一场又一场冒险！
> 从不同角度，
> 探索一个又一个神奇的科学世界！

ANDREW LOST
科学小子安德鲁

原子大爆炸

5

水下探险记

[美] J.C.格林伯格 / 著　[美] 迈克·里德 / 绘

邹　晶 / 译

长江出版传媒　长江少年儿童出版社

献给挚爱的丹、扎克、爸爸和真正的安德鲁。
感谢吉姆·托马斯、马洛里·罗尔和所有兰
登书屋的朋友们。

——J.C. 格林伯格

致简、亚历克斯和乔。

——迈克·里德

图书在版编目（CIP）数据

原子大爆炸. 水下探险记 /（美）J.C. 格林伯格著 ；
（美）迈克·里德绘；邹晶译. — 武汉：长江少年儿童
出版社，2024.5
ISBN 978-7-5721-4795-1

Ⅰ. ①原… Ⅱ. ①J… ②迈… ③邹… Ⅲ. ①儿童故
事—美国—现代 Ⅳ. ①I712.85

中国国家版本馆CIP数据核字(2024)第035332号
著作权合同登记号：图字17-2023-172

YUANZI DA BAOZHA·SHUIXIA TANXIAN JI
原子大爆炸 · 水下探险记

[美] J.C. 格林伯格 / 著　[美] 迈克·里德 / 绘　邹　晶 / 译
责任编辑 / 熊　倩
装帧设计 / 刘芳苇　黄尹佳　美术编辑 / 邓雨薇　雷俊文
封面绘画 / 陈　阳
出版发行 / 长江少年儿童出版社
经　　销 / 全国新华书店
印　　刷 / 广州市中天彩色印刷有限公司
开　　本 / 880mm×1230mm　1 / 32开
印　　张 / 22
字　　数 / 240千字
印　　次 / 2024年5月第1版，2025年4月第4次印刷
书　　号 / ISBN 978-7-5721-4795-1
定　　价 / 144.00元（全8册）

策　　划 / 海豚传媒股份有限公司
网　　址 / www.dolphinmedia.cn　邮　箱 / dolphinmedia@vip.163.com
阅读咨询热线 / 027-87677285　销售热线 / 027-87396603
海豚传媒常年法律顾问 / 上海市锦天城（武汉）律师事务所　张超 林思贵　18607186981

嗨！我叫阿探，是安德鲁最好的机器人朋友。阿探知道很多事情，比如：为什么海水是咸的？章鱼是怎么变色的？为什么大陆板块总是在移动呢？

安德鲁喜欢搞发明，阿探是个好帮手！现在，安德鲁正在帮助阿尔叔叔打造新的水下航行器。哎呀！有点儿小意外！冒险开始了！你想和安德鲁一起去寻找大王乌贼吗？那就翻到下一页吧！

目 录

安德鲁的世界

安德鲁·达布尔

安德鲁今年 10 岁，但他从 4 岁起就开始搞发明了！可他的发明让他陷入了不少麻烦，比如有一次他就把自己、堂姐朱迪，还有他的银色小机器人阿探缩小了，小到用显微镜才能看见。

今天，安德鲁要给大家展示一下阿尔叔叔的新发明——水虫号。它是一艘水下航行器，能探索海洋的最深处。这项发明会带来什么新麻烦呢？

朱迪·达布尔

朱迪是安德鲁的堂姐，今年 13 岁。她认为自己聪明极了，绝对不会再跟着安德鲁进行一场疯狂冒险。但那是在安德鲁向她展示水虫号之前……谁能料到她要去太平洋深处努力营救大王乌贼呢？

阿 探

阿探是便携式超级数字探测机器人，也是安德鲁最好的朋友。阿探绝对不能沾水。要是他被弄湿了，他的思维芯片也可能会被浸湿。也许，去海洋深处探险并不是个好主意……

阿尔叔叔

安德鲁和朱迪的叔叔是一位身份高度机密的科学家。正是他发明了阿探！即使在度假的时候，阿尔叔叔也不会停止发明。但今天，他可能会希望自己从来没有发明过水虫号！

水虫号

　　水虫号的前身是一辆破旧的大众甲壳虫轿车，阿尔叔叔把它变成了一艘潜艇。现在，它拥有玻璃地板，顶部装上了鲨鱼鳍，后座变成了厨房和卫生间。它将带着安德鲁、朱迪和阿探前往海洋的最深处！

索吉·鲍勃

　　这个坏家伙正在建造世界上最大的主题公园——动物宇宙，但他并不关心这些动物。他刚刚在乌贼世界的超大水族箱上方挂了一个牌子，上面写着："索吉·鲍勃的超级乌贼三明治，即将出炉！"安德鲁、朱迪和阿探能阻止索吉·鲍勃把大王乌贼做成三明治吗？

1 再见，夏威夷！

透过高大的棕榈树，安德鲁·达布尔抬头望向远方。

"这让我想起了我们在哈利鼻子附近的**狗毛森林**里迷路时的情形！"他说。

"**哎呀！**"堂姐朱迪喊了起来，她打了个小小的寒战，"我再也不想去回忆那件事了！这是我们在夏威夷的最后一个早上，你一定要这么扫兴吗？"

朱迪甩甩她的卷发，朝大海走去，每一步都带起一大片的沙子。安德鲁紧紧跟在她的身后。

哔——"安德鲁！朱迪！你们得收拾行李啦！"安德鲁的衬衫口袋里传来一个尖细的声音，是阿探，一个银色的小机器人，也是安德鲁最好的朋友，"飞机在 3 小时后起飞！"

"你说得对，"朱迪叹了口气，"可我真不想离开这里呀。"

这趟夏威夷之行非常有趣，他们和海豚一起游泳，吃海草沙拉，还乘着直升机飞越火山！

当初朱迪的父母要带他们来夏威夷的时候，安德鲁和朱迪都感到非常惊讶，要知道在 3 周之前，他们才惹出了一场大麻烦。当时安德鲁不小心用**原子吸尘器**把自己、朱迪，还有阿探缩小了，小到得用显微镜才能看到。后来，他们还被吸进了狗鼻子，被冲进了马桶，被蟑螂叼走，还被拖进了蚁穴!

　　他们的父母为此也有些担心,不过大多数时候,父母还是为孩子们感到骄傲,因为他们自己解决了被缩小这个大麻烦。

　　"收拾好行李之前,"安德鲁说,"我要给你看样东西。"

　　"什么东西?"朱迪问。

　　安德鲁回答说:"一个惊喜。"

　　朱迪看着他,眯起了眼睛,"哪种惊喜?"她怀疑地问,"上次你说要给我惊喜,结果却让我在狗鼻涕里游泳!"

　　安德鲁哈哈大笑起来:"对阿尔叔叔来说,这肯定是个惊喜。他有个新发明,但他一直忙着带我们游览夏威夷,还没有时间完成。这段时间我每天都早早起床进行研究,早餐后我要给阿尔叔叔看看我的劳动成果。"

"天啊！"朱迪说，"你动了阿尔叔叔的新发明？他会很生气的！"

安德鲁摇摇头。"没事，"他说，"来吧，我们 10 分钟后就回来。"

朱迪翻了个白眼："在阿尔叔叔到来之前，我最好去看看是怎么回事。"

安德鲁他们走下了海滩，巨大的蓝色海浪拍打着白色的沙滩。

"哇！"安德鲁说，"看，海浪多高呀！"

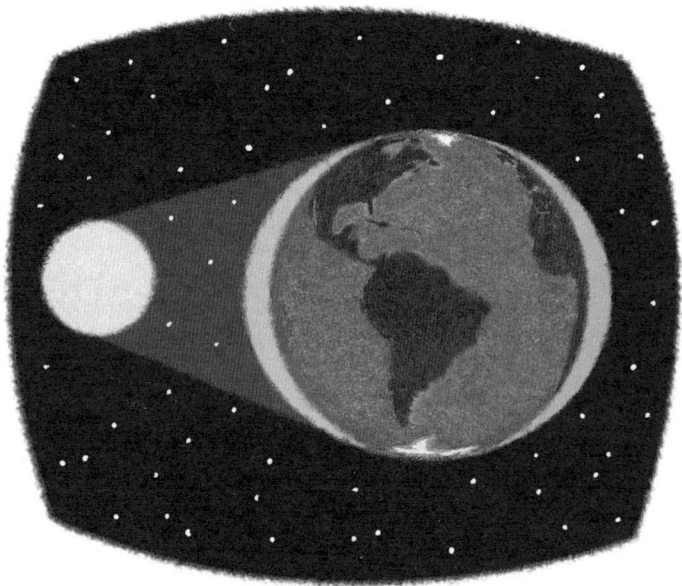

哔———"涨潮了！"阿探指了指自己的屏幕脸说，"月球引力把海水吸起来，海水就涌到岸上了！"

他们来到了一片安静的潟湖，湖周围环绕着高大的棕榈树，湖边停泊着几艘小船。

安德鲁走到湖边的车库前，车库门中间有一个小盒子。安德鲁对着盒子说："**哎呀！天哪！**"

"**咔嚓，咔嚓，咔嚓……**"车库里传来一阵响声，车库门慢慢向上升起。

安德鲁走进去打开了灯。

"**哇！**"

2 你好，水虫号！

"这就是**水虫号**！"安德鲁说。

朱迪睁大了眼睛，"天啊！"

一辆大众甲壳虫轿车停在靠近水面的滑轨上，但它和大街上的车又完全不同。

这辆车的颜色很奇怪，能在银、红、蓝三色间变换。车顶上有一个鲨鱼鳍，车门上装有鳃，而且用桨轮代替了橡胶轮胎。

安德鲁说："我们到夏威夷的第一天，阿尔

叔叔就开始让我帮他制造水虫号了。"

"它的颜色怎么这么奇怪？"朱迪问。

"这是一种**伪装涂层**。"安德鲁答道，"这样它可以通过改变颜色来伪装自己，还能在黑暗中发光。"

安德鲁指指水虫号前面的银色鼻子，它看起来像一个车标。

"这是**超级嗅探器**，"安德鲁说，"它能像狗狗一样通过气味来追踪物体。阿尔叔叔发明了它，不过是我把它装上去的。"

"看着好奇怪！"朱迪说。

安德鲁打开副驾驶座的门，发出邀请："上车吧。"

朱迪双手交叉，环抱在胸前。"开什么玩笑？"她说，"我才不会再掺和进你随便摆弄的东西呢。"

"拜托，"安德鲁说，"我只是想让你参观一下里面罢了。"

朱迪翻了个白眼："噢，行吧！"她"扑通"一声坐在了副驾驶座位上。安德鲁帮朱迪关好门，绕了一圈，坐上了驾驶座。

水虫号的前排座位看起来和普通汽车一样，不同的是仪表盘上布满了各种旋钮和按钮，方向盘旁边还有个麦克风。地板上也有油门踏板和刹车，但地板的材质是透明的玻璃！

水虫号后面的空间变成了两个区域：一边是个小厨房，里面有一个小冰箱、一个微波炉，还有一个下面带着柜子的水槽；另一边则是世界上最小的卫生间。

朱迪摇了摇头说："你都可以把这里当家了。"

安德鲁笑了："水虫号还会跟你交谈呢。"

安德鲁把手伸向仪表盘上最大的黑色旋钮，转动旋钮，它发出了"咔嗒"一声响。

咕噜咕噜······ "欢迎来到水虫号!"

一个机械的声音响起，"您想去海滩上转转吗？还是想去参观珊瑚礁？或者去深海探险？去寻找大王乌贼？"

"嗯······现在还没这个打算，谢谢！"安德鲁说着，继续转动旋钮。

哐当！

旋钮掉到了地上！

咕噜咕噜······"旋钮出现故障，"水虫号说，"请重复您的选择。"

"不去海里！"安德鲁说，"不找乌贼！"

咕噜咕噜······"感谢您的选择！"水虫号说，"您选择了深海探险，去寻找大王乌贼，请打开超级嗅探器。"

嗡嗡嗡！

水虫号的发动机启动了！

咔嚓咔嚓！

滑轨开始向下倾斜，通向大海的车库门向上升起，水虫号滑进了水中！

桨轮旋转起来，水花飞溅到窗户上。水虫号冲出车库，钻进了潟湖！

"我的天啊！"安德鲁惊呼。

"安德鲁！"朱迪喊道，"我们必须回去！"

安德鲁转动着方向盘，水虫号却不听指挥，

一直往前开。

"嗯……我不确定我们能不能回去。"安德鲁说。

"你说什么？"朱迪大喊。

"那个……嗯……我觉得，旋钮脱落的时候，正好卡在了自动驾驶状态上。现在水虫号正在自动驾驶。"

朱迪从地板上捡起旋钮，在安德鲁面前挥舞。

"旋钮没有脱落，你这个笨蛋，"她说，"是你把它弄断了！"

水虫号在平静的蓝色潟湖上飞速前进，很快就驶入了波涛汹涌的大海。

在后视镜里，安德鲁看到车库、棕榈树、海滩都变得越来越小。

"安德鲁！"朱迪喊道，"把这玩意儿弄回车库！立刻！马上！"

安德鲁看了看仪表盘，按下了其中一个黄色的按钮。

"阿尔叔叔好像和我说过这个按钮的功能。"他说。

"不！不！不要啊！"阿探一声尖叫。

来不及了！

咻溜咻溜！ 一阵吸吮的声音传来。水虫号的门窗紧闭，倾斜着潜入了大海！

3 潜入大海

"**哎呀!**" 朱迪大喊了一声。

"**啊呀!**" 安德鲁嚷嚷了一句。

"**哇啊!**" 阿探一阵尖叫。

水虫号飞速下沉,在海水中下潜得越来越深。一束斜阳照亮了海面下蓝绿色的世界。

仪表盘上有个刻度盘显示着他们下降的深度,3米,6米,9米……

朱迪摇了摇头。"好吧,自作聪明的家伙!"

她说，"你又给我们惹大麻烦了！这里的空气可维持不了多久！"

哗——"水虫号的门上装有鳃，"阿探开口了，"它可以像鱼一样通过鳃从水里获取氧气。水中有很多氧分子。"

"真不错！"朱迪说，"至少在大王乌贼把我们当作点心吃掉之前，我们还能呼吸。"

哗———"大王乌贼非常非常奇怪！"阿探说，"它们是章鱼的近亲，身体有两辆校车那

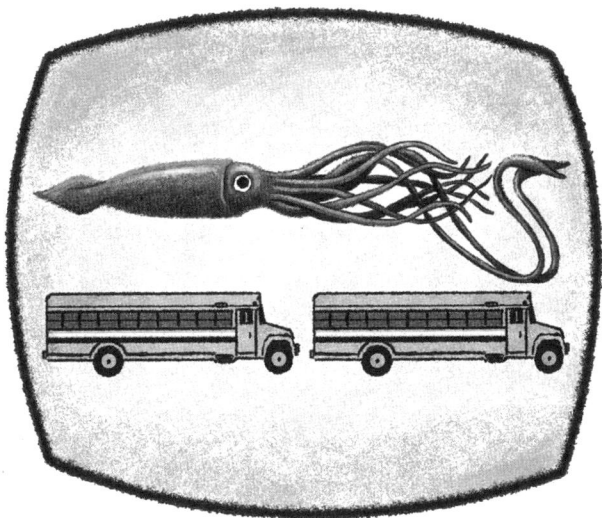

么长，眼睛有餐盘那么大！人类至今还没有见过活的大王乌贼。看！"

阿探指了指自己的屏幕脸，让安德鲁和朱迪看上面大王乌贼的图片。

"哇！"安德鲁感叹道，"看起来还真有点儿意思！"

朱迪翻了个白眼。"来吧，伙计们，"她说，"我们得想想回去的办法。快想想！"

安德鲁研究了一下按钮和旋钮。"嗯……"他说。

朱迪叹息："唉，听着就是不靠谱的家伙。"

哔——"阿探呼叫阿尔叔叔。"阿探说。

阿探胸口上的三排按钮都闪着绿光，只有中间的紫色按钮除外，这是阿探用来给阿尔叔叔发送紧急信息的按钮。

阿探按下这个紫色按钮，按钮闪了三下。

　　水虫号的玻璃地板下面五颜六色，流光溢彩，朱迪忍不住俯下身去。

　　"快看这里！"她大叫道。

　　水虫号下面的海水里鱼儿成群结队地游着。

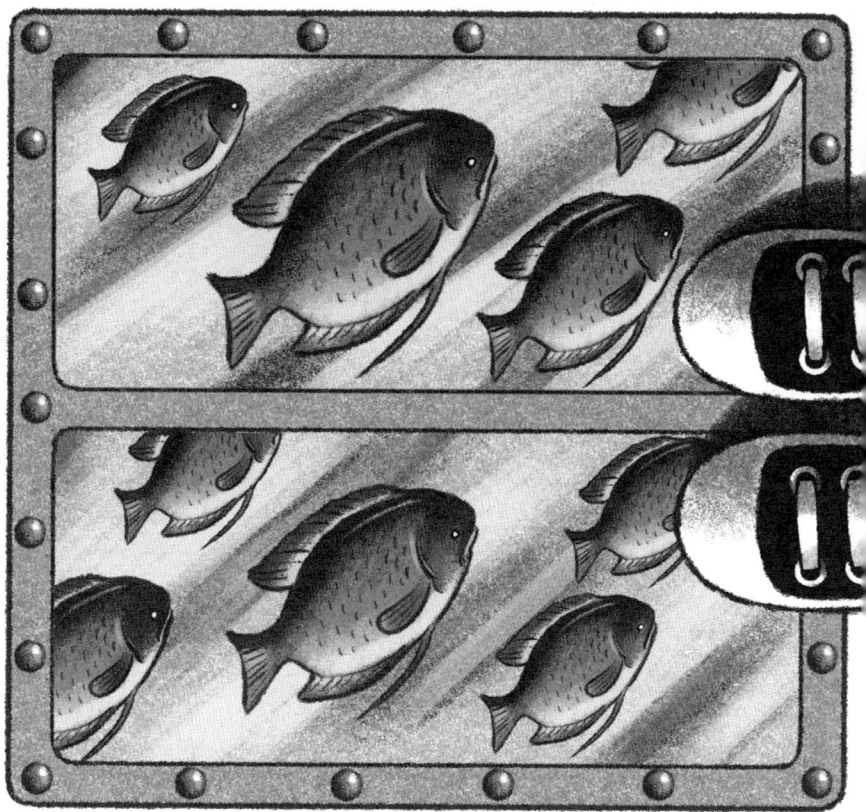

不同于常见的颜色，这些鱼身上的色彩闪烁着珠宝般的光辉。有些鱼是亮蓝色的，就好像它们的身体里藏着一个明亮的蓝色灯泡。

成百上千条柠檬黄色的鱼游了过来。它们像餐盘一般扁平，井然有序地一起游动着。鱼群的动作整齐划一，远远看上去就像一只巨型怪兽。旁边还有橘黄色的身上带有紫色条纹的鱼、绿色的身上点缀着蓝色霓虹斑点的鱼、一闪一闪仿佛身上贴满橙黄色亮片的鱼……

数不胜数的手指大小的银色小鱼旋转着，旋转着……组成了一个巨大的球体。

哗——"小鱼群一起游动，乍一看就像是一条大鱼，"阿探说，"它们借此来迷惑寻找小鱼的大鱼呢。"

"这里的海水是绿色的，"安德鲁说，"岸边的海水是蓝色的。"

哔——"这里漂浮着很多绿色的小生物，所以海水变绿了。"阿探解释说，"这些体形细小的、漂浮在水中的动植物叫作浮游生物。海水呈绿色，就说明这里有大量的浮游生物，鱼群的食物就很充足啦。"

朱迪指着一条鱼给大家看，鱼身上的图案像是黑橙相间的拼图，"这是夏威夷州的州鱼，"她说，"夏威夷语里叫它'呼姆呼姆奴库奴库阿普阿阿'。"

安德鲁笑了："夏威夷人给它取这个名字是因为他们每个人都喜欢说'呼姆呼姆奴库奴库阿普阿阿'吧。"

突然，阿探胸口的紫色按钮开始闪烁。按钮"砰"地打开了，一道紫色的光束射了出来。

在光束的末端，阿尔叔叔的紫色全息影像出现在仪表盘上方。

"嘿!"阿尔叔叔的全息影像说,"你们在哪儿呢?"

阿尔叔叔可以和他们通话,但他看不到他们的模样。

"嗯……我们在水里。"安德鲁说。

阿尔叔叔摇了摇头说："我知道你们喜欢大海，但我们得吃早餐了，然后立马出发去机场，现在可不是游泳的时候。"

"我们可不是在游泳！"朱迪说，"我们在水虫号里，被困在大海中了！"

阿尔叔叔浓密的眉毛高高地扬了起来。"这太奇怪了！"他说，"快告诉我是怎么回事！"安德鲁跟阿尔叔叔讲了他是如何每天早早起床，完成水虫号最后的改装的。

"谢谢你，安德鲁，"阿尔叔叔说，"不过——"

安德鲁打断了他的话："我刚准备给朱迪展示水虫号的时候，呃，旋钮就掉下来了。"

"天啊！"阿尔叔叔说，"水虫号一定是启动了自动驾驶！它说它要去哪儿了吗？"

"海洋的最深处。"安德鲁回答。

"我们怎么才能回到岸上呢？"朱迪问。

　　"简单！"阿尔叔叔说，"只要旋钮上的蓝色电线没断就行。安德鲁，你看到旋钮底部的蓝色电线了吗？"

　　安德鲁捡起地板上的旋钮，把它翻了个面，那里根本就没有电线！

4 鲨鱼来袭

"呃……旋钮下面没有蓝色电线。"安德鲁说。

阿尔叔叔摸摸下巴。

"办法总比困难多,"他说,"我会找到其他的办法来修理旋钮的。"

朱迪眼珠一转:"不能用声呐或者雷达之类的东西找到我们吗?"

"你注意到水虫号那与众不同的颜色了吗?"阿尔叔叔问。

"当然,"朱迪说,"安德鲁说那是一种伪装涂层。"

"没错,"阿尔叔叔说,"这种伪装涂层能帮助水虫号隐身,任何人都找不到它,包括我!"

"真倒霉!"朱迪埋怨道,"但为什么一定要把水虫号藏起来呢?"

阿尔叔叔沉默了片刻,"你们听说过索吉·鲍勃吗?"他问。

"谁?"安德鲁有点儿困惑。

"没有。"朱迪说。

"索吉·鲍勃一直在世界各地偷盗动物。"阿尔叔叔说,"去年,他用手提箱从澳大利亚走私了 12 只鸭嘴兽。国际刑警还抓到他用皮卡车带着一头侏儒象要偷偷溜出印度。"

"他要那么多动物做什么?"安德鲁问。

"索吉·鲍勃正在建造世界上最大的主题公

园——动物宇宙，"阿尔叔叔说，"不过他根本不关心这些动物的死活，他曾经对记者说，如果有些动物的饲养成本太高，他就会把它们吃掉！"

"哦，不！"朱迪说。

"我一直在与国际刑警合作。"阿尔叔叔说，"我们听说索吉·鲍勃想抓捕大王乌贼！他已经准备好了一个超大水族箱，上面的牌子上写着'索吉·鲍勃的超级乌贼三明治，即将出炉！'"

朱迪气愤地说："我们不能让他这么做！"

"对，我们必须保护那些动物！"安德鲁说。

阿尔叔叔点点头。"我明白你们的感受，"他说，"我建造水虫号，就是为了让自己能够去海洋的任何一个角落，阻止索吉·鲍勃伤害大王乌贼，还有——"

突然，水虫号开始摇晃！阿尔叔叔的全息影

像像紫色果冻一样抖动着，然后消失了。

"哎呀！"朱迪在座位上摇摇晃晃，"我们怎么在转圈？阿尔叔叔怎么啦？"

透过挡风玻璃，安德鲁和朱迪往外看去。刚开始他们只看到一个灰色的三角形，接着他们就看到了一个光滑的鱼雷状物体，足足有一辆小汽车那么长！

"是鲨鱼！"安德鲁说。

鲨鱼已经咬住了水虫号的保险杠，它要把保险杠扯下来！

朱迪靠近了挡风玻璃，想看得更清楚一点儿。"鲨鱼为什么要咬保险杠呢？"她问。

安德鲁挠了挠头："我用一种特殊的鲸脂胶制成了保险杠，这样水虫号碰到岩石和其他物体时就可以反弹回来。现在看来，鲸脂胶做成的保险杠对鲨鱼来说可能是一道美味。"

朱迪恶狠狠地瞪了安德鲁一眼。

这时鲨鱼松开保险杠,游到了挡风玻璃旁边。

"啊呀呀呀!"朱迪喊道,"这真是我见过的最奇怪的脑袋。"

这条鲨鱼的脑袋和水虫号的挡风玻璃一样宽,形状就像是大写英文字母 T 上的那一横。在 T 的两端,各有一只又大又黑的眼睛!

哔——"双髻鲨!"阿探开口了,"<u>鲨鱼能用身体的很多部位来寻找猎物:它的皮肤能感知水中物体的移动;它的耳朵能判断猎物是否健康;它的鼻子也很灵敏。鲨鱼还能感觉到电流!</u>所有生物都会产生电流,机器也会产生电!水虫号也不例外!"

这条双髻鲨的嘴张开一条弯曲的裂缝,里面布满了一排排爪状的牙齿!

哔——"<u>鲨鱼一生能换 30000 多颗牙</u>

齿！"阿探解释道，"旧的牙齿脱落后，能马上
长出新牙！"

"卡在它牙缝里的那些恶心的东西是什么？"
朱迪问。

"应该是鲸脂胶保险杠的残渣。"安德鲁说，
"这条鲨鱼可以用牙签剔剔牙嘛。"

突然，安德鲁从后视镜里看到更多鱼雷形状
的生物出现了！有一大群！它们在水里扭动着身
体，转着圈圈，直奔水虫号而来！

5 小虫虫出动

"**天啊!**"安德鲁惊呼,"<u>鲨鱼越来越多了!</u>"

"不不! 这不是鲨鱼! "阿探说,"<u>鲨鱼不喜欢和自己的同类一起出行。这是海豚!</u>"

"哇! "安德鲁说,"好大一群海豚! "

哔———"<u>海豚喜欢成群活动。</u>"阿探解释说。

安德鲁和朱迪转过身来,这下看得更清楚了。

海豚群里的大多数海豚的体形和成年人差不多大，还有一只小小的海豚和它们在一起。

"一只好小的海豚！"朱迪说。

哔————"是海豚幼仔。"阿探纠正说。

双髻鲨转身离开了挡风玻璃，朝海豚群游去——直奔那只海豚幼仔！

水虫号的外部麦克风接收到了奇怪的声响，有咔嗒声、口哨声，还有咯咯声。

哔————"海豚在说话！"阿探说。

大海豚团团围住那只小海豚，两只最大的海豚离开海豚群，冲向了鲨鱼！它们用细长的吻部撞击着鲨鱼的肚子。

转眼，双髻鲨就绕到了这两只海豚身后。两只海豚向水虫号飞快地游了过来，潜到了水虫号的下方。而鲨鱼还在步步逼近！

朱迪担心地捂住了嘴，"双髻鲨要抓住海豚

了，"她说，"我们必须采取行动！"

哔——"快，**虫虫按钮！**"阿探指着仪表盘上的一个红色按钮说。

安德鲁按了一下红色按钮。

刺溜！

声响从水虫号外面传来，两簇有如小丑衣领，布满红橙色条纹和黑色斑点的东西从水虫号的两侧门后冒了出来。

这时的水虫号就像只色彩醒目的虫虫，在双

髻鲨面前疯狂地来回扭动着。安德鲁想起了他以前看过的一部纪录片，那里面的蜥蜴也会这样疯狂地扭动。

"太精彩了！"安德鲁感叹。

哔———"虫虫形态的水虫号看起来非常巨大！"阿探说，"而且让水虫号看起来非常可怕！"

双髻鲨停了下来，左右摇晃着脑袋，还像一只怒气冲冲的猫一样前后拍打着尾巴。接着它深深地潜入水中，消失了。

安德鲁再次按下了虫虫按钮。

刺溜！

虫虫装扮缩到了水虫号门后的凹槽里。

"呼！"安德鲁摇着头长出一口气。

"水虫号上面至少还有一件有用的东西嘛。"朱迪说。

两只海豚游了过来，个头大些的那只直接来到朱迪那边的窗前，张开了细长的吻部。

哔———"海豚和人类一样，都是哺乳动物。"阿探说。

"它好像在笑！"朱迪轻轻拍着玻璃，"我喜欢海豚。它们真的很聪明，也许它知道我在和它打招呼。"

"看它的尾巴，"安德鲁说，"看起来像被什么咬了一口。"

阿探朝这只海豚挥了挥手。

哔———"嗨，那胡！"阿探尖声问好。

"为什么叫它'那胡'？"朱迪问。

哔———"'那胡'在夏威夷语中是'咬'的意思！"

海豚们发出了一阵阵的口哨声。

哔———"看到海豚头上的孔了吗？"阿探说，"那就是呼吸孔。海豚用它来呼吸、发声、交谈，它们说话时会发出咔嗒声和口哨声。我们每个人都拥有自己的名字，每只海豚也拥有自己独一无二的口哨声。"

海豚们跟着水虫号慢慢沉向大海的深处。

仪表盘上的刻度盘显示，现在他们在 15 米深的地方。

突然，透过水虫号的玻璃地板，安德鲁看见了一个奇怪的东西。

"看！"安德鲁指着他们的下方说，"下面有一座灰色的石头城堡，周围还有一片蓝色的驼鹿角！"

朱迪兴奋地睁大了眼睛："也许是传说中的亚特兰蒂斯大陆！"

安德鲁惊讶地张大了嘴巴："好像一个巨型的大脑！"

6 一闪一闪小海星

哔——"这可不是亚特兰蒂斯大陆！更不是大脑！"阿探说，"这是珊瑚。它是由许许多多微小的珊瑚虫和它们的骨骼组成的，形状千奇百怪。"

阿探的屏幕脸上显示出一张珊瑚虫的照片。

哔——"珊瑚虫能够分泌碳酸钙，形成外骨骼，这些骨骼就像小房子一样。珊瑚虫死后，它的骨骼还在，新的珊瑚虫就会在旧骨骼上继续

分泌碳酸钙，形成新的骨骼。不计其数的珊瑚骨骼堆积在一起，经年累月就会形成珊瑚礁，甚至还能形成珊瑚岛！"

水虫号从一片珊瑚礁上方驶过，这些珊瑚的形状可爱极了，有的像粉红色的花椰菜，有的像纤细的绿手指，有的像超级大蘑菇。

还有好多鱼在珊瑚的缝隙和角落间自在地穿行，有的停下来啃食海草。

水虫号靠近了一个珊瑚礁，它看起来就像一堆脏雪，上面爬着星星形状的鲜红色生物。这些盘子大小的生物长着很多手臂，身上布满了尖刺。

"这些星星鱼看着真可怕！"朱迪说。

哔———"它们可不是鱼，"阿探说，"叫它们棘冠海星更合适。它们是珊瑚的天敌，会吃掉很多珊瑚。"

"看这个！"安德鲁按下了仪表盘上的一个黑色按钮，水虫号的引擎盖"砰"地弹开了。八根长长的灰色触手蠕动着伸了出来，上面还有黑色的斑点和圆形的吸盘。

"这是**章鱼助手**，"安德鲁说，他靠近仪表盘上的麦克风，一声令下，"移除棘冠海星！"

章鱼助手的触手应声而动，伸出去把棘冠海星从珊瑚上拽了下来，扔在了海底的沙子里。

安德鲁转向朱迪说："看到了吗？"

突然，章鱼助手的触手停滞不动了。

咕噜咕噜······"您想看棘冠海星吗？"水虫号问，"虽然这不是一个好主意，但是如果

43

您想的话……"

"不！不！我不想！"安德鲁叫了起来。

太迟了！章鱼助手的触手从方向盘下的橡胶门里挤了进来，每根触手上都抓着一只巨大的正在蠕动的海星！

哔——"棘冠海星有毒刺！"阿探说。

"啊呀呀呀！"朱迪大喊着，一只棘冠海星从她头顶掠过，她急忙躲开了。

安德鲁抓住章鱼助手的触手，一根又一根地把它们从方向盘下面的门里推了出去。

"出去！"他大喊着，"带着棘冠海星一起滚出去！"

咕噜咕噜……"好的。"水虫号说。

安德鲁和朱迪抓住章鱼助手最后的两根触手，把它们从门里推了出去。

"呼！"安德鲁在裤子上擦着手，长呼一口气。

"真恶心！"朱迪嫌弃地说，把凌乱的头发从脸上拨开。

他们刚靠在座位上想休息，就看到水虫号滑进了一个水下洞穴的洞口！

洞里像午夜一样漆黑。

哗———"好黑，好害怕！"阿探说。

安德鲁转动仪表盘上的一个旋钮，水虫号的前灯"啪"地亮了起来。

"谢谢！"阿探说。

这个洞穴的墙壁上布满了明亮的突起——红的、绿的、橙的、粉的、黄的。

"看那里！"朱迪说，"多像小孩子涂得到处都是的手指画啊！"

哔——"这是海绵！"阿探说，"海绵喜欢生活在水下洞穴的岩壁上。"

喜欢这个洞穴的不仅有海绵，还有许多其他奇怪的生物。一种像黑色羽毛扇子的生物从洞顶垂挂下来，在水中摇来晃去；一群蓝尾巴的龙虾正在岩石间来来回回地穿梭着。

朱迪指着挡风玻璃前的一条带斑点的小鱼说："它的蓝眼睛真漂亮啊！"

突然，那条鱼猛地膨胀开来，变成了篮球大小，浑身都是刺！

7 不好，有麻烦了！

哔———"这是刺鲀！"阿探说，"刺鲀一害怕就会膨胀身体、竖起硬刺！这样别的鱼就不敢下嘴吞掉它了！"

这只刺鲀愤怒地拍打着它的鳍，发现自己无法赶走水虫号后，它转身消失在了黑暗中。

洞穴里的景象光怪陆离。蓝色皮肤、带有黑色条纹的香肠状生物在岩石上滑行；浑身是刺的黑色小生物在一块岩石上挤得密密麻麻，活像一只只黑色的刺猬，身上的刺又长又黑。

一个红裙子形状的生物在挡风玻璃前悠然旋转，漂亮极了，宛如一位美丽的芭蕾舞者。

哔———"这是血红六鳃海蛞蝓，外号'西班牙舞娘'，"阿探说，"它看起来就像只没有壳的大蜗牛。"

洞穴里有一面黑色的岩壁闪烁着光芒。水虫号驶近后，安德鲁和朱迪看到许多像蛤蜊一样的生物攀附在岩壁上。它们都张着壳，里面有点点光芒闪烁。

"哇！"安德鲁说，"那些贝壳里面好像有细微的闪电！"

哔 ——"火焰贝！"阿探说，"火焰贝中间的肉体部分会发光！很多海洋生物都能发光，它们发出的光叫作'生物光'，也就是'生命体发出的光'。"

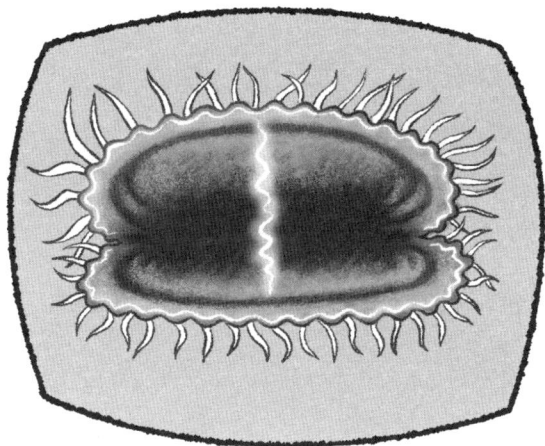

安德鲁打量着火焰贝旁边的一块石头，惊讶地说："那块石头有眼睛！"

哔 ——"这是毒鲉！"阿探说，"虽然它看起来像块石头，一动不动，实际上是在等待时机，捕获猎物。毒鲉的皮肤有剧毒！人类要是踩到它可是会丧命的！"

水虫号的前灯扫过某个角落，那里有一团凹凸不平的粉红色物体，看起来就像一块巨大的橡皮泥！

转眼间，"橡皮泥"就变成了白色，从岩壁上滑落，并向水虫号扑来！现在安德鲁可以看清了，"橡皮泥"长得像个气球，底部还有八根扭曲的触手。

"酷！"安德鲁喊道，"是章鱼！"

章鱼朝他们飞奔过来，皮肤又变成了红色。

哗——"章鱼生气了，"阿探说，"章鱼感觉受到威胁时皮肤就会变成红色。"

"啪"的一声，章鱼扑到了水虫号的引擎盖上，一根触手伸到了超级嗅探器里面！

"它想把超级嗅探器的鼻子拔掉！"安德鲁说。

哔———"章鱼是在找蛤蜊。"阿探说。

安德鲁按下了仪表盘上的一个按钮，超级嗅探器抖动了几下。章鱼似乎受到了惊吓，把触手从嗅探器里抽了出来。它爬上了挡风玻璃，圆圆的吸盘吸附在玻璃上，眼睛盯着里面的安德鲁和朱迪。

"它的眼睛真诡异！"朱迪说。

和人类圆圆的瞳孔不一样，章鱼的瞳孔呈一字型，像条窄窄的黑缝。

它的颜色又在变个不停，粉色、蓝色、紫色，就像霓虹灯一样不断闪烁！

哔————"见到我们，章鱼很兴奋呢！"阿探说。

章鱼用触手拍打着朱迪那边的窗户，看起来有点儿生气。

"我猜它想进来。"朱迪说，"其实它还挺可爱的嘛，虽然是一种奇奇怪怪的可爱。"

最终，放弃努力的章鱼飞快地回到了洞壁边，滑到了一块凹凸不平的紫色海绵上。不一会儿，它的颜色就变成了和海绵一样的紫色，皮肤也变得和海绵一样凹凸不平。

哔————"章鱼通过改变皮肤颜色来隐蔽自己，"阿探解释说，"章鱼的皮肤有色素细胞，它感应到什么颜色，皮肤就会变成什么颜色。"

突然，章鱼变成了白色，喷出了一团黑雾！水虫号前方的海水变得像泥浆一样黑。

哔————"章鱼喷出墨汁了，"阿探说，"这

是它躲避敌人的方法！"

"什么东西吓着它了？"安德鲁问。

咔嗒！咔嗒！咔嗒！

一阵响声传来，整个水虫号都晃动了起来！

咔嗒！咔嗒！咔嗒！

刺眼的橘黄色光束穿透了章鱼喷射出的墨汁黑雾。

一只巨大的金属螃蟹向水虫号游来！它的顶部还有一个玻璃罩。

咔嗒！咔嗒！咔嗒！

金属螃蟹两只怪物般的钳子一张一合。

"天啊！"安德鲁说，"这是什么？"

哔—— "是**机械螃蟹**，"阿探说，"索吉·鲍勃在里面！"

"我的天！"朱迪的眼睛瞪得像糖球一样圆。

金属螃蟹闪闪发光，它前面的一扇小门滑开，一个和消防水管一样粗、和汽车一般长的黑色物体溜了出来。

它飞快地游到水虫号旁边，绕着水虫号转了一圈。水虫号停止了移动，黄色的火花从它的引擎盖和车门上冒了出来。

嗞嗞嗞！

水虫号在嗞嗞作响！

8 怒火中烧

阿探从安德鲁的口袋里钻了出来，用他那糖豆般的橡胶小脚爬到了安德鲁的肩膀上。

哔————"这是新品种的巨型电鳗！"阿探说。

安德鲁按下了章鱼助手的按钮，他大声下了命令："捕捉电鳗！"

水虫号的引擎盖弹开，章鱼助手的触手甩向了电鳗！但可惜擦肩而过，电鳗游得太快了！

随后触手停在原地，一动不动。电鳗也不再围着水虫号转圈，它来到章鱼助手跟前，张大嘴巴，准备一口咬下这根"鲜嫩多汁"的触手！

章鱼助手一跃而起，用触手抓住了电鳗，把它抢起来转了一圈，扔回机械螃蟹上。水虫号马上就没有嗞嗞的声响了。

机械螃蟹悄然靠近，它的玻璃罩里亮起了一道绿光。

安德鲁和朱迪清楚地看到，玻璃罩内有个留着黑色卷曲胡子的男人，脑袋像灯泡一样光秃秃的，T恤衫袖口下是圆鼓鼓的手臂肌肉。这个男人坐在一张带斑马条纹的大椅子上，椅背上站着一只巨大的蓝色鹦鹉。

哗——"索吉·鲍勃总是带着鲍普，"阿探说，"它是鲍勃的超级机器鹦鹉搭档。"

索吉·鲍勃把脸贴近了机械螃蟹的玻璃罩。

噼啪——— 噼啪——— 噼啪———

仪表盘上的扬声器噼啪作响。"鲍普，看这里！"索吉·鲍勃粗声粗气的声音传了过来，他戳戳鲍普的翅膀，"真是意外啊！"

"呵！呵！呵！"索吉·鲍勃一阵狂笑，"我还以为是那个头发乱糟糟、头脑晕乎乎的达布尔教授呢！结果是两个弱不禁风的小孩！嗨，小不点们！多亏了我的电鳗兄弟，现在我可以随时和你们说话了！"

安德鲁扬起了下巴，这是他装作不害怕时总会做出来的动作。朱迪双手交叉，抱在胸前，皱起了眉头。

索吉·鲍勃大笑着说："你们看起来就像是猫窝里瑟瑟发抖的老鼠！就凭你们两个小屁孩是不可能找到大王乌贼的！"

嘎！嘎！嘎！ 鲍普扇动着它的翅膀尖声附和："那还用说吗，老板！没有人比我们更了解大海！"

索吉·鲍勃皱了皱眉："我得确认一下，你们这些小家伙不会来扰乱我的计划吧？"

咔嗒！咔嗒！咔嗒！

金属螃蟹的钳子又咔咔作响了。

"不用展现我们的实力，"索吉·鲍勃说，"声音吵得我都听不见了。单方面宣战就够了！哈哈！"

机械螃蟹挥舞着它那巨大的钳子，向水虫号逼近。

"哦，不！"朱迪叫了起来，"我们能做点什么吗？"

"什么都做不了，"安德鲁说，"我们无法控制水虫号。"

朱迪舔了舔嘴唇说："我有个主意。"

她从地板上捡起旋钮，又从自己卷曲的长发中取下一枚发卡，把它拉直了。她把发卡的一端

从旋钮底部戳了进去，再把发卡的另一端插进了仪表盘上原本安放旋钮的孔里，最后转动了一下旋钮。

"现在试试方向盘吧。"朱迪说。

安德鲁转了转方向盘，水虫号也跟着转动了方向！

"干得漂亮，朱迪！"安德鲁欢呼道。

他按下了章鱼助手的控制按钮，大喊道："**逃生模式启动！**"

一根黑色的大粗管从水虫号的引擎盖下弹了出来。

"这傻乎乎的东西是什么？"朱迪问。

哔———"为了方便逃跑，水虫号会采用和章鱼类似的移动方法，"阿探解释说，"管道先把水吸进来，再快、准、狠地把水喷射出去！就像花园里浇水用的软管那样。"

安德鲁稳住方向盘，看看后视镜，猛踩一脚油门，水虫号剧烈地晃动着，然后……

咻咻咻！

水虫号急速向后，飞驰而去，迅速离开了机械螃蟹！

"走啦走啦！"安德鲁大喊一声。他驾驶着水虫号驶出黑暗的洞穴，进入了绿色的海水中。

"喷墨模式启动！"安德鲁再次大喊一声。

大黑管向水中喷了一大团黑色的墨汁。

"这应该能让我们暂时避开索吉·鲍勃的追踪。"安德鲁说道。

他关闭了逃生模式，水虫号在水里打着转。现在他们的身后只有鱼群。几分钟后，安德鲁降低了前进的速度。

"呼！"安德鲁松了口气，"我们逃出来了！机械螃蟹的速度比水虫号慢多了。"

朱迪转身对安德鲁说："你看，既然我们能

操控水虫号，那我们就能回到岸上。"

"没错，"安德鲁说，"但我们不能回去，我们得阻止索吉·鲍勃干坏事。"

"虽然不想承认，"朱迪说，"但有史以来第一次，你这傻瓜也有对的时候。"

就在这时，阿探身上的紫色按钮开始闪烁。顷刻间，阿尔叔叔的紫色全息影像出现在了仪表盘上方。

9 嗨，乌贼！

阿尔叔叔这次的全息影像比以前要透明一些。

"嘿，伙计们！"他的声音听起来很遥远。

"嗨，阿尔叔叔。"安德鲁说。

"你好，叔叔！"阿探说。

"我们不太能听得清楚您的声音，阿尔叔叔。"朱迪说。

"全息影像助手在水下不太好使，"阿尔叔叔说，"但有个好消息，我已经找到了修复旋钮的方法。你有发夹吗，朱迪？"

"有！"朱迪说，"不过我已经把旋钮修好了！"

"我们还在一个水下洞穴里碰到了索吉·鲍勃，"安德鲁说，"我们逃了出来！"

"精彩！"阿尔叔叔说，"你们真是太棒了！现在我们可以请你们回来了！"

"但我们要是现在回去，就来不及营救大王乌贼了！"安德鲁说。

"对！"朱迪表示同意，"我们不能让索吉·鲍勃的诡计得逞！"

阿尔叔叔摇摇头说："你们非常勇敢，但我不能让你们自己去对付索吉·鲍勃，这太危险了！"

"我们已经成功摆脱了索吉·鲍勃一次，"安德鲁说，"相信我们还能摆脱他第二次。"

阿尔叔叔表情严肃。"我担心的不仅仅是索吉·鲍勃，"他说，"深海是地球上最危险的地方！"他的声音柔和了起来。

哔———"海洋的最深处超过 10000 米！"阿探说，"水的压强大到相当于一群大象压在你们身上！"

"但是，阿尔叔叔，我想伪装涂层能保护水虫号不被压扁。"安德鲁说。

"但深海里还有其他生物呀，"阿尔叔叔说，"有些深海生物完全超出了人类的想象。"

安德鲁睁大了眼睛，"我喜欢想象一下那些意想不到的生物。"他说。

"嗯，"阿尔叔叔的声音在变小，全息影像也在消退，"深海不仅有活的生物，连海底也是活动的！你们可能会见识到地球充沛的生命力。我不想让你们……"

"我们听不到你的声音了，阿尔叔叔！"朱迪喊道。

仪表盘上方只剩下阿尔叔叔的浓眉影像飘浮着，紧接着眉毛也消失了。

"真是扫兴！"朱迪说，"地球有没有生命力和我们有什么关系？"

哔——"<u>地球一直处于变化之中，就像生物一样。</u>"阿探说，"这是地球在大约 2 亿年前的样子。"

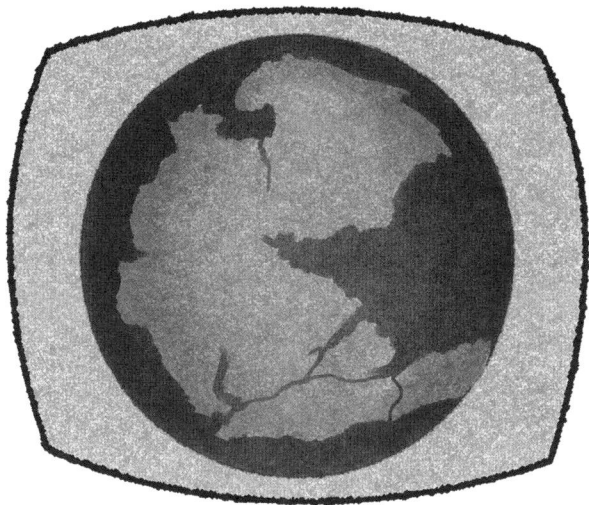

它的屏幕脸上出现了一片被海水包围的超级大陆。

"哇！"安德鲁惊呼，"后来发生了什么？"

哔———"地球就像一个大馅饼，"阿探说，"它的外层是地壳，地壳断裂后形成了许多板块。地球内部有一层熔化的岩石，温度极高！可以说地壳就漂浮在熔化的岩石之上，就像馅饼的外皮包裹着里面的肉馅一样。"

朱迪摇了摇头。"我觉得地球就像一块巨大的岩石，"她说，"上面覆盖着一层供植物生长的泥土。"

"不不不！"阿探说，"地壳断裂后，板块发生了漂移。1亿多年以前，南美洲和非洲还是同一块大陆呢。"

"你是说地壳板块移动了几千千米？"朱迪问。

"没错！"阿探说，"地壳板块一直在移动，它的移动速度和指甲的生长速度一样快。北美洲正在慢慢远离欧洲，现在离日本越来越近啦！"

"这听起来好傻，"朱迪俯身问阿探："小家伙，你的**思维芯片**是不是又进水啦？"

"没有！完全没有！"阿探反驳道。

朱迪看了看自己的手指。"谁在乎大陆移动的速度是不是和指甲生长的速度一样快呢，"她说，"这不会影响到我们的。"

她把目光转向安德鲁："我们去**寻找大王乌贼**吧！"

"没问题！我来打开超级嗅探器。"安德鲁按下了仪表盘上的一个银色按钮。

"搜寻大王乌贼！"安德鲁对着麦克风下令。

咕噜咕噜……"收到命令！"水虫号说。

方向盘中间的指南针亮了，指南针顶端亮起了"大王乌贼"几个字。

咕噜咕噜……"当指针指向'大王乌贼'时，就说明你们行驶在正确的……"

咚！

下面传来了巨大的声响，听起来像是有人在敲打着一面巨大的鼓！

咚咚！咚咚！

安德鲁和朱迪面面相觑。

"是什么？"朱迪问。

"是不是索吉·鲍勃？"安德鲁问。

"不不不！"阿探尖叫起来，"是地震！地壳裂开了！地壳在移动！"

水面上突然亮起了一道红光，就像大烤炉里面那么红！

透过水虫号的玻璃地板，安德鲁和朱迪看到了一座黑漆漆的海底山峰。它的顶部正在熊熊燃烧！像蛋液一样的橙红色液体正从山坡上倾泻而下！

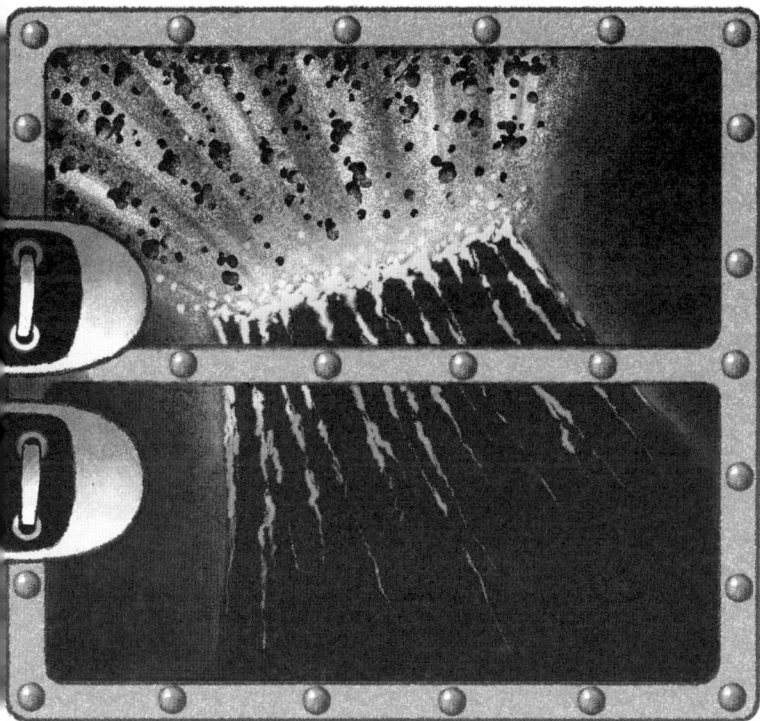

"我的妈呀!"安德鲁惊呼,"这看起来就像是我们在夏威夷时从飞机上看到过的火山!"

哔——"这是海底火山!"阿探说,"岩浆是熔融的岩石,它产生于地壳深处。岩浆的温度高达 1400℃! 如果有东西掉进火山里,它不会燃烧,而是直接变成灰烬消失!"

"我们最好离开这儿。"安德鲁说。

"快走吧!"朱迪说。

10 大事不妙!

安德鲁猛踩油门,水虫号加速离开了海底火山爆发的水域。

哔——"夏威夷群岛最初就诞生于这里!夏威夷群岛的所有岛屿都是由火山喷发而形成的。"阿探说,"炙热的岩浆从海底火山倾泻而出,冷却后就变成了熔岩,许许多多的熔岩堆积起来就形成了岛屿!新生的小岛需要经过很多很多年才能成为大岛。也许一万年以后,人类就能拜访这里的新岛屿了！"

哐啷！轰隆！

一大堆枕头形状的熔岩突然向水虫号飞来了！

有几块熔岩撞上了水虫号的玻璃地板，还有几块熔岩撞上了引擎盖又被弹开。

橙色的火花在水虫号周围接连绽放，安德鲁都搞不清自己到底是离火山越来越近，还是离火山越来越远了。

紧接着，奇怪的事情发生了！

砰！砰！砰！

水虫号被推向了一片比较安静的水域，有什么在推他们离开这里！

直到水虫号远离了火焰喷发集中的水域，碰撞和推动才停止。

两个黑影从水虫号后面冒了出来，其中一个

黑影的尾巴上有一个明显的咬痕。

"是海豚那胡和它的朋友！"朱迪惊喜地说。

两只海豚用吻部轻轻碰触着水虫号的挡风玻璃。

"它们把我们从海底火山附近推开了！"安德鲁说。

"我太爱你们了！"朱迪也轻轻拍打着挡风玻璃。

两只海豚看起来像是在微笑！扬声器里传来了它们的咔嗒声和口哨声。

突然，方向盘中间的指南针开始闪烁红光，指针转了一圈又一圈。

"糟了，"安德鲁说，"超级嗅探器出问题了！"

咕噜咕噜……"超级嗅探器里有熔

岩！"水虫号说。

安德鲁望向引擎盖，看到超级嗅探器正在抽搐。

咕噜咕噜······"不清除熔岩，就无法探测到大王乌贼的踪迹。"水虫号说。

"简单！"安德鲁按下了章鱼助手按钮，"清除超级嗅探器里的熔岩！"他命令道。

引擎盖弹开，章鱼助手的触手又滑了出来。

两根触手伸进超级嗅探器的鼻孔里，在里面扭啊扭啊，扭啊扭啊，扭动了很长时间。

咕噜咕噜······"章鱼助手的触手被卡住了，"水虫号汇报，"必须切除触手，使用**挖鼻器**清除熔岩。"

"挖鼻器？"朱迪厌恶道，"好恶心！"

"应该在工具箱里。"安德鲁说。他爬过座椅，来到水虫号后面的小厨房。

安德鲁打开水槽下面的柜子，拿出一个金属工具箱。

工具箱里有锤子、钳子、扳手、螺丝刀，还有一根带柄的毛茸茸的大手指。

"挖鼻器！"安德鲁从工具箱里拿出了那根毛茸茸的大手指。

"你打算用这个蠢东西做什么？"朱迪问，"你可不能出去。"

"等等！"安德鲁又钻到了水槽下面，出来的时候，他手里拿着两团足球大小的绿色物体，上面布满了小疙瘩。

安德鲁把其中一团递给朱迪。"我们可以出去了，"安德鲁说，"这是**泡泡衣**，把它穿在身上。它会让你保持干燥，维持体温，还能帮助你呼吸。"

"看这个，"安德鲁指着绿色物体上的小疙瘩说，"这些都是气泡，里面装有空气，而且它们还可以从水中分离出更多的氧气。"

朱迪摸了摸那团物体，又黏又湿。

"你一定是在开玩笑吧。"她说。

"没有，"安德鲁回答，"我需要你出去帮我拿着手电筒，这样我才能看到熔岩的位置，把熔岩掏出来。"

安德鲁解下了他一直挂在皮带上的迷你手电筒，递给了朱迪。

"我的天！"朱迪说，"你要提醒我，以后永远、永远、永远都不要再被你说服去做任何事！"

安德鲁回到前排座位。他把阿探塞进一个叫作"**泡泡袋**"的小塑料袋里。泡泡袋可以让阿探保持干燥。阿探可千万不能进水！

安德鲁拿起他的泡泡衣，开始从脚往上穿。他把泡泡衣拉到腰上，套进胳膊，最后拉到了脖

子上。

泡泡衣上布满了口袋，安德鲁把阿探塞进胸前的一个小口袋里，把口袋压紧了，接着把挖鼻器放进另一个口袋。

朱迪笑着说："你看起来就像一只绿色的大青蛙。"

"快，朱迪，"安德鲁说，"穿上泡泡衣，拜托。"

"行吧，"朱迪把那团泡泡衣套在了衣服上，"那我们怎么出去呢？"

"按一下你座位边上的按钮就行，"安德鲁说，"看！"他把泡泡衣套在头上，按了一下座位边上的按钮。

"砰"的一声！

座椅翻转了！

安德鲁转眼就到了水虫号外面。

水里游动着无数小虾米一样的生物，安德

鲁把它们拨开，敲敲朱迪的窗户，对着泡泡衣里的小话筒说："快！"

朱迪做了个鬼脸，她的座位随即翻转，下一秒她就出现在了安德鲁身边。

两人一起游到了超级嗅探器旁边，安德鲁从超级嗅探器的鼻子里拉出了章鱼助手的触手，正准备伸手去拿挖鼻器……

哞哞哞哞啊啊啊啊！

周围突然传来了一阵安德鲁从未听过的怪声。

他真真切切地感受到了声音的来临！

这声音听起来就好像一头重达 500 吨的牛在叫！安德鲁心想。

安德鲁和朱迪转过身来。

一个又大又黑的东西出现在他们身后，形状像是一艘巨轮的船底！

是潜艇吗？安德鲁心想：不对，潜艇没有大象那么大的嘴和舌头！**我得迅速行动，不然我们就要成为怪物的晚餐啦！**

阿探揭秘

阿探还想说说其他关于夏威夷和海洋的事情，但安德鲁和朱迪忙着应付海星、火山，还有索吉·鲍勃，没有时间陪他。以下是阿探想说的话：

🔍 夏威夷群岛由海底火山喷发、堆积而成，其中夏威夷岛是群岛中最大的岛。

🔍 夏威夷语只有 13 个字母！它们是 A、E、I、O、U、H、K、L、M、N、P、W，还有一个声门塞音。

🔍 你见过一群鱼同时转向吗？所有的鱼在身体两侧都有点状细线，叫作"侧线"。在侧线里面有一些微小的感觉细胞，它们能感受到水流中非常细微的变化。当有一条鱼移动时，其他鱼就会立刻有所察觉，并立即以同样的方式移动。

🔍 人类会不自主地呼吸。无论我们是醒着还是睡着了，我们的大脑都会让我们保持呼吸。而海豚的呼吸则是自主的，这意味着它们会选择呼吸的时机，就像我们选择移动手臂或腿一样。为了保持呼吸，海豚永远不能完全入睡。海豚的一半大脑在睡觉时，另一半仍然保持着清醒！

🔍 想看看水中的空气吗？找一块冰块观察一下吧。你看到冰块里透明的东西了吗？这其实是许多小气泡。当水结冰时，被挤出来的空气就被困在这些气泡里了。

🔍 珊瑚有很多种美丽的颜色，这些颜色都来自海里的某些藻类。这些藻类就像微小的植物，生活在珊瑚体内，通过光合作用为珊瑚提供养分；珊瑚则为藻类提供光合作用所需的原料及栖息地。双方互惠互利！这种共同生活的方式被称为共生。

🔍 当章鱼受到攻击时，它会舍弃自己的触手。被舍弃的触手还会不停地扭动——吸引捕食者的注意力去追逐！几周后，章鱼的新触手就会长出来。海星则更为神奇，有的海星仅凭一截残臂就可以长成一个全新完整的海星！

ANDREW LOST
科学小子 安德鲁

原子大爆炸

6

鲸腹大冒险

[美] J.C.格林伯格 / 著　[美] 迈克·里德 / 绘

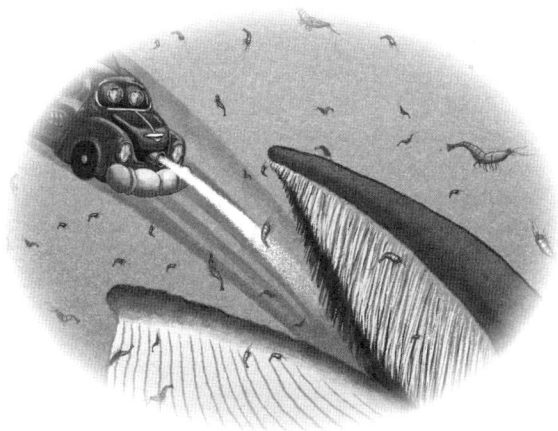

邹　晶 / 译

长江出版传媒 ｜ 长江少年儿童出版社

ANDREW LOST #6 IN THE WHALE

献给挚爱的丹、扎克、爸爸和真正的安德鲁。
感谢吉姆 · 托马斯、马洛里 · 罗尔和所有兰
登书屋的朋友们。

——J.C. 格林伯格

致简、亚历克斯和乔。

——迈克 · 里德

图书在版编目（CIP）数据

原子大爆炸．鲸腹大冒险 /（美）J.C.格林伯格著；
（美）迈克·里德绘 ；邹晶译. — 武汉：长江少年儿童
出版社，2024.5
　ISBN 978-7-5721-4795-1

Ⅰ．①原… Ⅱ．①J… ②迈… ③邹… Ⅲ．①儿童故
事—美国—现代 Ⅳ．①I712.85

中国国家版本馆CIP数据核字（2024）第035330号
著作权合同登记号：图字17-2023-172

YUANZI DA BAOZHA·JINGFU DA MAOXIAN
原子大爆炸 · 鲸腹大冒险

[美] J.C. 格林伯格 / 著　[美] 迈克·里德 / 绘　邹　晶 / 译
责任编辑 / 熊　倩
装帧设计 / 刘芳苇　黄尹佳　美术编辑 / 邓雨薇　雷俊文
封面绘画 / 陈　阳
出版发行 / 长江少年儿童出版社
经　　销 / 全国新华书店
印　　刷 / 广州市中天彩色印刷有限公司
开　　本 / 880mm×1230mm　1 / 32开
印　　张 / 22
字　　数 / 240千字
印　　次 / 2024年5月第1版，2025年4月第4次印刷
书　　号 / ISBN 978-7-5721-4795-1
定　　价 / 144.00元（全8册）

策　　划 / 海豚传媒股份有限公司
网　　址 / www.dolphinmedia.cn　邮　箱 / dolphinmedia@vip.163.com
阅读咨询热线 / 027-87677285　销售热线 / 027-87396603
海豚传媒常年法律顾问 / 上海市锦天城（武汉）律师事务所　张超 林思贵　18607186981

嗨！我叫阿探，是安德鲁最好的机器人朋友。阿探知道很多事情，比如：为什么海水是咸的？章鱼是怎么变色的？为什么大陆板块总是在移动呢？

安德鲁喜欢搞发明，阿探是个好帮手！现在，安德鲁正在帮助阿尔叔叔制造新的水下航行器。哎呀！有点儿小意外！冒险开始了！你想一起来吗？想一起去寻找大王乌贼吗？那就翻到下一页吧！

目 录

安德鲁的世界

安德鲁·达布尔

安德鲁今年 10 岁，但他从 4 岁起就开始搞发明了！可他的发明让他陷入了不少麻烦，比如上一次他就把自己、堂姐朱迪，还有他的银色小机器人阿探缩小了，小到要用显微镜才能看见。

这次，安德鲁又陷入了困境。他在摆弄阿尔叔叔的水下航行器水虫号的时候出了点儿小问题。现在，安德鲁、朱迪，还有阿探，就快被蓝鲸吃掉了！

朱迪·达布尔

朱迪是安德鲁的堂姐，今年13岁。她认为自己聪明极了，绝对不会跟着安德鲁进行另一场疯狂冒险，但那是在安德鲁向她展示水虫号之前……现在，她正忙着营救大王乌贼呢！

阿 探

阿探是便携式超级数字探测机器人，也是安德鲁最好的朋友。阿探绝对不能沾水。要是他被弄湿了，他的思维芯片可能就会损坏。可是现在安德鲁、朱迪和阿探必须到水虫号外面对它进行修理。阿探能保持干燥吗？

阿尔叔叔

安德鲁和朱迪的叔叔是一位身份高度机密的科学家，正是他发明了阿探和水虫号！阿尔叔叔很担心困在水下的安德鲁、朱迪和阿探。他正在制造一艘新的水下航行器——海马号，这样他就可以去营救他们了！

水虫号

水虫号的前身是一辆破旧的大众甲壳虫轿车，阿尔叔叔把它变成了一艘潜艇。待在水虫号里面，安德鲁、朱迪和阿探会非常安全。可现在，他们不得不到水虫号外面的世界……

索吉·鲍勃

这个海里的坏家伙正在建造世界上最大的主题公园——动物宇宙，但他并不关心这些动物。他刚刚在乌贼世界的超大水族箱上方挂了一个牌子，上面写着："索吉·鲍勃的超级乌贼三明治，即将出炉！"

现在，索吉·鲍勃也盯上了安德鲁、朱迪和阿探。小家伙们能成功阻止索吉·鲍勃把大王乌贼做成三明治吗？索吉·鲍勃会让小家伙们陷入前所未有的麻烦吗？

1 蓝鲸困境

　　"啊呀！"漂浮在暗绿色海水中的安德鲁一声大喊，瞪大了眼睛。一个灰色潜水艇一样的"怪物"正向他和堂姐朱迪游来！它的嘴巴足足有车库那么大！

　　成群的粉色小虾正在他们周围打转，而"怪物"巨大的嘴巴眼看着就要冲过来了！

　　"天啊！"朱迪大喊，"它冲着我们来了！"她的眼睛睁得大大的。

哔———"蓝鲸！"一个尖细的声音从安德鲁**泡泡衣**的口袋里传来，是安德鲁的银色小机器人——阿探。

哔———"蓝鲸的体形非常庞大！"阿探说，"有6只雷龙加起来那么大！有25头大象加起来那么重！有3辆旅游大巴加起来那么长！"

哦哦哦啊啊啊呜呜呜！

安德鲁的泡泡衣头盔里的特制耳机里传来一阵巨大的声音。泡泡衣的耳机可以捕捉到所有声音，甚至是一些人类平常无法听见的声音。

安德鲁听到了那声音，感觉自己从头到脚都在震动。

朱迪下潜到**水虫号**下面，这是一艘用破旧的大众甲壳虫轿车改造而来的水下交通工具。

"安德鲁！"朱迪喊，"快回到水虫号里去！这头蓝鲸要吃了我们！"

哔————"安德鲁和朱迪太大了，蓝鲸吃不下，蓝鲸要吃小虾模样的东西，"阿探指了指他们周围的粉红色小生物，"就是这些磷虾。"

安德鲁也潜到了水虫号下面，拼命寻找着能让他们回到水虫号里面的按钮。但是，那张巨大的嘴巴，还有那厚厚的嘴唇越来越近，离他们只有几厘米远了！

"不！"朱迪一声惊呼。

"天啊！"安德鲁喊了起来。

"不要啊！"阿探也在尖叫。

蓝鲸巨大的嘴巴"哔"地吸进了足足有一个游泳池那么多的水——安德鲁、朱迪、阿探，还有水虫号都被吸进去了！

就这样，他们进入了世界上最大的嘴巴里。海水奔涌着，把他们集体卷向无边的黑暗中。

混乱中，安德鲁撞上了一个像蹦床一样弹性

十足的东西。

　　哔——— "这是蓝鲸的舌头！"阿探说。

　　"哇！"安德鲁说，"这东西看起来就像一个灰色的沙发抱枕，但它比我的卧室还要长！"

　　哔——— "蓝鲸的舌头比一头河马还重！"阿探说。

  安德鲁紧紧抓住了舌头的边缘，四下张望。
朱迪不见了！水虫号也不见了！他试着爬到嘴巴
的前面去，但不断涌入的海水把他一遍遍又推了
回来。

  "朱迪！"他大声喊。

  "我在上面！"终于传来了朱迪的声音。

2 援救鲸鸟

安德鲁抬起头，发现在蓝鲸嘴巴的边缘，原本应该长着牙齿的地方，有一排排黑色流苏状的东西。那东西有人腿那么长，像窗帘一样垂在蓝鲸嘴的四周，而朱迪正紧紧抓着其中的一根。

"这感觉就像掉进了某个恶心的自动洗车店里。"她说。

哔——"朱迪抓住的是蓝鲸的鲸须，"阿探说，"它的主要成分和我们的指甲一样。蓝鲸一口能吞进上百万只磷虾，它们会用舌头把水从嘴里挤出来，磷虾则会被卡在鲸须里，然后蓝鲸再用舌头把磷虾一扫而光，吞进肚子里。"

"我要在自己被吞下去之前离开这危险的地方！"朱迪说。

她松开鲸须，游到了紧紧抓住蓝鲸舌头的安德鲁的身边。

"看！"朱迪指着舌头下面说，"那里有个东西在发光，一定是水虫号！"

"太棒了！"安德鲁说，"我们快去取回水虫号，然后离开这里！"

就在这时，一丛海藻砸到了安德鲁的身上。安德鲁把它扒下来的时候，一不小心拉开了装着阿探的口袋！

保护阿探不被打湿的**泡泡袋**掉了出来。

安德鲁焦急地喊道："阿探！"

"出什么事了？"朱迪问。

"阿探从我的口袋里掉出来了！"安德鲁说。

安德鲁眯起了眼睛，在湍急的水流中努力寻找着阿探的踪影，但他能看到的只有粉红色的磷虾。就在这时，一个大大的蓬松的白色物体盘旋而过。

"那不会是只鸟吧？"安德鲁说，"不可能吧。"

但那就是一只鸟！它长着红色的脚和蓝色的

喙，看起来像一只海鸥。阿探正被它叼在嘴里。

安德鲁赶快伸出手去，一把抓住了它的红色大脚！

"阿探！"安德鲁惊喜地喊着。

他把自己固定在蓝鲸的舌头和嘴唇中间的缝里，从那只鸟的嘴里用力拽出了装着阿探的泡泡袋，塞回到泡泡衣的口袋里。

哔———"幸亏鲣鸟刚刚抓住了泡泡袋。"阿探惊魂未定。

"这只鸟看着傻乎乎的。"朱迪说。

"别取笑它，"安德鲁仍然紧紧抓着那只鸟，"是它救了阿探。"

哔———"不要取笑它！"阿探说，"这是红脚鲣鸟，是一种会捕鱼的鸟。鲣鸟能屏住呼吸，潜入水中捕鱼。蓝鲸吞下了鲣鸟！鲣鸟又捉住了阿探！"

这时湍急的水流开始慢了下来，四周越来越暗，蓝鲸巨大的嘴巴要合上了！

朱迪赶紧打开了迷你手电筒。

安德鲁感到胳膊被狠狠敲了一下，是那只鲣鸟正在啄他。它仰头看着他，眨了眨亮晶晶的黑眼睛。

哔——"安德鲁和朱迪穿着泡泡衣，所以能在水下呼吸，"阿探说，"但鲣鸟快要窒息了！"

"啊呀，"安德鲁说，"我们必须赶快行动！朱迪，你抓住它，我来看看口袋里有什么！"

朱迪把手电筒塞进她泡泡衣的口袋里，伸手抓住了鲣鸟。

嗒！嗒！嗒！

鲣鸟啄着朱迪的头盔。

"别闹了，你这只小可怜！"朱迪说。

安德鲁把手伸进前面的口袋，结果里面什么都没有。他摸摸另一个口袋，找到了一片黏糊糊的东西。那是一小片泡泡衣材料，是为泡泡衣万一被撕破而准备的补丁。

"太好了！"安德鲁把这片补丁拉扯开，罩住了鲣鸟的脑袋，再牢牢缠在它的脖子上。补丁刚好够给鲣鸟做个头盔，只是它的鸟喙还留在外面。

泡泡衣材料上的绿色小疙瘩是一个个的气泡，它们不仅能储存空气，还能从水中分离出氧气。现在鲣鸟可以呼吸了。

"**嘎！嘎！嘎！**"鲣鸟叫了起来。

朱迪把鲣鸟递给安德鲁。

蓝鲸的嘴巴合上时，嘴巴上部的鲸须抵到了下唇下面。现在除了朱迪口袋里的手电筒射出的一束光线之外，四周漆黑一片。

突然，巨大的舌头抬了起来！他们离蓝鲸的上腭只有几厘米了！

哗————"躲到舌头下面去！"阿探说。

安德鲁和朱迪赶快滑到舌头下面。安德鲁感到有鲸须掠过了他的头顶，硬邦邦的，像塑料一样。

嘶嘶嘶嘶嘶嘶————

巨大无比的舌头正把水从鲸须中挤出去！安德鲁、朱迪和鲣鸟被紧紧压在蓝鲸的嘴边。

几秒钟的时间里所有的海水都流了出去。安德鲁和朱迪被卡在鲸须间，身上挂满了粉红色的磷虾。

"有东西在吸我！"朱迪突然叫了起来。

"我也感觉到了！"安德鲁喊道。

这股吸力从安德鲁的脚上开始把他往下拉，接着拉扯他的腿，然后拖拽他的整个身体。蓝鲸的嘴仿佛一台吸尘器，而安德鲁就像是一粒尘埃，毫无抵抗之力。

"**哎呀!**"朱迪大声叫道,"我们要被吞下去了!"

3 一口吞掉

朱迪消失在蓝鲸的喉咙里，手电筒的光缩成了一条细线。

"啊！"安德鲁一声大喊，他的腿被吸进了蓝鲸的喉咙，感觉就像是被最紧的橡皮筋缠住了。

"嘎！嘎！嘎！"鲣鸟大声叫唤着。

安德鲁把鲣鸟举到了头顶，以免它被压扁。蓝鲸的喉咙挤压着，不断地把安德鲁往下拽，就像是巨蟒在吞东西一样！

哗 ——"蓝鲸喉咙里的肌肉会把我们带到它的胃里！"阿探说。

安德鲁几乎无法呼吸，他感觉到一堆磷虾落在了自己头上。

咚！咚！咚！

有鼓声一样低沉的声音传来。

哗 ——"听到蓝鲸的心跳了吗？"阿探问，"蓝鲸的心脏跟水虫号一样大！"

扑通！

蓝鲸的喉咙里传来了什么东西掉落的声音。

"哕！"朱迪的声音也从下面传来。

生平第一次，安德鲁为听到朱迪的呕吐声而感到开心，这意味着她还活着，还没有被压扁！

扑通！

安德鲁和鲣鸟随后掉进了朱迪旁边的一堆磷虾里。

"吁！"安德鲁长舒了一口气，"这里至少还有呼吸的空间！"

"嘎！"鲣鸟从安德鲁的双臂中跳了出来。它抖了抖羽毛，展了展翅膀，狼吞虎咽地吃起了磷虾。

"呸呸呸！"朱迪说，"这地方真臭！"

哗——"这是蓝鲸的第一个胃！"阿探说，"蓝鲸一共有 4 个胃。"

安德鲁抓起手电筒，四处照了照。他们在一个壁橱大小的"袋子"里，浅黄色的内壁上有波纹状的褶皱，底部还有一些小石头，就在安德鲁的脚边。

"袋子"的内壁开始波动。

哗啦！

成堆的磷虾从蓝鲸的喉咙里倾泻而下，落在了安德鲁和朱迪的身上。鲣鸟扑腾着翅膀躲开了。

"真恶心!"朱迪一边说,一边抹掉头盔上的磷虾,"我对海鲜过敏,这些东西弄得我感觉身上都要起疹子了!"

她只能隔着泡泡衣来抓挠手臂止痒。

"别挠,"安德鲁赶紧阻止她,"这只会让情况变得更严重。看看蓝鲸吞下的这些垃圾!"

磷虾堆里冒出来一只轮胎、一个空罐头、几个玻璃瓶、一束系着红丝带的银色气球,还有一只橡皮鸭。

朱迪抬头看了看蓝鲸胃的顶部。

"也许我们可以原路返回,像圣诞老人那样爬上去。"她指了指喉咙和胃连接的地方,那里看起来就像是一个烟囱口。

这时,波纹状的胃壁开始收缩、蠕动!

"哎呀!"安德鲁说。

"天啊!"朱迪喊道。

23

好像有一只巨大的手正在狠狠挤压着蓝鲸的胃。

"嘎！嘎！嘎！"

鲣鸟不安地拍打着翅膀，安德鲁搂住它，让它平静下来。

哗——"蓝鲸没有用来咀嚼食物的牙齿，"阿探说，"但它的第一个胃是用来挤压食物的，胃里有小石头，能帮助它把食物压碎。"

阿探指了指鲣鸟说："鸟也没有牙齿，鸟也会吃小石头。"

突然，胃里震动起来，安德鲁摔倒了，掉进黏糊糊的磷虾碎里。

"救命！"朱迪喊道。

安德鲁挣扎着坐起身时，看到朱迪的下半身已经掉进胃壁上的一个洞里，只有上半身还留在外面。

　　安德鲁赶紧把鲣鸟放在一堆磷虾上，将手电筒递给朱迪。空出了双手的安德鲁紧紧抓住朱迪的胳膊，想把她拉回来。但这个洞比安德鲁更加强劲有力，一番较量过后，朱迪的肩膀和头都陆续消失在洞里。

　　蓝鲸的胃猛地翻腾起来，安德鲁向后摔倒了。还没来得及站起来，他的脚也被拉进了洞里！

　　啊呀！ 安德鲁觉得自己就像被塞进了一根吸管里面！

　　安德鲁伸手抓住了鲣鸟，又一次把它举过头顶，保护它不被压扁。

　　足足被挤压了 1 分钟之后，安德鲁终于"扑通"一声从洞里掉了下去。

　　"欢迎来到紫色宫殿！"朱迪说。

　　借着手电筒的光线，安德鲁发现自己落进了一个紫色的"袋子"里。这个胃比第一个胃大多了，胃壁上满是褶皱——它们也在蠕动！

哗———"第二个胃！"阿探说。

哗啦！

粉色的磷虾涌了进来。

泡泡衣头盔下，朱迪脸色发青。

"真是糟糕透顶！"她擦拭着泡泡衣上的粉色黏液。

接着，某种液体开始从胃壁上渗出来，慢慢流进胃中。

哗———"胃会产生胃酸来消化食物，"阿探说，"胃酸能分解食物，便于吸收！泡泡衣不会被胃酸腐蚀，能够保护安德鲁和朱迪。"

"嘎！嘎！嘎！"鲣鸟又在叫唤。

它看着安德鲁，眨了眨眼睛。

"糟了，"安德鲁说，"泡泡衣的补丁太小了，保护不了鲣鸟的下半身！"

4 胃中见闻

整个胃开始像洗衣机一样翻腾旋转起来，胃酸在不停地晃荡。

朱迪把手伸进口袋，费力地掏出一小片泡泡衣补丁。

"这片不够大，还是帮不上什么忙。"她说。

就在这时，胃里一阵隆隆作响，朱迪被甩进了一堆粉色糊状物里。

"真恶心！"朱迪大叫。

当朱迪想用脚踢开一条路往外爬时，她的脚被一束银色的气球缠住了。朱迪把气球扯了下来，其中一个气球被扯破了，她解开丝带，把破气球扔给安德鲁。

"给你，把鲣鸟包在气球里面！这些气球对海洋动物有害，海豚、海豹和海鸟吞下它们可能会窒息死亡。但这次，气球也许能帮助一只鸟。"朱迪说，"你可以用丝带把气球绑在鲣鸟身上，但别让它把气球吃了。"

安德鲁被甩到胃壁上，感觉像是撞上了自行车的轮胎。他背靠着胃壁，将鲣鸟塞进破气球里，再用丝带把气球绑在了鲣鸟的脚上。

胃酸不停地在胃里翻滚，磷虾变得更像糊糊了。不过有泡泡衣和气球的保护，安德鲁、朱迪和鲣鸟都安然无恙！

突然，阿探胸口的紫色按钮开始闪烁，安德

鲁和朱迪的叔叔，就是那个发明了阿探和水虫号的人，要通过全息影像和他们通话了。

紫色按钮弹开了，阿尔叔叔的紫色透明身影浮现出来。

安德鲁和朱迪像洗衣机里的衣服一样，在胃里翻来覆去地滚动着，阿尔叔叔的笑脸看起来也像在紫色胃壁上跳来跳去。

"嘿，小家伙们！"阿尔叔叔说。

"嗨，阿尔叔叔！"安德鲁和朱迪说。

"你好，阿尔叔叔！"阿探说。

"我一直联系不上你们，"阿尔叔叔说，"你们听起来有点儿像，呃，哭鼻子了。"

阿尔叔叔的全息影像可以听到他们说话，但是看不到他们。

"那是因为我们在一头鲸的胃里！"朱迪回答。

哔———"是一头蓝鲸！"阿探说。

阿尔叔叔浓密的眉毛高高扬起，直冲向他那乱蓬蓬的头发。"不可思议！"他说，"你们在有史以来最大的动物体内！希望你们已经穿上了泡泡衣。"

"我们已经穿上啦，"安德鲁说，"还挺舒服的！"

"那就好，"阿尔叔叔说，"只要时间足够，胃酸几乎可以溶解一切东西，包括金属！泡泡衣会保护你们，但2小时后它们就会开始，呃，分解。"

"天啊！"朱迪说，"我们怎么才能离开这儿？能不能让蓝鲸把我们吐出去？"

"你们在哪个胃里？"阿尔叔叔问。

"第二个。"安德鲁回答。

"唔，"阿尔叔叔说，"蓝鲸不能把你们从这个胃里吐出来。看来你们只能绕远路出来了。你们要去它下一个胃——"

"哦，天哪！"朱迪打断了他，"怎么有那么多讨厌的胃！"

阿尔叔叔笑着说："你们知道的，奶牛有4个胃。"

"那又怎样？"朱迪问道。

"嗯，"阿尔叔叔说，"蓝鲸和奶牛，还有其他一些偶蹄目动物有亲缘关系。5000万年前，蓝鲸的祖先生活在陆地上，那时候它们看起来有点儿像长了毛的鳄鱼，脚上还有小蹄子！"

"听起来像怪物！"朱迪说。

"是的，我们还是回到最重要的事情上来吧——让你们安全回家。水虫号现在在哪里？"

"在蓝鲸的舌头下面。"安德鲁说。

"啊！"阿尔叔叔说，"那水虫号一定是卡在蓝鲸的嘴里了！"

朱迪用拳头捶了一下漂浮在胃液中的粉色磷

虾糊。

"真烦人！"她说，"我们是不是得回到蓝鲸的嘴里去？"

"恐怕是的，"阿尔叔叔说，"你们一回到水虫号里，就把目的地设置为夏威夷，立刻回来。"

安德鲁和朱迪交换了一个眼神，他们的困境正是从夏威夷开始的。在那里，安德鲁不小心把水虫号设置为寻找大王乌贼。但大王乌贼的确处于危险之中，一个叫索吉·鲍勃的坏家伙正要抓捕一些大王乌贼关进他的主题公园里呢！

安德鲁犹豫了一下说："嗯，我们得先从索吉·鲍勃的手里救出大王乌贼。"

阿尔叔叔皱着眉头，摇了摇头。

"这正是我担心的事情。我一直在研究新的水下航行器——**海马号**，计划来帮助你们，可海马号现在还没有完成。"阿尔叔叔说。

"所以,"朱迪说,"我们即将被蓝鲸当成便便排出体外了!"

阿尔叔叔点点头说:"是的。并且你们得让自己尽快被排出来。记住,泡泡衣会在 2 小时后开始分解。"

阿尔叔叔的全息影像开始晃动。

"阿尔叔叔!"朱迪喊道,"你的全息影像在抖动。"

"听着,小家伙们,"阿尔叔叔的声音也在抖动,断断续续的,"我随时都可能断线,但我会继续想办法——"

阿尔叔叔的全息影像发出爆米花爆开时的那种声音,随后便消失了。

蓝鲸的胃越来越用力地挤压着安德鲁和朱迪,把他们推进胃壁上的另一个洞里。

5 扑通！

安德鲁抱着鲣鸟，艰难地穿过了胃壁上的这个洞口。

扑通！

他掉进一个黑乎乎、湿漉漉的地方。要是带着手电筒就好了，他想。

"**嘎！嘎！嘎！**"鲣鸟叫道。

安德鲁轻轻拍了拍鲣鸟的头。

"呀！"黑暗中传来朱迪的声音，"我被卡住了！感觉像被塞进了钥匙孔里！"

"你用力挤。"安德鲁说，"要不要我来拉你的脑袋，帮你出来？"

"你休想拉我的脑袋！"朱迪说。

她一边嘟囔一边挣扎，但还是卡得纹丝不动。

"好吧，好吧，"朱迪叹了口气，"我数到3，你拉我的脑袋，我就努力往外挤。"

安德鲁放下鲣鸟，摸索着抓住了朱迪的脑袋。

"1……2……3！"朱迪数着。

安德鲁猛地一拉，朱迪使劲一挣，最后——

扑通！

朱迪也落到了第三个胃里。

黑暗中，她打开了手电筒。他们发现自己掉落的地方看起来像绿色气球的内部，黄绿色的黏稠液体正从一侧水龙头似的开口中涌出。

哗——"这里有更多的消化液来消化食

物，"阿探说，"<u>是肝脏分泌的消化液</u>。"

哗啦！

大量粉色的磷虾糊从第二个胃里涌了进来，已经完全看不出磷虾原来的模样了。

"阿探，现在几点？"朱迪问。

哗————"2点。"阿探说。

"我们必须在4点前离开这条蓝鲸，"朱迪说，"必须在泡泡衣开始分解，我们彻底变成蓝鲸的食物之前离开。"

怦！怦！怦！

他们离蓝鲸的心脏更近了。

但还有一个微弱一些的声音。

怦！怦！怦！

"听起来这条蓝鲸好像有2颗心脏！"安德鲁说。

"也许是回声。"朱迪说。

哔———"不是回声，"阿探说，"要有坚硬的物体才能产生回声，比如岩石和金属。蓝鲸的身体很柔软，很难产生回声，蓝鲸也不可能有2颗心脏。我们听到的第2种心跳声，是蓝鲸肚子里的蓝鲸宝宝。"

"哇！"朱迪说。

"我的天！"安德鲁惊叹道，"蓝鲸宝宝！"

这时胃里又多了一股来自肝脏的消化液。他们被推挤着又经过一个胃后，开始被挤向一个像粉色长筒袜的"软管"里。安德鲁抱着鲣鸟一头扎了进去，这里面像毛巾一样滑溜溜、毛茸茸的。

粉色的"软管"挤压着、拉扯着，他们感觉就像掉进了大蟒蛇的肚子里。

"太恶心了！"朱迪抱怨说。

哔———"这里是肠道！"阿探说，"这个部位是小肠。毛茸茸的小肠绒毛会把食物的养分吸收进血液里。"

朱迪叹了一口气道："关于肠道，我只对一件事感兴趣，那就是离开它！肠道可能要花几小时才能把我们推出去。我们得赶快离开！快点，安德鲁！"

哗———"蓝鲸和人类一样，是恒温动物。"阿探说，"蓝鲸的体温和人类的体温差不多。它们拥有厚厚的脂肪，可以在寒冷的水中御寒，就像北极熊的皮毛能为它们保暖一样。很多年前，人们为了获取鲸脂而捕杀蓝鲸。融化鲸脂可以得到鲸油，鲸油可以用来点灯，还能制作蜡烛、肥皂等很多其他物品。"

哗啦！

黏滑的液体从肠道里喷了出来。

"嘎！嘎！嘎！"鲣鸟叫了起来，安德鲁能感觉到它在试图扇动翅膀。

"没事的，小家伙，"他说，"我们很快就能出去了——但愿如此。"

他们在黏液中推挤着前进，朱迪把手电筒还给了安德鲁。

哔——"蓝鲸的肠道大约有 500 米长，"阿探说，"比一个标准足球场还长。人类的肠道则要短得多，只有几米长。"

他们身后传来一阵低沉的隆隆声。

呼——

一股大风就像气球突然漏气那样，从他们身旁吹过。

"呸呸呸！"朱迪说，"太臭了！臭得让人难以置信！"

哔——"很多微小的细菌在肠道里吃东西。"阿探说。

"哇！"朱迪说。

哔———"细菌制造臭烘烘的气体，气体在肠道内流动时，就会发出声响！"

安德鲁咯咯笑。"我们知道你说的是什么！"他说，"这就是放———"

"安德鲁！"朱迪喊道，"别说！"

"嘎！嘎！嘎！"鲣鸟激动地叫唤着。

"怎么了，小家伙？"安德鲁问。

手电筒发出的光照到一个贴在蓝鲸肠壁上的长长的白色带状物。

哔———"绦虫！"阿探说，"绦虫能长到

20多米长。它们附着在肠壁上，通过表皮吸收养分。"

鲣鸟抬起头，张开嘴，向绦虫扑去。

哗———"不能吃！"阿探说，"绦虫体内有很多虫卵，鲣鸟吃下虫卵，也会长绦虫！"

安德鲁用手紧紧捏住了鲣鸟的嘴。

"不能吃绦虫，兄弟。"他说。

安德鲁和朱迪拼尽全力，飞快地爬过了那团缠绕在一起的绦虫。

肠道变宽了。

哗———"小肠结束了。"阿探说，"接下来就是大肠。"

砰！砰！砰！

声音是从安德鲁泡泡衣的袖子上传来的，一些泡泡爆开了！

砰！

鲣鸟头盔上的一个泡泡也爆开了！

"我听到你的泡泡衣在爆裂,"朱迪说,"我的也是!现在几点了?"

哔———"3点45分。"阿探说。

"糟了!"安德鲁说。

他们赶紧在肠道里继续向前爬。

不一会儿,他们发现自己来到了一个更大的空间里,这里高高地堆着很多足球大小的红色块状物。

"我想我们都知道那是什么吧?"安德鲁说。

哔———"蓝鲸便便!"阿探说,"这里是直肠,是存放便便的地方。"

"真恶心,"朱迪说,"但这也意味着我们有个通道可以离开这里了。"

还没等朱迪找到那个通道,直肠就开始颤抖,然后它使劲挤压了一下!

噗!

6 首尾跋涉

　　安德鲁、朱迪、阿探，还有鲣鸟，被蓝鲸从尾部喷了出来!

　　"我们成蓝鲸便便啦!"安德鲁喊道。

　　他们的上方是蓝鲸巨大的灰色尾鳍，跟街道一样宽!

　　朱迪把手电筒塞进泡泡衣的口袋里。

　　"抓住蓝鲸尾鳍!"她说，"蓝鲸要是游走了，我们就再也找不到水虫号了!"

安德鲁伸手去抓那条巨大的尾鳍，抬头看到久违的阳光正斜斜地照进水里。

哔———"蓝鲸会浮出水面呼吸，"阿探说，"蓝鲸可以在水下待40分钟，有些蓝鲸可以待2小时！"

蓝鲸的尾鳍离安德鲁和朱迪很近，可尾鳍拍落下来时在水中搅起了漩涡，把他们推开了。

哔———"蓝鲸和海豚都是上下摆动尾鳍的，"阿探说，"而鱼类则是左右摆动尾鳍的。"

"阿探，闭嘴！"朱迪喊，"安德鲁，抓住尾鳍！"

安德鲁又伸出手去，但蓝鲸尾鳍又光又滑，从他的手指间溜走了。

哔———"抓住尾尖！"阿探赶快说，"尾尖上长着藤壶，这种甲壳动物能增强摩擦力，帮助我们抓紧尾鳍。"

朱迪设法去够蓝鲸的尾尖，藤壶粗糙的表面让她可以将蓝鲸尾尖牢牢地抓在手里。

安德鲁一手抓着朱迪的脚，一手抱着鲣鸟。

两人竭尽全力地抓着蓝鲸的尾鳍，拍打中，蓝鲸尾巴有两次在海面上破水而出！

"哇，我的天啊！"安德鲁说。

"耶！"朱迪说，"能再次见到太阳的感觉真是太好了。"

噗！

在前方很远的地方，蓝鲸头部的雾气像喷泉一样升入空中，足足有3层楼那么高！

哗———"蓝鲸呼出废气了，"阿探说，"<u>蓝鲸通过头顶的喷气孔来呼吸，喷气孔就像是它的鼻子！</u>"

安德鲁想了想开口说："我们可以爬过蓝鲸的背部，去它的嘴巴那里。"

说干就干，安德鲁和朱迪爬到了蓝鲸尾鳍的上面，匍匐着前进。蓝鲸身上又光又滑，他们好像趴在一个巨大的、滑溜溜的大水球上。一番折

腾后，他们终于来到了蓝鲸背上。

　　安德鲁停了下来。他从鲣鸟身上取下泡泡衣头盔，解开了裹在它身上的气球。

　　"再见，鲣鸟！"安德鲁说。

　　"**嘎！嘎！嘎！**"鲣鸟尖声叫着，跳到蓝鲸背上，展开了翅膀。

　　接着，它又跳到了安德鲁的肩膀上。

　　安德鲁拉下自己泡泡衣的头盔，温暖的阳光照在了他的脸上，一阵微风吹乱了他的头发。朱迪也拉下了头盔。

"嘎！嘎！嘎！"鲣鸟轻轻地啄了啄安德鲁的鼻子。

哔———"鲣鸟在说'谢谢'呢！"阿探说。

鲣鸟终于拍打着翅膀飞走了。

"我们会想你的！"朱迪挥了挥手，在鲣鸟身后喊道。

噗！

蓝鲸又在喷水了。

"咦！"朱迪说，"好难闻的鱼腥味！"

他们继续悄悄地爬向蓝鲸的头部。

蓝鲸光滑的蓝灰色皮肤上布满了深色的斑点，看起来就像是巨大的雀斑。

朱迪首先到达了蓝鲸的喷气孔。

那儿有两个洞口，看起来像是灰色的鼻孔。

"好大的鼻孔！"朱迪往里面看了看，"这两个鼻孔这么大，婴儿都能爬进去！"

"看！"安德鲁指着蓝鲸嘴巴右侧一团鼓鼓的东西说，"那一定是水虫号！"

"可蓝鲸的嘴巴是闭着的，"朱迪说，"我们进不去。"

哗 ——"也许要等到蓝鲸下次张嘴进食的时候吧。"阿探说。

"我们再往前一点儿。"朱迪说，她拉下头盔遮住了脸。

安德鲁也拉下了头盔。他们继续前行，悄悄爬过了蓝鲸的喷气孔。

这时，蓝鲸的头往一边歪了歪，安德鲁和朱迪从蓝鲸头部的一侧滑了下去！

7 再遇鲍勃

朱迪和安德鲁滑过了蓝鲸的眼睛。蓝鲸的眼睛是深棕色的，有篮球那么大。

"不知道它能不能看到我们，"朱迪挥了挥手说，"希望它能。"

幸运的是，蓝鲸张开了嘴巴，海水涌入其中！安德鲁和朱迪乘机一把抓住鲸须，跳进了湍急的水流中。

"去舌头下面！"安德鲁喊道。

他和朱迪一头扎了下去。下面一片黑暗，朱迪从口袋里掏出迷你手电筒。

"水虫号在那里！"她大声叫了起来，直接潜到了水虫号的下方。安德鲁紧随其后。

安德鲁找到了水虫号的座椅按钮，按了下去。

啪！

水虫号的前排座椅翻转了出来。

"系好安全带，"安德鲁说，"按一下座位边上的按钮。"

啪！

座椅翻转了进去。

咕噜咕噜······"欢迎回来，"水虫号机械的声音响起了，"你们离开了很长时间。现在你们需要我做什么？"

"逃生模式启动！"安德鲁喊。

"咔嗒"一声，水虫号的引擎盖打开了，一

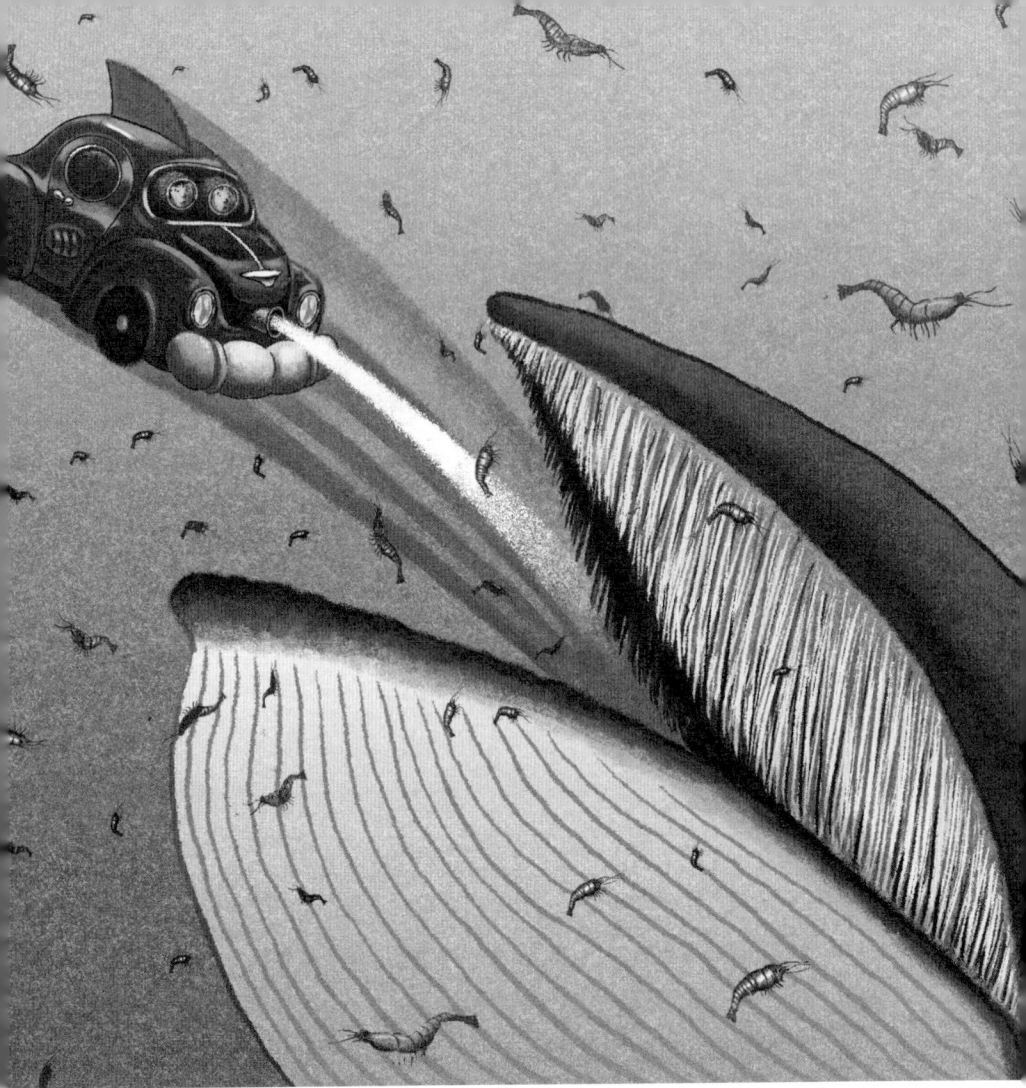

根粗大的黑管弹了出来。

安德鲁稳住方向盘，回头看了看，猛地踩下了油门。

咻——

水虫号射了出去，冲上蓝鲸的舌头，飞过了它橡胶般的灰色嘴唇。他们出来了！

安德鲁关闭了逃生模式，回到了正常驾驶状态。水虫号的桨轮带着他们在水中呼啸而过。朱迪和安德鲁扯下了头上的泡泡衣头盔。

"哇，我的天！"安德鲁说，"我们成功了！"

朱迪叹了口气说："我从没想过自己会这么说，但是能回到水虫号的感觉真好！我们跟着蓝鲸走一会儿吧。它真美啊。我觉得它喜欢我们。"

阿探打开他的泡泡袋，爬出安德鲁的口袋，跳上了仪表盘。

蓝鲸前行的速度慢了下来，开始在海里滚来滚去。

噼啪————噼啪————噼啪————

仪表盘上的扬声器噼啪作响。"啊，又碰到你们了！"扬声器里传来熟悉的咆哮声，"你们

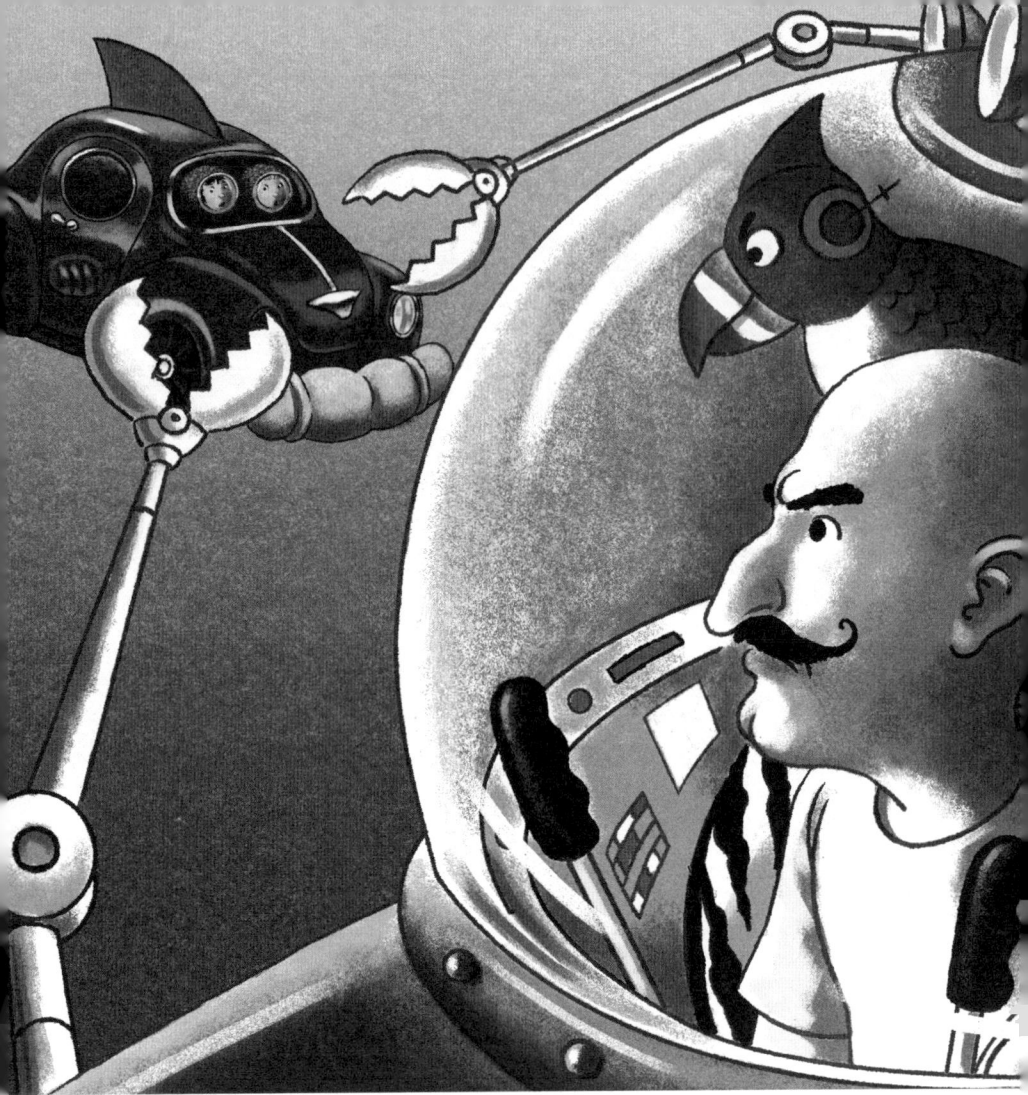

这两个小崽子被这么巨大的蓝鲸吞下了肚，居然还活蹦乱跳的！"

"哦，不！"朱迪说，"是索吉·鲍勃！"

蓝鲸身下闪过一道金属的光芒，是索吉·鲍

勃的**机械螃蟹**!

它银色的钳子和腿都紧紧缩在机身里面。顶部的玻璃罩里，索吉·鲍勃正坐在他那把斑马条纹的大椅子上。他的光头像保龄球一样闪闪发光，嘴边笑容狡黠，说话时黑胡子一翘一翘的。

栖息在椅背上的是索吉·鲍勃那只巨大的蓝色鹦鹉——鲍普。

"**嘎! 嘎! 嘎!** "鲍普在尖叫。

咔嗒! 咔嗒! 咔嗒!

机械螃蟹巨大的金属钳子在水虫号的挡风玻璃前"咔咔"作响。

索吉·鲍勃咧嘴一笑，捻着他的胡子说："急什么呢，小崽子们? 你们正好赶上了海上最盛大的表演!"

8 超大号宝宝

"快看！"安德鲁指着机械螃蟹的后面说，"蓝鲸有两条尾鳍！"

蓝鲸巨大的尾鳍下面，出现了一条小小的尾鳍！

哗——"蓝鲸妈妈在生蓝鲸宝宝！"阿探说。

很快，蓝鲸宝宝的其他身体部分也滑了出来。

"一个超大号宝宝！"朱迪说。

哔———"蓝鲸宝宝有 1 头成年大象那么长！"阿探说，"体重和 40 个成年人的体重相当！"

蓝鲸妈妈转着圈，潜到了蓝鲸宝宝的身下。

哔———"蓝鲸妈妈要把蓝鲸宝宝推到水面上呼吸，"阿探说，"要是蓝鲸宝宝不能尽快呼吸，它就会被淹死！"

噼啪———噼啪———噼啪———

"现在，我的小沙丁鱼们，"索吉·鲍勃说，"你们来看看我最大的收获吧！哈！"

机械螃蟹向蓝鲸宝宝驶去。一个套索从它的一只钳子里射出来，套住了蓝鲸宝宝的尾鳍！索吉·鲍勃拉动机械螃蟹的控制杆，套索收紧了。

蓝鲸宝宝还没来得及被妈妈带到水面就被抓住了，机械螃蟹要拖走蓝鲸宝宝！

蓝鲸妈妈紧紧追赶着蓝鲸宝宝。

它试着用脑袋把蓝鲸宝宝推到水面上去，但机械螃蟹正拖着蓝鲸宝宝往下走！

"别这么做，索吉·鲍勃先生！"安德鲁跟在蓝鲸宝宝后面喊道，"蓝鲸宝宝需要呼吸！"

"啊，你的小嘴巴在动，我看见了。"索吉·鲍勃说，"可你在说什么，我一点儿也听不到。我就喜欢看你着急的样子！"

安德鲁赶快把水虫号开到蓝鲸宝宝附近。

"滚开，你们这些小蛤蟆！"索吉·鲍勃挥舞着拳头吼道，"识趣的话，离我的鱼远点！"

朱迪皱起了眉头说："他甚至都不知道蓝鲸不是鱼！"

"他可能也不知道蓝鲸需要呼吸。"安德鲁说。

安德鲁按下了**章鱼助手**的按钮。水虫号的引擎盖弹开，章鱼助手的触手扭动着伸了出来。

"解开蓝鲸宝宝身上的套索！"安德鲁对章鱼助手命令道。

咕噜咕噜……"好主意。"水虫号说。

章鱼助手的触手向套索飞去，一把抓住并解开了它！

"哈！"索吉·鲍勃咆哮着，"小蓝鲸是我的！"

咔嗒！咔嗒！咔嗒！

机械螃蟹的钳子想要去夹章鱼助手的触手，不过章鱼助手的速度太快了，它猛地把套索从机械螃蟹的钳子里抽了出来。

"绑住机械螃蟹的钳子！"安德鲁喊道。

章鱼助手套住了机械螃蟹的一只笨重的钳子，用力一拉套索，把它绑住了。

"好样的！"朱迪欢呼道。

"该死！"索吉·鲍勃喊道，"你们这些小崽子是在自讨苦吃！"

机械螃蟹没被绑住的那只钳子"啪"地夹住了章鱼助手。

章鱼助手挣脱了，并把那只钳子也绑住了，然后狠狠地拉了一下绳子，机械螃蟹开始旋转、下沉！

"搞定！"安德鲁欢呼。

"太可恶了！"索吉·鲍勃尖叫道。

安德鲁和朱迪看着他疯狂地拉动着机械螃蟹

里面的大金属把手，一旁的鲍普拍打着翅膀，用喙扭动着仪表盘。

但机械螃蟹还是在不停旋转，越沉越深。

"我会回来的！"索吉·鲍勃喊道，一拳捶在他那张大椅子的扶手上，"要不了你们这些猴子吃完一个花生酱三明治的时间，我就会回来！"他把脸贴在玻璃罩上，嘴角勾起一抹坏笑，"我马上就要推出超级乌贼三明治了！呵呵！"

机械螃蟹沉没不见了。

"干得漂亮！"安德鲁说。

"谢谢表扬！"水虫号说。

"快看！"朱迪盯着蓝鲸宝宝说，"它还在挣扎，好可怜！"

蓝鲸妈妈努力把它的幼仔往上推，但蓝鲸宝宝一直在往水里滑！

"我们得去帮忙。"朱迪说。

安德鲁驾驶着水虫号靠近蓝鲸宝宝的一侧，蓝鲸妈妈在另一侧，他们一起把蓝鲸宝宝推到了水面上！

蓝鲸宝宝通过喷气孔呼吸到了第一口空气，安德鲁和朱迪看到了它喷出的水花！接着它就潜到妈妈的肚子下面去找乳汁喝了。

哗——"蓝鲸宝宝每小时能长三四千克！"阿探说。

朱迪想了一会儿说："一天能长将近100千克！一个彪形大汉的重量呢！"

蓝鲸和它的宝宝很快就游到了水虫号前面，不一会儿它们就变成了远处的黑影。

"它们好美啊！"朱迪感叹。

"我敢打赌，索吉·鲍勃还得花上一段时间才能解开机械螃蟹。"安德鲁说。

"那时蓝鲸已经游远了，它们安全了。我们

该回去救大王乌贼了。但首先得把那些熔岩块从**超级嗅探器**里取出来，否则我们就无法追踪乌贼。"

超级嗅探器是一个可以追踪水中任何物体的小型装置，安德鲁和朱迪需要用它来寻找大王乌贼，可是它被熔岩块堵住了！

"没错！"朱迪说，她思考了一下，"在水面上会比较容易取出熔岩块。"

安德鲁向上拉起方向盘，水虫号冲出了水面。外面阳光灿烂，蓝蓝的天空上飘着羽毛般的白色云朵。

"真美啊！"安德鲁说。

"我们打开窗户透透气吧。"朱迪说。

安德鲁按下门上的一个按钮，侧窗"砰"的一声打开了。

"哎呀！"朱迪喊道。

9 闪电来袭

一条细细的、银色的鱼正好从她那边的窗户外飞了进来，落在了安德鲁的腿上。

哔————"飞鱼！"阿探说。

安德鲁轻轻捡起这条扑腾着的鱼，把它送出窗外。

"快看！"安德鲁发现窗外有奇怪的东西！

水虫号被许多篮球大小的透明蓝色球体包围了。

"看起来像一堆奇怪的派对气球。"朱迪说。

"不！"阿探叫了起来，"这是水母！有毒的水母！这是僧帽水母，有很多刺人的触须！触须能有20多米长！如果被蜇到了会很痛！僧帽水母不是独立的动物个体，而是由很多小的个体组成的。它们就像一个社区，有的居民负责捕猎，有的居民负责进食，有的居民负责繁殖小水母！"

"我们得换个地方修理超级嗅探器。"安德鲁挠挠头说，"但我现在饿坏了，到蓝鲸肚子里走那么一趟让我感到非常饥饿。"

"我也是！"朱迪说。

"不知道这里有什么吃的。"安德鲁说。

他解开安全带，转身探过座椅。水虫号的后半部分没有座椅，但有一个小厨房，里面有冰箱、微波炉、水槽和橱柜。

安德鲁打开冰箱，里面堆满了用塑料纸包裹着的比萨！

“太棒了！”安德鲁说，“我们有阿尔叔叔的特制比萨！”

安德鲁打开了一张比萨的包装纸。这时一只白色的鸟从水虫号前面的海面上飞了过来，一双大红脚重重地落在水虫号的引擎盖上，来到了挡风玻璃前面。

“是鲣鸟！”安德鲁喊道。

哐！哐！哐！

鲣鸟轻轻啄着挡风玻璃。

“它肯定是想我们了。”朱迪说。

鲣鸟又啄了啄挡风玻璃，飞到远处潜入了水面之下。

哔——“鲣鸟在捕食飞鱼卵！”阿探说。

“那我还是吃比萨吧。”安德鲁说，他想尝尝比萨是什么口味的。

阿尔叔叔做的比萨一如既往的奇怪，面饼是

鲜绿色的，还能在黑暗中发光，上面堆满了超浓番茄酱、各种各样的奶酪，还有一堆洋葱。

"啊哦，"安德鲁心想，"洋葱，真恶心。"

他把洋葱都刮下来放进一个口袋里，然后把比萨放进微波炉，定时2分钟。

安德鲁从微波炉里取出热乎乎的比萨时，太阳已经下山了。天空中，蓬松的白云正被黑压压的乌云追赶着。

阿探指了指天空。

哗——"风暴云，"阿探说，"小水滴形成白云，大水滴形成黑沉沉的风暴云。"

安德鲁一边递给朱迪一片比萨一边说："待在水虫号里，我们会很安全的。"

就在他们狼吞虎咽的时候，天空变得像脏袜子一样暗沉沉的。豆大的雨点砸在挡风玻璃上。他们赶快关上了窗户。

　　一阵狂风吹来，水虫号随着海浪起起伏伏。一开始，海浪还只有桌子那么高；仅仅几分钟后，海浪就有冰箱那么高了；接着，海浪就有天花板那么高，有房子那么高，并且越来越高！不知不觉中，安德鲁停下了狼吞虎咽。

　　当水虫号被推上浪尖的时候，一串长长的白色泡沫像手指一样拍打着窗户。紧接着，水虫号就像过山车一样在海浪里急速而下。

突然，锯齿状的闪电划破天空，射入水中。

轰隆隆！ 一阵雷声传来。

哗—— "云中粒子之间互相碰撞，形成了携带不同电荷的电荷层。"阿探说，"当电荷层间电场强度足够大时，就会产生闪电。闪电的温度比太阳还高！大气急剧膨胀，就产生了雷声！我们先看到闪电是因为光传播的速度非常快，而声音传播的速度则要慢得多！光速是声速的 80 多万倍！"

"下潜，下潜！"朱迪喊，"发生闪电的时候，不要待在高处。水虫号现在在水面上，容易被闪电击中。"

还没来得及拉下方向盘，安德鲁就感到皮肤一阵刺痛，头发也直直地竖立起来！

一道耀眼的白光包围了水虫号！太亮了，安德鲁不得不闭上了眼睛，但即使安德鲁闭上了眼睛，他也还是能看见水虫号里的一切！

10 猎人还是猎物？

闪电击中了水虫号！

轰隆隆！ 又一阵雷声响起。

等到安德鲁睁开眼睛时，水虫号正在往浪底滑去。

朱迪的脸色像月光一样白。她的头发竖了起来，像是戴了个小丑卷发发套。她的嘴巴张得大大的，上面还挂着一块马苏里拉奶酪。

"太吓人了！"她说，"我们差点儿要被烤焦了！"

哗———"水虫号能保护安德鲁和朱迪不被闪电击中，"阿探说，"电流穿过水虫号的金属外壳就溜走了，不会再有电流穿过安德鲁和朱迪了！"

安德鲁仔仔细细地把水虫号检查了一遍。水虫号引擎盖上的油漆已经有几处鼓起来了，看着就像是长了几颗痘痘，但其他地方并没有损伤。

"我们离开这里吧！"朱迪说，"马上就走！"

安德鲁向下推动方向盘，水虫号沉入了海浪之下。

"我们在海面下待到暴风雨结束，"安德鲁说，"也许我们可以在海底找个安静的地方，把熔岩块弄出来。"

穿过深绿色的海水，他们一直往下行驶，一缕缕棕色的海藻从窗户旁边掠过。

随着安德鲁驾驶着水虫号越潜越深，四周的光线也越来越暗。安德鲁打开了前灯。

"看！灯光里有些奇怪的白色东西！"朱迪说，"我们像是在雪花玻璃球里！"

哗———"这是海雪！"阿探说，"海雪是沉降到海底的微生物、尸体碎屑、粪便残渣。小鱼们会吃海雪。"

"真恶心！"朱迪说。

在前灯光束的尽头，安德鲁瞥见一个高大的黑影。

"哇！"安德鲁说，"那是一座水下摩天大楼吗？"

"我们现在在海底，哪来的'摩天'？"朱迪说。

随着水虫号慢慢靠近，他们才看清那高大的黑影其实是一大堆管子和柱子。它从海底拔地而起，一直往上延伸到他们看不见的地方。

哔——"这是油井，"阿探说，"从海底很深很深的洞里钻取石油。死去的生物被埋在很多层岩石下面，再经过几百万年的时间，生物的尸体就变成了石油！石油可以制成汽油，为汽车提供动力。"

死去的生物聚集在海底。

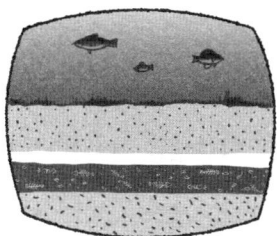

它们被层层岩石覆盖，高温和高压使它们变成石油。

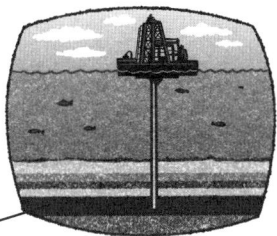

石油公司钻透岩石开采石油。

石油层

"你的意思是说，我们灌进油箱里的是生活在数百万年之前的生物？"朱迪问。

"没错！"阿探答。

"真不可思议！"朱迪说，"一切都进入了循环之中！"

安德鲁驾驶着水虫号继续下潜，去寻找管道沉入海底的位置。

朱迪指着一个靠近管道的圆罩问："那是什么？"

安德鲁慢慢地开了过去。

圆罩前面是一块牌子，上面写着黑色的大字：

索吉·鲍勃的油井和
私人俱乐部
严禁入内！

"太难以置信了！"朱迪说，"汪洋大海里，我们竟然总是能碰到索吉·鲍勃！"

在这个圆顶建筑里，安德鲁和朱迪看到了机械螃蟹，还有索吉·鲍勃！他正在拉扯机械螃蟹钳子上乱成一团的套索，鹦鹉鲍普也在帮忙用喙拉着套索。

看到水虫号的灯光，索吉·鲍勃转过身来，跺着脚走到玻璃罩前，挥舞着拳头。他短短的眉毛高高扬起，嘴唇快速地翻动着。

安德鲁和朱迪听不到他在说什么，但他们看得出来那绝对不是什么好话。

索吉·鲍勃的油井和
私人俱乐部
严禁入内！

"在他修好那玩意之前，我们赶紧离开这里吧！"朱迪说。

安德鲁点点头。他向上拉起方向盘，猛踩一脚油门，水虫号一下冲进了漆黑的海水中。

突然，前灯照亮了他们正前方的一堵灰色的"墙壁"。

安德鲁开得太快了，水虫号来不及刹车。就在他们马上要撞上去的那一刻，那堵"墙壁"游走了！

在前灯的照射下，安德鲁看到那堵"墙壁"其实是一头鲸的侧面！

哔————"抹香鲸！"阿探说。

"这就是小说《白鲸》里的抹香鲸。"安德鲁说，"它的头真大啊！"

哔————"这是动物界里最大的头！"阿探说，"比小货车还要大！抹香鲸的脑袋里装着成吨的油脂，叫作鲸脑油。鲸脑油可以帮助抹香鲸潜到很深、很深、很深的地方！抹香鲸能够屏气一两个小时呢！"

朱迪皱起了眉头说："过去抹香鲸常常因为它脑袋里的鲸脑油而被捕杀，以前人们还经常用抹香鲸的肠道分泌物来制作香水！"

哔———"抹香鲸喜欢捕食大王乌贼！"阿探说，"抹香鲸和大王乌贼会在深海中展开大战！"

"哇！"安德鲁说，"跟着这头抹香鲸走，我们也许就能找到大王乌贼！"

抹香鲸快速地穿过了水虫号前方的水域，安德鲁努力跟了上去。水虫号外面，海水慢慢由黑色转为绿色。这头抹香鲸并没有把他们带往深海，而是游向了比较浅的水域。很快，一幅奇异的景色映入眼帘：崎岖的山丘上竟然长着蓝色的"鹿

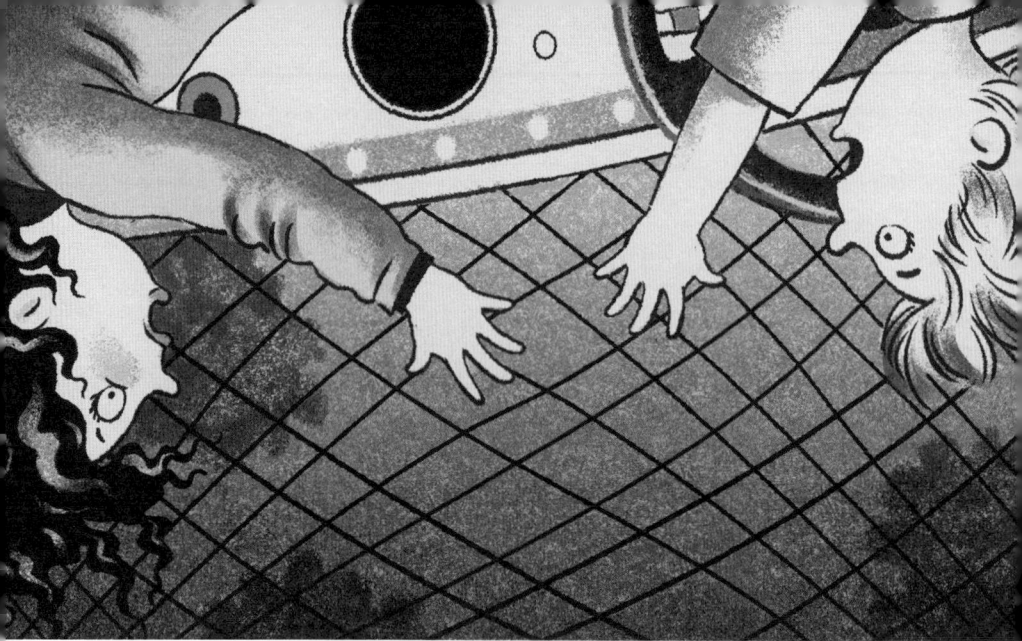

角"、灰色的"大脑"、带蕾丝花边的黄色"扇子"，还有高高的红色"羽毛"。

突然，座位上的安德鲁和朱迪猛地向前撞去。

"啊！"安德鲁嚷了起来。

"哎哟！"朱迪吓了一跳。

"哎呀！"阿探也喊了起来。

水虫号在翻滚，滚了一圈又一圈！

当水虫号终于停下来时，他们倒立着悬挂在座椅上！等到安德鲁从晕头转向里回过神时，他看到他们被困在了一张大网里——一张巨大的网!

　　"糟了，"安德鲁想，"我们在寻找大王乌贼，谁又在寻找我们呢……"

阿探揭秘

阿探还想跟你说说更多关于蓝鲸和其他海洋生物的事情，但是穿过蓝鲸的整个消化道把他累坏了！下面是阿探想告诉你的话：

🔍 所有的哺乳动物都有毛发。有些哺乳动物的毛发很多，有些哺乳动物则只有一点点。蓝鲸的鲸须分布在嘴巴周围，它们的声呐系统会帮助它们感知附近的磷虾。这样蓝鲸就知道什么时候该张嘴进食了！

🔍 蓝鲸发出的声音非常低沉，也就是说它们声音振动的频率很低。没有特殊设备的帮助，人类无法听到这么低的声音。

🔍 虽然我们无法听见，但蓝鲸发出的声音又是所有动物中音量最大的。蓝鲸可以与千里之外的同伴相互交流！只有频率非常低的声音才能在水下传播这么远的距离。

Q 蓝鲸和海豚的祖先是陆生哺乳动物。5000 万年前，它们在陆地上生活，后来进化成水生动物。随着时间的推移，它们的身体发生了变化：鼻孔向上移到头顶，腿和尾巴变成了鳍状肢，也褪去了大部分毛发。

Q 红脚鲣鸟可以在海上飞行很远去寻找食物。"鲣鸟"这个词的英语 booby 来自西班牙语单词 bobo，意思是"小丑"。西班牙探险家们认为这种鸟的模样看起来傻乎乎的，和小丑一样。

Q 你是否曾到过一个气味很难闻或者很好闻的地方？你是否注意到，过了一会儿后，那味道似乎就不那么明显了？其实，你的鼻子仍然在向你的大脑发送相同的气味信息，但一段时间后，你的大脑就习以为常了。

Q 发生暴风雨时，你可以判断出闪电离你有多远。从你看到闪电时开始读秒，等你听到雷声时停止读秒。用所得的秒数乘以声速（约为 340 米 / 秒），就能算出闪电和你之间的距离了。你总是先看到闪电后听到雷声，这是因为光的传播速度比声音的传播速度更快。

ANDREW LOST

科学小子安德鲁

原子大爆炸

7

逃离大堡礁

〔美〕J.C.格林伯格 / 著　〔美〕简·杰拉尔迪 / 绘

邹　晶 / 译

长江出版传媒　｜　长沙少年儿童出版社

本书中文简体版权经美国Sheldon Fogelman代理公司
授予海豚传媒股份有限公司，由长江少年儿童出版社
独家出版发行。
版权所有，侵权必究。

献给挚爱的丹、扎克、爸爸和真正的安德鲁。
感谢吉姆·托马斯、马洛里·罗尔和所有兰
登书屋的朋友们。

——J.C. 格林伯格

图书在版编目（CIP）数据

原子大爆炸. 逃离大堡礁 / （美）J.C. 格林伯格著；
（美）简·杰拉尔迪绘；邹晶译. — 武汉：长江少年儿
童出版社，2024.5
ISBN 978-7-5721-4795-1

Ⅰ. ①原… Ⅱ. ①J… ②简… ③邹… Ⅲ. ①儿童故
事—美国—现代 Ⅳ. ①I712.85

中国国家版本馆CIP数据核字（2024）第035339号
著作权合同登记号：图字17-2023-172

YUANZI DA BAOZHA·TAOLI DABAOJIAO
原子大爆炸 · 逃离大堡礁

［美］J.C. 格林伯格 / 著　［美］简·杰拉尔迪 / 绘　邹　晶 / 译
责任编辑 / 熊　倩
装帧设计 / 刘芳苇　黄尹佳　美术编辑 / 邓雨薇　雷俊文
封面绘画 / 笪蓉蓉
出版发行 / 长江少年儿童出版社
经　　销 / 全国新华书店
印　　刷 / 广州市中天彩色印刷有限公司
开　　本 / 880mm×1230mm　1 / 32开
印　　张 / 22
字　　数 / 240千字
印　　次 / 2024年5月第1版，2025年4月第4次印刷
书　　号 / ISBN 978-7-5721-4795-1
定　　价 / 144.00元（全8册）

策　　划 / 海豚传媒股份有限公司
网　　址 / www.dolphinmedia.cn　邮　箱 / dolphinmedia@vip.163.com
阅读咨询热线 / 027-87677285　销售热线 / 027-87396603
海豚传媒常年法律顾问 / 上海市锦天城（武汉）律师事务所　张超　林思贵　18607186981

嗨！我叫阿探，是安德鲁最好的机器人朋友。阿探知道很多事情，比如：为什么海水是咸的？章鱼是怎么变色的？为什么大陆板块总是在移动呢？

安德鲁喜欢搞发明，阿探是个好帮手！现在，安德鲁正在帮助阿尔叔叔创造新的水下航行器。哎呀！出了点小意外！冒险开始了！你想一起去寻找大王乌贼吗？那就翻到下一页吧！

目　录

安德鲁的世界

安德鲁·达布尔

安德鲁今年 10 岁，从 4 岁开始，他就一直在进行发明创造。可他的发明让他陷入了不少麻烦，比如有一次他就用原子吸尘器把自己、他的堂姐朱迪，还有他的银色小机器人阿探缩小了，缩得比一只跳蚤的脚还要小。

这次安德鲁又陷入了困境。他在摆弄阿尔叔叔的水下航行器水虫号的时候出了点小问题。现在，安德鲁、朱迪，还有阿探马上就要遇到地球上最危险的一些生物了！

1

朱迪·达布尔

13岁的朱迪是安德鲁的堂姐。她认为自己聪明极了，绝对不会跟着安德鲁进入另一场疯狂的冒险。但那是在安德鲁向她展示水虫号之前……现在她正忙着拯救大王乌贼呢！

阿 探

阿探是便携式超级数字探测机器人，也是安德鲁最好的朋友。对阿探来说，这场旅行可不轻松。对接下来要发生的事情，他的确有点儿担心。

阿尔叔叔

安德鲁和朱迪的叔叔是一位身份高度机密的科学家，阿探和水虫号就是他发明的。阿尔叔叔很担心困在水下的安德鲁、朱迪和阿探。他正在制造一艘新的水下航行器——海马号，这样他就可以去营救他们了！

索吉·鲍勃

这个坏家伙正在建造世界上最大的主题公园——动物宇宙，但是索吉·鲍勃并不关心这些动物的死活。他在乌贼世界的水族箱上方挂了一个牌子，上面写着："索吉·鲍勃的超级乌贼三明治，即将出炉！"

现在，索吉·鲍勃盯上了安德鲁、朱迪和阿探。达布尔家的小家伙们能成功阻止索吉·鲍勃把大王乌贼变成超级快餐吗？还是索吉·鲍勃会让小家伙们陷入前所未有的麻烦呢？

水虫号

水虫号过去是一辆破旧的大众甲壳虫轿车，阿尔叔叔把它改装成了一艘潜艇。待在水虫号里面，安德鲁、朱迪和阿探本来是非常安全的，可是现在他们被困在了海底，这实在是太糟糕了。

3

1 陷入困境

现在我知道做一条鱼是什么感觉了！安德鲁·达布尔心想。

这是因为安德鲁的水下航行器**水虫号**在海底被一张巨大的渔网给缠住了。

渔网外面是陡峭的珊瑚山脉，如同彩虹碎片般色彩亮丽的鱼群正在其间悠然地穿梭。

"**天哪！**"安德鲁13岁的堂姐朱迪说，她就坐在安德鲁旁边的座椅上，"也许是索吉·鲍勃布下的陷阱，他怕我们比他先一步找到大王乌贼！"

索吉·鲍勃想抓一只大王乌贼，把它做成超级乌贼三明治，安德鲁和朱迪正在想办法阻止他。

"也许水虫号可以冲破这张网！"安德鲁把油门一踩到底，**轰轰轰！**

水虫号是用一辆破旧的大众甲壳虫轿车改装成的，现在它拥有透明的玻璃地板，顶上装着鲨鱼鳍形状的装置，后座改造成了厨房和卫生间。

水虫号狠狠地冲向渔网，却被弹了回来，砰地撞到了海底。糟糕，现在水虫号的桨轮也被这张网给缠住了！

一群盒子模样的黄色小鱼从挡风玻璃前游过，用大大的蓝眼睛好奇地盯着安德鲁和朱迪。

哗——"试试**章鱼助手**。"一个尖细的声音传来，说话的是安德鲁最好的朋友，银色小机器人阿探，他正坐在安德鲁**泡泡衣**的口袋里。

"好主意，阿探。"安德鲁说。

他按下了仪表盘上的一个黑色按钮。

"解开水虫号。"安德鲁对着仪表盘旁边的麦克风说。

咕噜咕噜······"尽力一试。"水虫号回复。

砰的一声，水虫号的引擎盖打开了，章鱼助手的灰色触手滑了出来，它们一把抓住渔网，开始用力地撕扯。

一番努力过后，章鱼助手不但没帮助水虫号脱困，自己的触手反而被渔网缠住了！

咕噜咕噜······"警告！警告！"水虫号说，"章鱼助手出现故障。触手被困！"

"**啊呀！**"安德鲁说，"看来我们得自己出去解开渔网了。"

朱迪哀叹："天哪！上次我们一离开水虫号就被蓝鲸吞进了肚子里！"

安德鲁没有听到她的话，自顾自地说："我们出去的时候，可以顺便把**超级嗅探器**里的熔岩块取出来。"

水虫号的引擎盖上有一个像鼻子一样的装置，这就是超级嗅探器。它能够根据气味在水里追踪物体，就像小狗在陆地上追踪物体一样。安德鲁和朱迪要借助这个超级嗅探器来寻找大王乌贼，他们必须赶在鲍勃前面找到它们。

但是，海底火山喷出的熔岩块像鼻屎一样把超级嗅探器给堵住了。

"**快看！**"安德鲁指向了他们前面的一处渔网，有什么东西正在蠕动！

"有别的东西也被网缠住了。"

哗——"很多动物会被旧渔网缠住,"阿探说,"比如海豹、乌龟,还有海豚。"

朱迪瞪大了眼睛:"海豚也可能被困住?"

"是的!很有可能!"

朱迪叹了口气:"我们必须马上出去,看看那儿到底是什么东西。"

朱迪和安德鲁戴上了他们的**泡泡头盔**。

他们的泡泡衣是一套布满小疙瘩的绿色套装，可以让安德鲁和朱迪在水下保持呼吸。头盔里面安装了耳机和话筒，这样他们就能够彼此交流。

安德鲁先确认了一下装阿探的**泡泡袋**，袋子封得很严实，因为阿探一点点水都沾不得。然后，安德鲁又把他塞进了自己泡泡衣前面的口袋里。

接着，安德鲁和朱迪按下了座位旁边的按钮。

嘭！

座位翻转，他们被弹出了水虫号。

透过绿色的海水，安德鲁看到渔网从高处垂落下来，那形状让他联想到了恐龙的肋骨。

安德鲁和朱迪向那团蠕动的东西游去，它显然跟渔网紧紧地缠在了一起。

突然，朱迪停了下来。

"等等，"她说道，"万一那是一条鲨鱼怎么办？"

2 美人鱼？

"我们千万要小心。"安德鲁叮嘱朱迪。

困在渔网里的东西体形好大，像一个胖乎乎的篮球运动员。安德鲁和朱迪一点一点地把渔网从它身上扯开。

最先映入眼帘的一条扑腾的尾巴，就像一个巨大的灰色乒乓球拍！

"这肯定不是鲨鱼的尾巴。"朱迪说。

哔——"这是海牛的尾巴，"阿探说，"海

11

牛就是海里的'牛'，它会吃掉很多很多的水草。看！"

阿探的屏幕脸上闪现出一张动物的图像，它的外形很像一个粗粗笨笨的沙滩玩具。

"噢！"朱迪把渔网从海牛拍动的鳍上扯开，"很久以前，水手们还以为海牛就是美人鱼！毕竟海牛性情温和嘛！"

"怎么会呢？"安德鲁说，"美人鱼不是留着长发、长着鱼尾巴的漂亮女孩吗？怎么看海牛都不像……"

他把渔网从海牛脸上扯开，看到的是一张胖嘟嘟的脸和一对又小又圆的眼睛。

"它更像是长了鳍的烤土豆！"他说。

哔——"海牛跟海豚一样，都是哺乳动物，"阿探说，"它需要到水面换气了！快点儿！"

"快点儿，"朱迪说，"安德鲁，我数到3，你就抓住那头用力拉。1、2、3！使劲儿！"

"嘿哟！"安德鲁用力拉着渔网。

终于，渔网松开了，这只海牛可以游动了。它点了点胖胖的头，拍打着双鳍，在水里转着圈寻找出去的路，可是它没法穿过结实的渔网。

"我们必须找个窟窿让它钻出去。"安德鲁说。

朱迪摇了摇头："我们只能把渔网剪开。我去看看水虫号里能找到什么工具。"

哔——"快去快回！"阿探说，"留给海牛的时间不多了！"

安德鲁沿着渔网游了起来，拼命搜寻着渔网上的破洞。朱迪急匆匆地向水虫号前进，每一步都带起一团团银色的沙子。

突然，朱迪看到一个棕色的瓶子从沙子中探出了头，她连忙弯下腰，想把瓶子拔出来。

咔嚓！

瓶子碎成了两半，朱迪手上只有半个瓶子。她捡起一片贝壳，把另一半瓶子也挖了出来。

"安德鲁！"朱迪边喊边匆忙地跑回海牛这里。她把其中半个破瓶子递给了安德鲁，瓶子的边缘像锯齿一样，十分锋利。

"千万要小心，"朱迪说，"我们来把这张网割开吧！"

两人开始用破瓶子用力地划渔网，很快他们就割开了一个大洞。

海牛似乎明白了他们的意思，它游到这个洞

口，顺利地钻了出去。

安德鲁和朱迪目送着它圆滚滚的身影向海面游去。

"哇！"安德鲁欢呼，"我们救了一头海牛！"

朱迪也露出了微笑。

安德鲁仔细观察着手中的半个破瓶子，他发现厚厚的玻璃上有波浪纹，玻璃中间夹着气泡，瓶壁上还粘着贝壳。

"这看起来跟商店里的玻璃瓶不一样。"安德鲁说。

哔——— "这是一个旧瓶子，非常旧的瓶子！"阿探说，"也许有 200 年历史了！"

"你怎么知道？"安德鲁问。

哔——— "玻璃里面有气泡，"阿探说，"过去瓶子都是用热玻璃吹制的。吹玻璃的人把热玻璃块粘在管子的末端，然后像吹泡泡糖一样把玻璃吹起来。"

阿探指了指他们周围巨大的骨骼形状的物体："这个瓶子应该来自这艘古老的沉船。"

"**天哪!**"安德鲁惊呼起来,"说不定这是一艘海盗船!"

"也可能是一艘探险船!"朱迪说。

"我们去看看能找到什么。"安德鲁提议。

"等一等!"朱迪说,"我们现在最要紧的是赶快解开水虫号,还要把超级嗅探器清理干净。"

"你说得对。"安德鲁表示了同意。

安德鲁动手去解开缠住章鱼助手的渔网,朱迪则负责割掉缠住水虫号桨轮的渔网。

然后,安德鲁从口袋里掏出了**挖鼻器**,那是一根带手柄的毛绒手指。

"我去清理那些'鼻屎'。"他说。

他用挖鼻器在超级嗅探器里戳来戳去,掏出

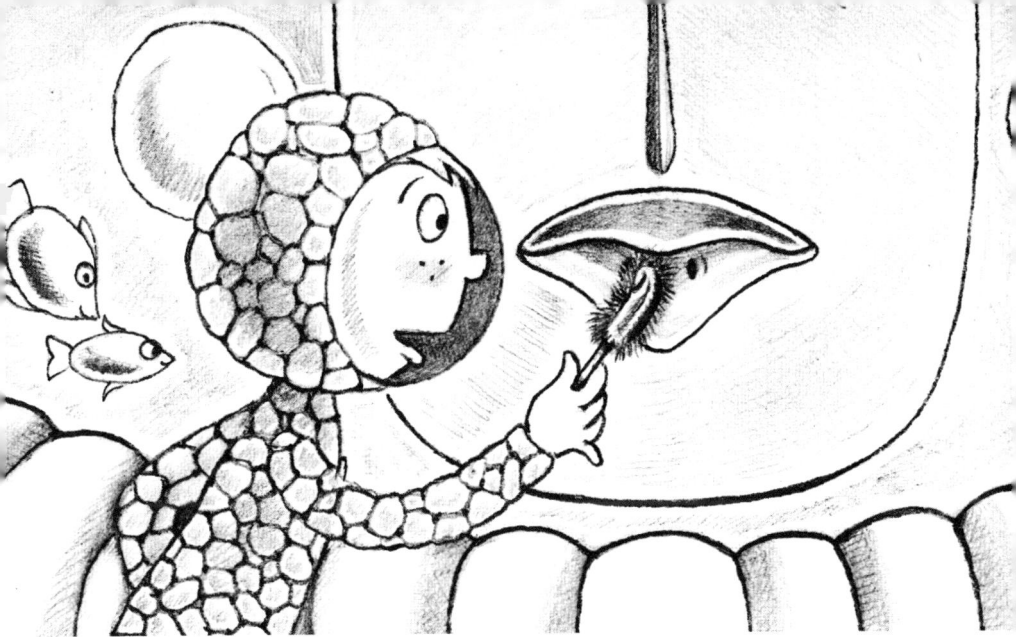

了 3 块粗糙的黑色石头。

"弄出来啦！"安德鲁说，"现在超级嗅探器应该能追踪到大王乌贼的踪迹了。"

"那我们赶快走吧，"朱迪说，"免得又被索吉·鲍勃找到了。"

"但是我们还没去探索这艘沉船呢，"安德鲁说，"我好像看到了什么东西！"

在船的一根龙骨附近，有一道光线在沙子中闪烁。安德鲁拨开沙子，拉出了一个圆圆的金属小盒子,盖子紧紧地闭合着。他用贝壳撬开了盖子。

"天哪!"安德鲁惊呼,"看看我找到了什么,一个古老的指南针!"

哗———"紫色按钮闪啦!"阿探高兴地尖声说,"阿尔叔叔来啦!"

3 难以察觉的危险

　　阿探胸口的紫色按钮弹开了，投射出了阿尔叔叔的紫色全息影像。

　　阿尔叔叔是一位身份绝顶机密的科学家，就是他发明了水虫号和阿探！

　　"嘿，孩子们！"

　　"阿尔叔叔，见到你真高兴！"安德鲁问候着，把指南针塞进了口袋里。

　　"好久没见到你了！"朱迪说。

哗———"您好呀，阿尔叔叔！"阿探说。

阿尔叔叔看起来在微笑，但是他的眉毛却因为担忧而拧成了一团。

"你们，嗯，从蓝鲸肚子里出来了吗？"他问道。

通过全息影像出现的阿尔叔叔只能听到孩子们的声音，但是看不到他们的模样。

朱迪翻了个白眼："当然出来了！"

"呃，我们是被当成鲸鱼便便拉出来的。"安德鲁说。

"是吗？那真是太好了！"阿尔叔叔的脸上绽开了一个大大的笑容。

"太好了？"朱迪问。

阿尔叔叔耸了耸肩。"总比没出来要好得多吧，"他说，"那你们现在在哪儿？"

一条紫色条纹状的鱼咬上了泡泡衣的膝盖

处，安德鲁把它轻轻扫开了。

"水虫号被渔网缠住了，"他说，"我们正试着从外面把渔网解开。我们好像是在一座珊瑚礁附近。"

这时，一个棒球似的小东西游到了安德鲁的**头盔**上，它长着8条小小的触手。

"哇！"安德鲁叫道，"好奇怪！"

"什么好奇怪？"阿尔叔叔问。

"一只很小的章鱼。"安德鲁说道。

"快看！"朱迪说，"它身上布满了漂亮的蓝色圆环，一闪一闪地，像霓虹灯一样！"

"哎呀，天哪！" 阿尔叔叔叫了起来，"那是蓝环章鱼！赶快离开它！现在，马上！"

安德鲁连忙低下头，躲开这只"可爱"的小章鱼。

朱迪抱住胳膊，不解地问："小章鱼这么可爱，它有什么问题吗？"

阿尔叔叔的眉毛几乎挤到了一起，像两条毛茸茸的毛毛虫。

"朱迪，这只小章鱼看起来可爱，但是它有剧毒！"

"这么恐怖！"朱迪不由得往后退了退。

"章鱼现在在哪里？"阿尔叔叔问道。

"在我们旁边绕着圈子游来游去，"安德鲁说，"像一只苍蝇在寻找落脚的地方。"

"你身边有没有贝壳或者小石头之类的东西？"阿尔叔叔问。

安德鲁捡起了他刚刚从超级嗅探器中清理出来的熔岩块。

"有一些。"他说。

"把它们扔出去，扔得越远越好。"阿尔叔叔说。

安德鲁把熔岩块一块接一块地丢了出去，小章鱼果然跟了过去！

"章鱼追过去了！"安德鲁说。

"干得漂亮！蓝环章鱼可能把它们当成了扇贝或者蛤贝，这些都是它喜欢吃的。"

阿尔叔叔摩挲着自己的下巴说道："好消息是，通过蓝环章鱼，我知道你们在哪里了，这些致命的小动物生活在大堡礁附近。大堡礁就在澳大利亚东海岸附近，是一个巨大的珊瑚礁群。"

哔——— "大堡礁绵延2000多千米！"阿探说，"是由许许多多小小的珊瑚虫创造出来的，大堡礁是生物组成的最大物体了！"

"哇！"安德鲁说，"先前我们被蓝鲸吞到了肚子里，那是目前存活的体形最大的动物，现在我们又到了生物组成的最大物体附近！"

阿尔叔叔点了点头："大堡礁是一个奇幻又美

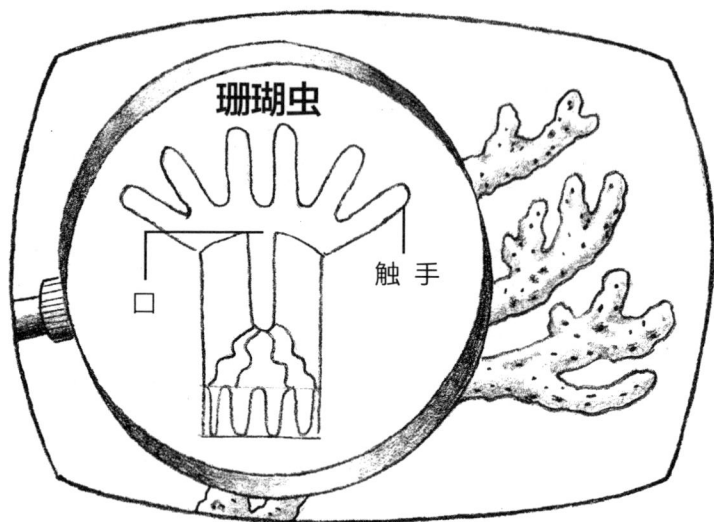

珊瑚虫
触手
口

丽的地方，也是地球上最危险动物的集中地！在那里，危险降临得无声无息，有时你根本注意不到。"

"啊？真的吗？"朱迪问。

"好了，"阿尔叔叔说道，"蓝环章鱼难得一见，它们只有乒乓球那么大，除非它们生气了，否则它们从不展示自己漂亮的蓝环！但那时就太晚了！"

"太晚了？"朱迪还是有点疑惑。

"和其他章鱼一样，"阿尔叔叔说道，"蓝环章鱼有着鹦鹉一样锋利的喙，可以直接咬穿你们的泡泡衣！它们唾液中的毒素能在几分钟内杀死一个人。所以，大堡礁生存法则第一条就是不要惹怒蓝环章鱼！"

"但是我们没做什么让它生气的事情啊。"安德鲁说。

阿尔叔叔挠了挠头："那就奇怪了。还有一些其他的动物你们也要小心，比如——"

哔———— "比如海黄蜂！"阿探插嘴说。

"啊，是的，"阿尔叔叔说道，"如果要选出地球上最危险的动物，海黄蜂当之无愧。这是一种小小的箱水母，它的触手有四五米长。它身上的刺能够在几秒内杀死一个人！"

哔———— "海黄蜂像玻璃一样透明，"阿

25

探说，"我们很难发现它们，但是泡泡衣能保护好安德鲁和朱迪，不让海黄蜂接触到你们。"

"是的，"阿尔叔叔说，"但是哪怕泡泡衣上有一个小小的洞，你们都可能会被蜇到。所以，不要触碰任何的——"

噼啪——噼啪——噼啪——

一阵刺耳的声音突然从安德鲁和朱迪的耳机中传了出来。

阿尔叔叔的全息影像突然开始旋转，又收缩成一个小点，随即消失了。

"又遇到你们了！"一个熟悉的声音在他们耳机中吼叫着，"又是你们这些达布尔家的臭小子！"

"噢，不！"朱迪喊道，"是索吉·鲍勃！"

4 咔嗒！咔嗒！
咔嗒！

安德鲁看见一道银光朝他们奔来，是索吉·鲍勃的水下航行器**机械螃蟹**！

"朱迪，快到水虫号里去！"

安德鲁和朱迪游到水虫号的底部，按下了座位下方的按钮。

嘭！ 座椅翻转过来！

安德鲁和朱迪系好安全带，按下了座位侧面的按钮。

嘭！ 座椅再次翻转，他们回到了水虫号里。

咕噜咕噜……"太及时了。"水虫号说。

安德鲁一脚把油门踩到底，桨轮开始旋转，水虫号慢慢地从沙堆中抽离。

咔嗒！咔嗒！咔嗒！

机械螃蟹伸出大钳子，开始剪水虫号上方的渔网。

水虫号急速向前，飞快地穿过了他们刚刚为海牛撕开的大洞。但水虫号还没来得及逃脱，机械螃蟹前面的一扇门就打开了，一个绑在黑色粗绳上的巨大黑色吸盘弹了出来！

啵！ 吸盘吸住了水虫号的引擎盖，安德鲁和朱迪撞到了椅子上。紧接着，**嘭！** 水虫号猛地向前弹去。

"啊啊！"安德鲁叫了起来。

"哕——好想吐啊！"朱迪说，"就像有人在把我的胃当排球打一样！"

扑通！

水虫号的**鲸脂胶保险杠**迎面撞上了机械螃蟹，机械螃蟹的玻璃罩就在他们面前！

玻璃圆顶里，索吉·鲍勃的秃头在闪闪发光，他薄薄的嘴唇边挂着邪恶的微笑。

"嘎！嘎！嘎！"这是鲍勃的搭档，机器鹦鹉鲍普的笑声。它站在索吉·鲍勃的斑马条纹椅子上扇动着翅膀，安德鲁和朱迪甚至听见了它蓝色的金属羽毛摩擦发出的沙沙声！

"希望你们喜欢我的**一击必中悠悠球**!"索吉·鲍勃开心地说道。

自从使用电鳗攻击水虫号之后,索吉·鲍勃就能够随时随地跟安德鲁和朱迪说话,但安德鲁和朱迪却没法做出回应。

"啊哈,抓到你们啦,你们这些小泥崽子!"索吉·鲍勃吃吃地笑着,"让我的一些朋友来招呼你们吧,而我,啊哈,要去抓大王乌贼了!"

索吉·鲍勃拉下一个红色的大手柄,机械螃蟹后面的绳子拖过来了什么东西。啊,原来是个带粗栅栏的金属笼子,里面装着3条灰色的大鲨鱼,它们正狠狠地啃咬着栅栏。

"这些小家伙有点不高兴呢,"索吉·鲍勃说,"它们刚刚换掉了乳牙!嘿!嘿!嘿!"

咔嗒!咔嗒!咔嗒!

机械螃蟹的金属钳伸向了水虫号的门!

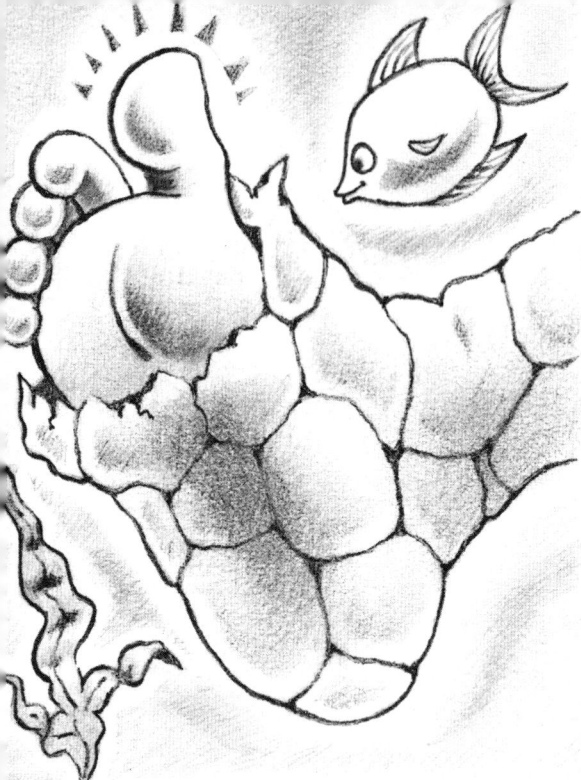

"索吉·鲍勃要扯掉我们的门！"朱迪惊呼。

安德鲁按下了章鱼助手的黑色按钮，但这一次水虫号的引擎盖没有弹开。

咕噜咕噜······"吸盘紧紧封住了水虫号的引擎盖。"水虫号说。

"不要啊！"安德鲁发出了一声哀叹，"朱迪，我们必须马上离开这里！"

他们按下了座位侧面的按钮，**嘭！**

座椅翻转，他们再次被弹入了水中。

"我有个主意，"朱迪说道，"快跟我来。"

她冲向了色彩斑斓的珊瑚礁。

咔嗒！咔嗒！咔嗒！

机械螃蟹的一只钳子夹住了安德鲁的脚趾！

"**哎哟！**"安德鲁大叫一声，用力抽出了自己的脚。他的泡泡衣被扯掉了一块，但好在脚指头安然无恙。

朱迪已经消失在珊瑚礁的一道裂缝里，安德鲁拼尽全力游着，追赶着她。

珊瑚礁高高耸立着，形成了一道道狭窄的峡谷。安德鲁抬头看看远处的水面，有些地方竟然形成了几座跨越峡谷的珊瑚桥！

"**救命！救命！**"突然，珊瑚礁深处传来了朱迪的呼救声，"我的腿被夹住了！我要被吃掉了……"

5 拒不开口

"巨蚌！"

安德鲁游过一个拐角，找到了朱迪。她的一条腿夹在了两扇巨大的蚌壳中间，每扇蚌壳的顶部都覆盖着橡胶般的蓝色外皮。

咔嗒！咔嗒！咔嗒！

朱迪看起来害怕极了。

"别担心机械螃蟹，"安德鲁安慰她，"它太大了，进不来的。"

噼啪——噼啪——噼啪——

"你们这些小泥崽子自以为能逃掉吗?"他们的耳机中传来了鲍勃的咆哮声,"前面还有各种各样的惊喜在等着你们呢!"

嘎！嘎！嘎！ 机器鹦鹉粗声粗气地喊："鲍普要开着**鸡蛋车**来了！"

朱迪用拳头狠狠捶打着巨蚌的壳。

"快把我从这个破蚌壳里拉出来！快！"

朱迪用力推着蚌壳的一边，安德鲁则拼命拽着另一边，但巨蚌就是纹丝不动。

"**嚯！**"安德鲁说道，"这只蚌可真够顽固的。"

哗—— "有办法啦！"安德鲁的泡泡衣口袋里传出了阿探的声音，阿探指了指那些分布在扇贝亮蓝色外壳边缘的小黑点。

"这是巨蚌的眼睛，"阿探说道，"它们对光线的明暗变化非常敏感。它们肯定是看见了朱迪的影子，才把蚌壳合上了。谁带了迷你手电筒？"

"我有！"朱迪从泡泡衣前的口袋里掏出了一个手电筒。

哗—— "照这只巨蚌的眼睛，"阿探说道，

"它感受到足够的光线就会张开壳的。"朱迪打开了手电筒,照着这只巨蚌。果然,它开始慢慢张开了!

"谢谢你!"朱迪终于拔出了那条被蚌壳夹住的腿。

"不知道那只鹦鹉要干什么,"安德鲁说,"我们最好找个地方躲起来。"

他们往深处游去,进入了珊瑚礁内狭窄的通道。这里到处都是岔路,完全是一个迷宫。

嘎!嘎!嘎! 鲍普用嘶哑的嗓子尖叫着:"玫瑰是红的,章鱼是蓝的,可怕的东西,等着你们呢!**嘎!嘎!嘎!**"

安德鲁指了指珊瑚礁壁上的一条黑暗的裂缝,摇曳的海扇几乎掩住了整个入口。

"我们可以躲在这里。"安德鲁说。

朱迪先挤进了裂缝中,接着,安德鲁也挤了进去。

轰！

一个一人高的"大鸡蛋"从裂缝前飞驰而过。"大鸡蛋"前方有扇圆形的窗户，底部有两只巨大的金属鸟爪。鲍普就在这个"大鸡蛋"里。

"鸡蛋车看着还不错呢！"安德鲁由衷地说。

"嘿，鲍普！"索吉·鲍勃说，"你发现什么了吗？"

嘎！嘎！嘎！"还没有，"鲍普回答，"不过，我一定会找到他们的！"

"我看你开着最大马力到处转悠，好像玩得很开心呢！"索吉·鲍勃不满意地说，"把每个角落都给我查仔细！再搜一遍！"

嘎！嘎！嘎！"好的，主人！"鲍普粗声粗气地回答。

轰！
轰！

鸡蛋车掉转方向，又一次从裂缝前掠过。

"听着，"安德鲁说，"鲍普要把珊瑚礁里的每个缝隙都检查一遍，这得花不少时间。"

他从缝隙往外张望了一眼，继续说道："我们可以把石头堆在那儿，等鲍普再次经过的时候，鸡蛋车说不定会被绊倒，碎成'炒鸡蛋'！"

"然后我们就用刚才找到的指南针指路，绕个圈回到机械螃蟹那里，从机械螃蟹后面悄悄溜过去，把水虫号弄回来。"

朱迪摇了摇头。"你又犯蠢了！"她说，"万一鲍普看到有障碍，绕开了怎么办？"安德鲁听了只能挠挠头："先这么试试吧！"

哔——"安德鲁和朱迪堆石头，"阿探说，"阿探去找点东西。"

"阿探，"安德鲁说，"我不能让你在珊瑚礁里到处溜达，你可能会被鱼或其他动物吞掉的！"

哔——"小鱼不会喜欢吃我的,"阿探说道,"我得走了!"

阿探从安德鲁的口袋里钻出来,跳到珊瑚上。就算裹着泡泡袋,他还是像小螃蟹一样迅速地爬走了。

6 贻贝，干得漂亮！

安德鲁和朱迪四处捡了一些搬得动的石头，把它们堆在了珊瑚礁之间狭窄的通道里。没过多久，安德鲁感觉到有什么东西正在戳他的脚踝。

转身一看，他的脚边堆着一大堆贝壳，看起来好像是黑色的蚌。

哔——"找到啦！"贝壳后面传来细细的叫声，原来是阿探正推着这堆贝壳。

"阿探！"

安德鲁捡起阿探，把他放回自己的口袋里。"你找到什么啦？"他问。

哔——"贻贝！"阿探说道，"贻贝能分泌浓浓的黏液。鸡蛋车要是碰到它们，一定会被粘住的！"

"太棒了！"安德鲁说，"这是在水下也能用的胶水，我怎么没想到呢！"

"把这些贻贝放在石头堆上，"阿探说，"如果鸡蛋车撞到这些石头，肯定会被粘住的！"

安德鲁捡起贻贝，把它们放在了石头堆上。

不一会儿，长长的、黏黏的液体从贻贝里渗了出来，附着在石头上。但是，有些贻贝好像没有吐黏液的兴致。

安德鲁把这些不吐黏液的贻贝拢成一堆："这些小家伙们应该正在睡大觉。"他把它们放进了一个口袋里。

　　安德鲁和朱迪又挤回了珊瑚礁的裂缝中，悄悄等待着。

　　他们没有等太久。

　　轰！

　　嘣！

　　嘎！嘎！嘎！鲍普尖叫起来："紧急呼救！紧急呼救！"

"鲍普，出什么事了？"索吉·鲍勃问。

嘎！嘎！嘎！ "报告主人，鸡蛋车撞到石头了，"鲍普说，"这里先前是没有石头的，肯定是达布尔家的臭小子搞的鬼。"

"闭上你的鸟嘴，给我动起来！"索吉·鲍勃吼叫着。

嘎！嘎！嘎！ "主人，动不了！"鲍普说，"鸡蛋车被困住了！"

"蠢货！"索吉·鲍勃吼道，"用鸡蛋车的爪子呀！"

嘎！嘎！嘎！ "主人，爪子也被困住了！"鲍普说。

"太棒了！"安德鲁说，"贻贝的黏液真的很强大！"

"可恶！"索吉·鲍勃怒吼着，"给我继续试！我没法去接你！我的潜水服送去洗了！"

安德鲁游到裂缝的边上，这里的光线更为明亮。他从口袋中掏出那个旧指南针，测试了一下。

指南针的圆盘和表盘很相似，圆盘外圈刻着E、S、W和N，分别代表东、南、西、北4个方向。圆盘中间有一根指针，不管安德鲁怎么转动指南针，指针箭头永远指向同一个方向。

哞———— "指南针的箭头永远指向北方，"阿探说道，"箭头实际上是一块小小的磁铁，地球则是一块巨大的磁铁。地球这块大磁铁牵动着指南针里的小磁铁。"

"指南针可以带领我们穿过珊瑚礁，绕个圈回到水虫号。"安德鲁说道。

他转动了一下指南针，指针箭头对准了N。

"我们先前是从西边来的，"安德鲁说道，"现在我们需要先往南，再往西走。这样我们就可以溜到索吉·鲍勃的后面，取回水虫号。"

用指南针辨别方向

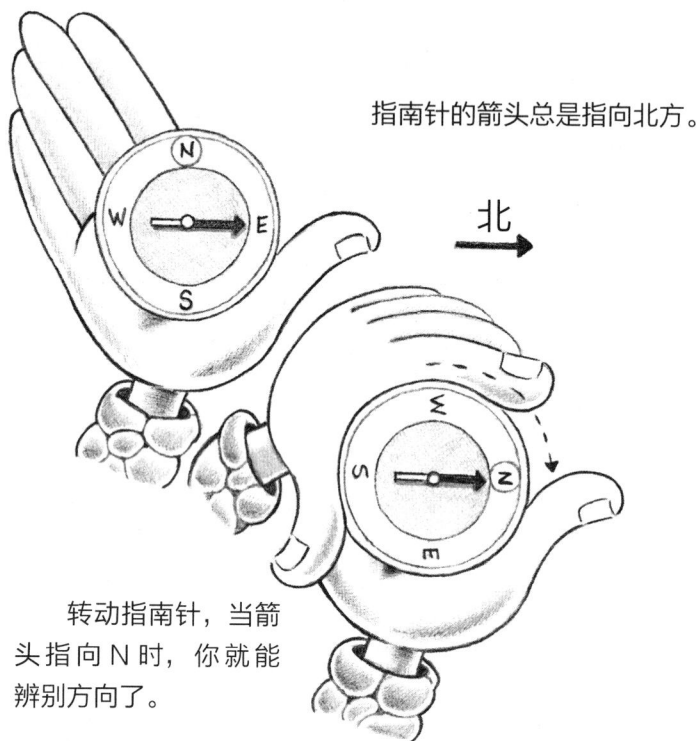

指南针的箭头总是指向北方。

北 →

转动指南针，当箭头指向 N 时，你就能辨别方向了。

"我们最好快点，"朱迪说，"要赶在那只笨鹦鹉脱身找到我们之前。"

哔———"看！"阿探指向了珊瑚礁上的一个黑暗的洞口。

洞里有一只鱼，它长着紫色的脑袋和小鸟一

样的喙，被困在了一个黏糊糊的泡泡里。

哔——"这是鹦嘴鱼！"

"它被黏液粘住了！"安德鲁说。

"我们把它弄出来吧！"朱迪提议道。

"不不不！"阿探急忙制止，"鹦嘴鱼本来就会用黏液来做泡泡睡袋，这样就可以隐藏自己的气味，因为很多鱼是通过气味来寻找猎物的。躲在泡泡里，鹦嘴鱼就不会被发现了。而且泡泡睡袋的味道很奇怪。"

"那我们就不打扰小家伙睡觉啦。"安德鲁说。

他们迅速游出裂缝，进入了狭窄的通道，暗暗希望不要被机器鹦鹉鲍普发现。两人划着水，向珊瑚礁深处游去，寻找着能带他们去往南边的通道。他们正在往东游，所以南方应该在他们的右边。

这时，朱迪发现了一块奇特的岩石，岩石上

面飞舞着五颜六色的拖把布似的东西——绿的、橙的、红的、紫的！当安德鲁和朱迪游过的时候，它们褶皱般的丝线在水中优雅地漂动着。

哔——"这是海葵，"阿探说，"是水母的亲戚，它们都长着讨厌的刺！"

"快看，有一些漂亮的橙色小鱼在海葵里游来游去！"朱迪说。

哔——"那是小丑鱼！"阿探说，"它

们身体表面有一层黏液，能够保护自己不被海葵蜇到。"

啵！

有什么东西撞到了安德鲁的头盔。

"安德鲁！"朱迪叫了起来，"你头上有一只蓝环章鱼！"

7 蓝环章鱼雨

"**啊!**"安德鲁一动也不敢动。

"要是我把它赶走,一定会激怒它吧?"朱迪说。

啵! 一只蓝环章鱼落在了朱迪的头盔上。

啵! 又一只落在了她的肩膀上。

"我的天哪!"朱迪说道,"怎么到处都是蓝环章鱼!"

哗——"安德鲁,朱迪,别动!"

阿探从安德鲁的口袋中爬了出来，落在下方的珊瑚上。他急匆匆地跑向海葵，拔起一丛红色的海葵，又跑了回来。

他爬上安德鲁的泡泡衣，一直爬到安德鲁的膝盖——一只蓝环章鱼正待着那儿呢。

阿探冲着这只章鱼挥舞着海葵。章鱼先是冲着阿探游过来，但奇怪的是，一碰到海葵，它就飞快地逃走了！

阿探又爬到安德鲁的手肘上，朝着另一只章鱼摇晃着海葵。这只章鱼也立刻后退，飞快地跑开了。

赶走安德鲁身边的蓝环章鱼，阿探又跳到了朱迪身上，向每一只章鱼挥舞海葵。

见状，所有的蓝环章鱼都匆匆忙忙地逃走了。

就这样，阿探在安德鲁和朱迪身上来来回回，不停挥舞着海葵，直到所有的蓝环章鱼都消失得无影无踪。

"谢谢你,阿探!"朱迪说。她拿起阿探,把他捧到自己的面罩前。

"要不是我戴着头盔,你又在泡泡袋里,我一定要给你一个大大的吻。"

阿探的屏幕脸顿时变成了粉红色。

"阿探,这也太神奇了吧!"安德鲁吃惊地说,"快说说,你是怎么做到的?"

阿探指了指那一小片似乎正在礁石上爬行的海葵。安德鲁和朱迪凑近一看,原来这些海葵都附着在一只壳上,有几只小小的棕色爪子正推着壳往前走。

"这是寄居蟹。"朱迪说。

哔———"章鱼喜欢吃寄居蟹,"阿探说道,"但是章鱼害怕海葵的刺,于是寄居蟹就会把海葵粘在壳上来赶走章鱼。安德鲁,朱迪,你们也可以把海葵穿在身上。"

于是他们回到五颜六色的海葵丛中,仔细挑选了一些大海葵,把它们粘在了自己的泡泡衣上。

"我们看起来好傻,"朱迪说,"蓝环章鱼肯定会疯狂嘲笑我们的,但这样它们就没法咬我们了。出发吧!"

"好的,"安德鲁说,"可是我想知道蓝环章

鱼为什么要攻击我们。"

他们继续往前游去。

"看！"朱迪指着一小群海马，它们正急匆匆地游向一条靠右的隧道。这正是安德鲁和朱迪要去的方向，于是他们跟了上去。

这条隧道通向了一个巨大的石头房间，隧道尽头是一扇沉重的铁门，门上挂着一个牌子，上面写着：

快滚开！
说的就是你！

索吉·鲍勃

安德鲁惊讶地张大了嘴巴。

"怎么到哪儿都有他！"朱迪说。

"我们得去搞清楚他到底想干什么。"安德鲁说。

他们游到沉重的铁门前，安德鲁拔掉门闩，

打开了门。里面漆黑一片。

朱迪打开了手电筒。

光束照亮了一个用铁丝网焊成的大笼子。

"天哪!"安德鲁惊呼。

笼子里全是章鱼!

8 章鱼放学啦!

大铁笼子里的章鱼有大有小。有些章鱼很大,大到触手伸满整个房间;有些章鱼小一些,浑身布满疙瘩,蜷缩在笼子的角落里。当然,还有成百上千只蓝环章鱼!

笼子上有个标识:

索吉·鲍勃的章鱼学校和珍珠农场

笼子里还有真人大小的玩偶,这些玩偶怎么

跟安德鲁和朱迪长得这么像呢？玩偶身上爬满了蛤蜊、贻贝和蓝环章鱼！

哔———"章鱼非常非常聪明！"阿探说，"它们的脑容量很大，可以学习很多东西！看来索吉·鲍勃在训练这些蓝环章鱼，告诉它们安德鲁和朱迪是美味的食物。这就是章鱼攻击你们的原因。索吉·鲍勃还教会了它们其他事儿，看！"

一只棕色的大章鱼正在打开一个跟比萨一般大的牡蛎。牡蛎壳内闪烁着七彩的微光。接下来，这些章鱼把小珠子塞进了牡蛎的壳里。

哔———"这些小珠子硌得牡蛎很不舒服！"阿探说道，"这种感觉就像安德鲁的鞋子里进了小鹅卵石一样。于是，牡蛎会分泌出珍珠质，把珠子一层层包裹起来，珍珠就是这样产生的！"

一只章鱼打开了一只牡蛎。另一只章鱼在旁边观看了一会儿，也打开了一个牡蛎，模仿同伴

的样子塞起了小珠子。

哔——"章鱼能够相互学习。"

在笼子的另一个角落，章鱼们打开了牡蛎，它们先是取出珍珠，放进桶里，接着就狼吞虎咽地吃掉了牡蛎肉！

蓝环章鱼此时已经齐齐聚集在了笼子前面，用细长的小眼睛盯着朱迪和安德鲁，身上的蓝环闪闪发光。

"小家伙们，我们不想伤害你们。"安德鲁说，"我们也不认为你们真的想攻击我们。所以，请你们冷静冷静。"

朱迪摇摇头说:"索吉·鲍勃不应该这样利用章鱼。"

安德鲁点了点头:"要是能找回水虫号,也许我们能让它们重获自由。"

此时,越来越多的章鱼聚集到了笼子的门前。

突然,一根触手伸到笼子外,拉开了门闩。门开了,章鱼们一股脑儿地涌了出来!

朱迪连忙平趴在沙地上,大声问:"海葵能保护我们,对吗?"

"是的!"阿探大叫着,"但章鱼太多了!这么点儿海葵肯定不够!快跑!快!快!"

安德鲁和朱迪疯狂地划着水游走了。

大多数章鱼都飞速地溜走了,但是还有一群蓝环章鱼对他们穷追不舍。

"到这儿来!"朱迪喊着,挤进了珊瑚礁的一道裂缝中。礁石的边缘长满了海葵,安德鲁也匆匆跟了过去。

　　蓝环章鱼聚集在这道裂缝外，牢牢盯着里面。它们被海葵拦在了外面。盘桓片刻后，它们便挥舞着小触手离开了。

　　过了好久，直到再也看不见蓝环章鱼了，安德鲁和朱迪才爬了出来。

　　"吁！"安德鲁松了一口气，"它们终于走了。"

　　"至少我们还没碰到海黄蜂。"朱迪说道。

安德鲁挠挠头说："阿尔叔叔还想警告我们另一样东西，我想知道是什么。"

哔—— "大堡礁附近危险重重，"阿探指指自己的屏幕，"比如狮子鱼。"

哔—— "狮子鱼背上有很多毒刺。蝎子鱼的背上也有毒刺。"

阿探的屏幕脸闪烁着，浮现出一条像灰色破布堆的鱼。

"这条鱼可真丑啊，"朱迪说，"嘴唇参差不齐的。"

哔——"有些小鱼看到蝎子鱼的嘴唇会误以为是食物！小鱼一去咬它的嘴唇，蝎子鱼就一口把它们吞掉了。"

"我还没有见到过狮子鱼和蝎子鱼呢，"安德鲁说道，"快看这些海螺，好漂亮啊！"

他弯腰捡起了一只海螺。这只海螺的形状像一个冰激凌蛋筒，上面还有漂亮的棕色锯形条纹。

突然间，海螺越来越多，它们有的在沙地上爬行，有的从珊瑚礁上俯冲下来，朝安德鲁和朱迪袭来！

9 鸡心螺的攻击

"**呀!**"阿探尖叫一声,"别碰它们!"

朱迪说:"不要太敏感了,阿探,这不过是些笨笨的小蜗牛而已。"

哔————"这是鸡心螺!"阿探继续尖叫着,"它的舌头根部有毒牙!它会把毒牙像鱼叉一样刺进猎物的身体里。鸡心螺的毒性非常非常强!"

"啊啊啊!"朱迪在水下翻着筋斗,想要把

这些可怕的海螺甩开。

"呀呀呀！"安德鲁则像一条湿漉漉的小狗一样摆动着身体，企图把这些鸡心螺晃掉。

突然，阿探胸口的紫色按钮弹开了。一束紫色的光线照了出来，光线尽头出现了阿尔叔叔的全息影像。

"嗨，孩子们！"阿尔叔叔说。他的脸上挂着微笑，眼里却流露出担忧："联系上你们可真不容易啊！你们还好吗？你们应该已经回到水虫号里了吧？"

"呃，抱歉，阿尔叔叔，"安德鲁边说边像陀螺一样疯狂转着圈，"索吉·鲍勃把水虫号抢走了。现在我们躲在珊瑚礁里面，但是我们准备溜回去，夺回水虫号。"

"显而易见，"阿尔叔叔说道，"你们可真是吸引危险的体质！你们能不能稍微不要这么闹腾？这样你们会更安全……你们没有再碰到蓝环章鱼了吧？没遇到海黄蜂吧？没碰到长着漂亮外壳的海螺吧？先前我还没来得及提醒你们要小心鸡心螺。"

"嗯，"安德鲁嘟哝着，像一只受惊的虫子一样蠕动着身体，"实不相瞒，我们已经遭到了蓝环章鱼的攻击，索吉·鲍勃训练它们来攻击我们。不过，我们还没有看见过海黄蜂，但——"

"但是，"朱迪插了一嘴，又翻了个筋斗，"我们被鸡心螺包围了！"

朱迪看见前面有一簇雨伞形状的珊瑚，赶紧拉着安德鲁躲了进去。

"这太奇怪了！"阿尔叔叔说，"鸡心螺通常很害羞，它们会安安静静地卧在沙子里，用它们的口器吸吮海水。"

哗——"它的口器也叫虹吸管！"阿探

65

鸡心螺

虹吸管

齿舌

插嘴道。

"海水的味道会告诉它们是否有小鱼或小虫在靠近，然后——"

朱迪打断了阿尔叔叔的话："然后这些海螺就会吐出沾满毒液的鱼叉状的齿舌！我们已经知道了！阿探告诉过我们了！"

阿尔叔叔摩挲着自己的下巴。

"有一样东西能让海螺做出奇怪的事情，"阿尔叔叔说，"就是寄生虫。比如说，生活在陆地上的蜗牛会待在阴暗潮湿的地方。它们喜欢潮湿的环境，同时也需要躲避一些以它们为食的鸟类。但是如果某种微小的寄生虫进入了蜗牛体内，寄生虫便会控制蜗牛的身体和大脑。"

哔———— "棕色的蜗牛就会变成亮丽的颜色，"阿探说道，"它们还会爬到太阳底下！身上的颜色会闪闪发亮！"

阿尔叔叔点了点头："这些耀眼的颜色会招惹鸟儿吃掉它们。这一切之所以发生，完全是因为寄生虫需要进入小鸟体内，这样才能繁殖出更多的寄生虫来完成它们的生命周期。"

哔———— "这些鸡心螺也许也染上了奇怪的寄生虫。"阿探说。

"没错，"阿尔叔叔表示同意，"寄生虫可能正在控制鸡心螺小小的大脑，让它们做出一些平时不会做的事情，比如攻击人类！"

"真恶心！"朱迪说道，"我才不想参与任何东西的生命周期！"

"嗯……"阿尔叔叔低声喃喃地说，"有两样东西能把这些鸡心螺赶跑——金盏花和洋葱。"

"太棒了！"朱迪说道，"说得好像我们在这儿有个花园一样！"

"超级变变变！"安德鲁说着，把手伸进了泡泡衣的口袋里。

他掏出了一堆湿漉漉的洋葱。

"这些洋葱都是你放在水虫号冰箱里的比萨上的，"安德鲁说道，"我不喜欢吃洋葱，所以我把它们装在口袋里了。"

朱迪翻了个白眼："安德鲁，你真是全宇宙最最最邋遢的人！"

阿尔叔叔的眼睛一亮。"有时候就是需要邋遢一点儿，"他说，"把洋葱汁往身上擦。"

安德鲁把洋葱分给了朱迪一半，两人将洋葱汁擦在了泡泡衣上。

鸡心螺摇晃着虹吸管，不一会儿就悄悄溜走了。

"它们走啦！"朱迪说。

阿尔叔叔笑了："我早就告诉你们了，你们的脑子里和口袋里就有你们需要的一切东西！"

"**海马号**是不是快要做好了？"朱迪急不可耐地问。

海马号是阿尔叔叔正在制造的一个新型水下航行器。他打算驾驶它找到安德鲁和朱迪，帮助他们拯救大王乌贼。

"嗅探器还有一些问题，"阿尔叔叔说道，"这会是一个全新改良版的超级嗅探器。不过我已经有一点儿思路了。"

"那就好，麻烦快一点儿！"朱迪说，"这珊瑚礁太恐怖，太危险了！"

阿尔叔叔点了点头："我会尽快赶到的，只
要——"

噼啪——噼啪——噼啪——

"哦，不！"安德鲁懊恼地叫了起来。

10 小丑鱼的帮助

阿尔叔叔的影像像一根橡皮筋一样开始扭曲，然后伴随着吧嗒的声响，消失了。

咔嗒！咔嗒！咔嗒！

蓝绿色的海水变黑了。一道阴影倒映在珊瑚礁的峡谷里，是机械螃蟹！

安德鲁和朱迪现在所在的这个峡谷相当宽敞，机械螃蟹应该能够挤进来！

"你们这些水猴子可闯了大祸了！"上面传

来了索吉·鲍勃愤怒的声音，"我的鸡蛋车卡在了岩石上，我的章鱼都溜了，我的鸡心螺都被弄糊涂了！我要抓住你们！"

安德鲁和朱迪游得更快了。

在他们前方，一缕缕茂盛的褐色海藻正在水中摇摇摆摆。

"躲到那里去吧。"朱迪说。

"真是一片水下森林！"安德鲁说。他们划着水，游进像皮革一般坚韧的长叶子丛中。长长的褐色茎秆摸起来就像橡胶软管，海藻在水中蔓延开去，一望无际。

哔————"这是巨藻！"阿探说，"就是很大的海藻！生长速度非常非常迅速，一天可以长半米多！安德鲁和朱迪吃过不少海藻。"

"不可能！"朱迪说，"我从来不吃海藻。"

哔————"冰激凌里就有海藻，"阿探说道，

"还有奶昔、布丁以及很多果酱里都有海藻！"

"呃，好恶心！"朱迪说。

"要是味道不错，我会吃的。"安德鲁说道。

哗——"奇怪，奇怪，真奇怪！"阿探说，"巨藻不应该生长在这里，这里的水温太高了，一定是有人把它们移到了这儿。"

"管它呢。"朱迪说道。她推开海藻的茎秆，向前游去，安德鲁紧紧跟在后面。海藻森林非常茂密，很快安德鲁就看不到前方的朱迪了。

"啊呀！"突然传来了的朱迪大喊声，"这是什么？好黏啊！"

安德鲁急忙钻出巨藻丛，来到一片空旷的水域。他看到朱迪就在这片水域中间，又是踢腿，又是像一只大鸟一样拍打着手臂。

"怎么了？"安德鲁问。

"是海黄蜂！"朱迪叫喊着。

"我什么也没看到啊。"安德鲁说。

"它们是透明的！"朱迪说，"但我能感受到它们的存在，它们又软又黏。快看！"

朱迪指了指挂在海藻上的一块标识牌：

索吉·鲍勃的海黄蜂牧场

哗———"泡泡衣可以保护朱迪，"阿探说，"但是安德鲁就麻烦了。"

阿探指着安德鲁的脚趾，他的泡泡衣被机械螃蟹撕破了，现在他的脚趾都露在外面。

朱迪从透明的海黄蜂当中挤出一条路来，向安德鲁游了过来。

"我们没有多余的泡泡衣补丁来遮住你的脚趾了。"她说。

这时，一只黄色的小丑鱼经过一簇亮粉色的海葵，这引起了朱迪的注意。

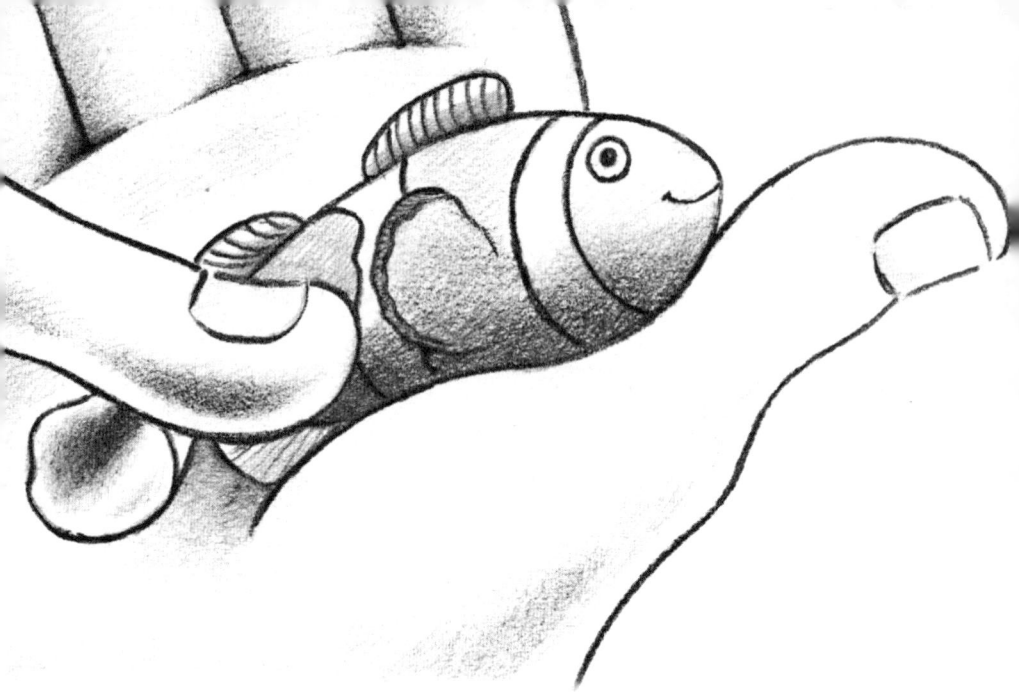

"等等！"她说道，"海葵跟水母一样会蜇人，但是小丑鱼身上有黏液，可以保护自己不被海葵蜇到。所以——"

　　朱迪弯下腰去，她慢慢地张开双手，一把抓住了小丑鱼。

　　"抓到啦！"

　　朱迪温柔地托起小丑鱼，轻轻揉搓着它身体的一侧。

　　"安德鲁，把脚伸过来！"

朱迪把从小丑鱼身上搓下来的黏液抹在了安德鲁的脚上。

"也许能有点用。"朱迪说。

她又看着小丑鱼说："小家伙，你还剩好多黏液呢！"然后，她把小丑鱼放回到海葵丛中。

朱迪挽起安德鲁的手臂："走吧！"

他们费劲地穿过了那群海黄蜂。这些水母的确很难被看到，但是安德鲁在游过时的确感觉到了一些软软的、果冻似的东西。

突然，他感到有一只触手缠住了他的脚！

11

再见，鲍勃！

安德鲁屏住了呼吸，但他只是感觉有点儿痒。

他和朱迪拨开巨藻，来到了海黄蜂牧场的另一边。现在他们位于珊瑚礁峡谷中一个狭窄的地方。

天色渐渐暗了，夜幕降临了。

安德鲁看到机械螃蟹的影子就在头顶，它正拖着水虫号和鲨鱼笼子。

在他们四周险峻的珊瑚礁上，好多鹦鹉鱼躲

在黏液泡泡睡袋里睡得正香，还有一只巨大的章鱼缩在一个洞穴里。

这只章鱼无精打采，看起来更像是一块凹凸不平的石头。此刻它正用细长的眼睛紧紧盯着他们。

突然，安德鲁有了主意。他把粉色和紫色的海葵从自己的泡泡衣上扯下来，轻轻地放在几块平整的石头上。

"安德鲁！"朱迪叫道，"你在干什么？"

只见，章鱼慢慢地将一只触手伸向安德鲁的口袋，安德鲁事先在口袋里装了一些睡着的贻贝。

但是安德鲁躲开了。章鱼将触手朝着安德鲁的方向摆动着，但还是待在洞穴中不肯出来。

安德鲁把贻贝从口袋里拿出来。"这些应该够了。"他说，"来吧，朱迪，取掉你的海葵，我们去把水虫号夺回来。"

"你疯了吗？"朱迪说道，"你忘了机械螃蟹的大钳子了？我们没有任何东西可以保护自己，也没有任何东西能解开水虫号。"

安德鲁笑了笑说："**不，我们有！**"

他挥舞着贻贝往高处游去。章鱼向安德鲁挥舞着触手。但是安德鲁越游越高，在章鱼够不着的地方晃动着贻贝。

"这里，大章鱼，过来呀！"安德鲁喊着。

大章鱼冲出了洞穴。安德鲁划动着手脚朝海面游去。他能感觉到章鱼那橡胶般有弹性的触手戳到了他的后背，有一只触手甚至缠住了他的脚踝！

安德鲁来到了机械螃蟹的后方，他在吸盘的绳索上放了几个贻贝，又在巨大的吸盘上放了几个贻贝。

安德鲁默默祈祷，希望贻贝黏性够强，能牢牢粘在上面。

不出所料，大章鱼松开安德鲁的脚，扑向了绳索上的贻贝。

"朱迪！"安德鲁冲着还在水下的堂姐大喊，"快！进水虫号里去！"

安德鲁潜到了水虫号下面，朱迪已经在那里了。他们按下了水虫号座位底部的按钮。

嘭！

座椅翻转出来，安德鲁和朱迪迅速系好安全带，按下了座位一侧的按钮，弹回了水虫号内。

咕噜咕噜……"我试着逃跑，"水虫号说，"我想要去救你们，但是吸盘力气太大了，我无法打开引擎盖。"

"没事了。"安德鲁说。

外面，大章鱼正嘎吱嘎吱地咬着贻贝，正好，它咬断了吸盘的绳索。

水虫号自由了！

接着，这只大章鱼又扑到水虫号的引擎盖上，撕咬着吸盘，继续享用贻贝。

索吉·鲍勃感觉到了什么，他转身一看，吸盘的绳索从机械螃蟹上脱落了，他惊讶地张大了嘴巴。

噼啪——噼啪——噼啪——

扬声器响了起来。

"岂有此理！"索吉·鲍勃大吼一声。

安德鲁按下了章鱼助手的控制按钮,命令道:"章鱼助手快进来!"

"你在干什么?"朱迪叫喊着。

"等会儿你就知道了!"安德鲁说。

章鱼助手的触手从方向盘下面的橡胶门里挤了进来。

安德鲁在章鱼助手的每一只触手上放了一个贻贝。

"把贻贝都扔到机械螃蟹的玻璃罩顶上!"安德鲁下达了指令,"快点儿!"

章鱼助手的触手全都迅速出动,把贻贝往机械螃蟹上扔。大章鱼见状,立刻冲向机械螃蟹,猛扑到玻璃罩上。

"见鬼,到底怎么回事?"索吉·鲍勃怒吼着。

咔嗒!咔嗒!咔嗒!

机械螃蟹的大钳子向大章鱼狠狠袭去,大章

鱼用触手缠住了两只大钳子！

突然，大章鱼迅速地向后退去，沉下了海底——带着机械螃蟹一起！

噼啪——噼啪——噼啪——

"哇哇哇哇！" 扬声器里传来索吉·鲍勃充满恐惧的吼声，"你们这些水崽子太可恶了！最好小心点儿，我会回来抓你们的！"

现在天已经完全黑了。安德鲁啪地打开了水虫号的前灯。他们一起开心地欣赏着这一幕，直到机械螃蟹消失在下方黑漆漆的海洋里。

"呜呼！" 安德鲁欢呼了一声，扯下了泡泡衣的头盔。

"耶！" 朱迪也欢呼着摘下了头盔。

安德鲁转向朱迪："你知道现在几点了吗？"

"很晚了。"朱迪说。

"我们该去找大王乌贼了！"安德鲁说道。

朱迪翻了个白眼："我想是吧。"

安德鲁按下银色按钮，打开了超级嗅探器。

"搜寻大王乌贼！"他朝着麦克风说。

方向盘的中央出现了一个罗盘，罗盘顶端亮起了"乌贼"两个绿色的字。

咕噜咕噜······"当箭头指向'乌贼'两个字时，"水虫号说，"你们就走对方向了。又一场有趣的旅行开始了！"

安德鲁转动着方向盘，直到罗盘上的黑色箭头指向了"乌贼"。

水虫号开始下潜，夜间的海洋里黑漆漆的。奇怪的是，有什么东西在水中一闪一闪的，就像漫天的星光。

"那是什么？"朱迪问，指着前方。

一些巨大的、圆圆的影子朝他们冲了过来。

哦，不，安德鲁想，那总不会是飞碟吧？

阿探揭秘

阿探还想向你们介绍更多大堡礁里的奇怪生物，但是他太忙了，他正在寻找贻贝，同时还要甩掉蓝环章鱼。下面是阿探想告诉你的：

🔍 过去，渔民常常在海里撒下巨网来捕捉金枪鱼等鱼类，有时候渔网会长达十几千米。这些渔网也会捕获其他动物，比如海豚、鲸、海豹等，甚至还有海鸟。虽然现在这些渔网已经被禁止使用了，但是很多渔网已经漂落到了海底，对那些不小心游入其中的动物构成威胁。

🔍 实际上，巨蚌外壳闭合的速度非常慢，因此不可能夹住路人的脚。朱迪一定是在巨大的蚌壳上边休息边等安德鲁时才被夹住的。

🔍 巨蚌的外表可以呈现出许多不同的颜色，那是因为它的外皮中生长着一种微小的植物。巨蚌为这些微小的植物提供了庇护所，而这些植物又为巨蚌制造了食物。

🔍 科学家认为，地球的内核是固态的巨型铁块，内核外包裹着熔化的液态铁。外核层缓慢地旋转着，正是这一旋转运动导致了地球磁场的产生。这也是指南针的工作原理！

🔍 凭借自身分泌出的超强黏液，贻贝可以将自己固定在岩石上。科学家们正尝试将这一黏性物质应用在潮湿环境中，比如把牙齿固定在嘴巴里，把碎裂的骨头黏合起来，等等。

🔍 雌性鹦嘴鱼可以变成雄性鹦嘴鱼！

🔍 水母的刺细胞看起来像鱼线末端的小钩子。每个刺细胞都非常微小，成百上千个刺细胞聚在一起才能把这句话末尾的句号遮住。水母蜇人时，会有数以百万计的微小倒钩刺入我们的皮肤，并注入毒液。

🔍 市面上能买到一种用小丑鱼的黏液制成的护肤霜！去海里游泳的人可以事先擦上这种护肤霜，以防被水母蜇伤！

ANDREW LOST

★ 不可错过的冒险+科普桥梁书 ★ 美国儿童科幻文学金鸭奖中年级组奖 ★ 全18册 ★

科学小子安德鲁

经典科学冒险桥梁书

10岁的安德鲁是一个充满想象力的发明家和聪明勇敢的冒险家，安德鲁与堂姐朱迪，以及小机器人阿探开启了一次又一次奇幻旅程……

既是惊心动魄的冒险探秘
也是收获满满的科普之旅

涉及多学科 衔接中小学课堂知识

物理　宇宙　海洋　植物　昆虫　古生物

沙漠　动物

科技产品　人与自然　环保　地球　物质变化　时间

第一辑
原子大爆炸
·全8册·

安德鲁发明了"原子吸尘器"，一不小心把自己、堂姐朱迪和小机器人阿探都变小了！小小的他们遭遇了哪些神奇的生物？安德鲁的小发明会如何帮助他们？

第二辑
生物大惊奇
·全10册·

安德鲁、朱迪和阿探驾驶时光穿梭机，回到了宇宙诞生的起点！他们将开启一场时间之旅，看到地球的诞生、生命的起源……

"
从花园到深海，
从宇宙起点到寒冷的冰河时代，
从神秘洞穴到危机四伏的热带雨林……
让我们跟随安德鲁、
朱迪和小机器人阿探，
一起奔赴一场又一场冒险！
从不同角度，
探索一个又一个神奇的科学世界！
"

ANDREW LOST

科学小子安德鲁

原子大爆炸

8

到海底最深处

[美] J.C.格林伯格 / 著　[美] 简·杰拉尔迪 / 绘

邹　晶 / 译

长江出版传媒　｜　长江少年儿童出版社

献给挚爱的丹、扎克、爸爸和真正的安德鲁。
感谢吉姆 · 托马斯、马洛里 · 罗尔和所有兰
登书屋的朋友们。

——J.C. 格林伯格

图书在版编目（CIP）数据

原子大爆炸. 到海底最深处 /（美）J.C.格林伯格著；
（美）简·杰拉尔迪绘 ；邹晶译. — 武汉 ：长江少年儿
童出版社，2024.5
ISBN 978-7-5721-4795-1

Ⅰ．①原… Ⅱ．①J… ②简… ③邹… Ⅲ．①儿童故
事—美国—现代 Ⅳ．①I712.85

中国国家版本馆CIP数据核字(2024)第035392号
著作权合同登记号：图字17-2023-172

YUANZI DA BAOZHA·DAO HAIDI ZUISHENCHU
原子大爆炸 · 到海底最深处

［美］J.C.格林伯格 / 著 ［美］简·杰拉尔迪 / 绘 邹 晶 / 译
责任编辑 / 熊 倩
装帧设计 / 刘芳苇 黄尹佳 美术编辑 / 邓雨薇 雷俊文
封面绘画 / 笪蓉蓉
出版发行 / 长江少年儿童出版社
经 销 / 全国新华书店
印 刷 / 广州市中天彩色印刷有限公司
开 本 / 880mm×1230mm 1 / 32开
印 张 / 22
字 数 / 240千字
印 次 / 2024年5月第1版，2025年4月第4次印刷
书 号 / ISBN 978-7-5721-4795-1
定 价 / 144.00元（全8册）

策 划 / 海豚传媒股份有限公司
网 址 / www.dolphinmedia.cn 邮 箱 / dolphinmedia@vip.163.com
阅读咨询热线 / 027-87677285 销售热线 / 027-87396603
海豚传媒常年法律顾问 / 上海市锦天城（武汉）律师事务所 张超 林思贵 18607186981

嗨！我叫阿探，是安德鲁最好的机器人朋友。阿探知道很多事情，比如：为什么海水是咸的？章鱼是怎么变色的？为什么大陆板块总是在移动呢？

安德鲁喜欢搞发明，阿探是个好帮手！现在，安德鲁正在帮助阿尔叔叔制造新的水下航行器。哎呀！出了点儿小意外！冒险开始了！你想一起去寻找大王乌贼吗？那就翻到下一页吧！

目 录

安德鲁的世界

安德鲁·达布尔

安德鲁 10 岁啦，从 4 岁开始，他就一直在搞发明创造。他的一些发明给他带来了不少麻烦，比如有一次他用原子吸尘器把自己、堂姐朱迪，还有他的银色小机器人阿探缩小了，小到要用显微镜才能看见。

今天，安德鲁碰到了有史以来最大的麻烦。他在摆弄阿尔叔叔的水下航行器水虫号的时候出了点儿小问题。现在，安德鲁、朱迪，还有阿探正在前往地球上最深、最危险的地方！

1

朱迪·达布尔

13岁的朱迪是安德鲁的堂姐。她认为自己聪明极了，绝对不会跟着安德鲁进入另一场疯狂的冒险。但那是在安德鲁向她展示水虫号之前……现在她正忙着拯救大王乌贼呢！

阿 探

阿探是便携式超级数字探测机器人，也是安德鲁最好的朋友。对阿探来说，这场旅行可不轻松。对接下来要发生的事情，他的确有点儿担心。

阿尔叔叔

安德鲁和朱迪的叔叔阿尔是一位身份高度机密的科学家，阿探和水虫号就是他发明的。阿尔叔叔很担心困在水下的安德鲁、朱迪和阿探。他正在制造一艘新的水下航行器——海马号，这样他就可以去营救他们了！

索吉·鲍勃

　　这个坏家伙正在建造世界上最大的主题公园——动物宇宙，但是索吉·鲍勃并不关心这些动物的死活。他在乌贼世界的水族箱上方挂了一个牌子，上面写着："索吉·鲍勃的超级乌贼三明治，即将出炉！"

　　现在，索吉·鲍勃盯上了安德鲁、朱迪和阿探。达布尔家的小家伙们能成功阻止索吉·鲍勃把大王乌贼变成超级快餐吗？还是索吉·鲍勃会让小家伙们陷入前所未有的麻烦呢？

水虫号

　　水虫号过去是一辆破旧的大众甲壳虫轿车，阿尔叔叔把它改装成了一艘潜艇。待在水虫号里面，安德鲁、朱迪和阿探本来是非常安全的，可是现在他们被困在了海底，这实在是太糟糕了。

1 生命之光

　　10 岁的安德鲁·达布尔正驾驶着他叔叔的水下航行器**水虫号**在海洋中飞驰。

　　在漆黑的海水中，许多蓝色的光点像迷你烟花一般此起彼伏地闪烁着。

　　水虫号的前灯照亮了一些巨大的盘状黑影，这些黑影正在不断靠近。

　　这不可能是飞碟吧，安德鲁心想，我们在水下，如果这是飞碟，它们必须是会游泳的飞碟！

坐在安德鲁身边的是他 13 岁的堂姐朱迪。就在今天早上，安德鲁和朱迪原本准备结束在夏威夷的假期，乘飞机回家。但是由于安德鲁犯了一个小小的错误，现在他们正在去拯救大王乌贼的路上！

那些飞碟形状的黑影此刻已经来到水虫号前灯的正前方，张着可怕的大嘴巴。

"天哪！"朱迪叫道，"这是什么东西？它们的嘴大得能把我们一口吞下去！"

哔——"魔鬼鱼！"安德鲁的泡泡衣前面的口袋里传来了尖细的声音。那是阿探，安德鲁的银色小机器人，也是安德鲁最好的朋友。

哔——"魔鬼鱼不吃人，只吃小型生物。它们的嘴就像一张大网，滤去海水，留下食物。"

朱迪皱起眉头："上次我们被蓝鲸吞下去之前，你也是这么说的！"

这群魔鬼鱼在水虫号周围上下翻滚，大口大口地吞食着那些蓝色的光点。

"**哇！**"安德鲁喊道，"它们在吃那些小光点！"

哗———"很多海洋动物自身可以发光，"阿探解释道，"这叫作'生物发光'。"

"对啊！"安德鲁说，"生物发光！就像我们在水下洞穴里看到的那样。"

"没错！"阿探说，"动物利用生物发光来寻找配偶，搜寻猎物，有时还能吓唬吓唬捕食者。就像对面的人突然朝你按下照相机的闪光灯，会把你吓一跳一样。你看！"

阿探指了指水虫号的窗外，黑暗的海洋里闪烁着无数微弱的光芒。

朱迪俯下身敲了敲水虫号方向盘中间的指南针。

"嘿，安德鲁，"她对安德鲁说，"你为什么不留意一下我们的方向？"

指南针顶部的绿色大字"**大王乌贼**"已经亮起，但指南针的箭头并没有对准这几个字。

"糟糕！"安德鲁立刻转动方向盘，将指南针箭头对准了绿色大字"大王乌贼"。

咕噜咕噜……"谢谢！"传来了水虫号的声音，"现在我们重新开始追踪大王乌贼。"

突然，魔鬼鱼拍打着"翅膀"，像一块块巨型飞毯一样飞走了。一条比水虫号长两倍的鱼正向他们游来！

这条鱼越来越近，它的头部仿佛伸出了一根又长又平的"桨"，"桨"的两侧布满了巨大的牙齿。

"**天哪！**"安德鲁说，"它看起来就像一把游动的链锯！"

哗——"这是锯鳐！"阿探说。

"它看起来就像是索吉·鲍勃为了砍碎水虫号而专门发明出来的工具。"朱迪说。

索吉·鲍勃也在寻找大王乌贼，但他并不想拯救它们。他的目的是把大王乌贼做成"动物宇

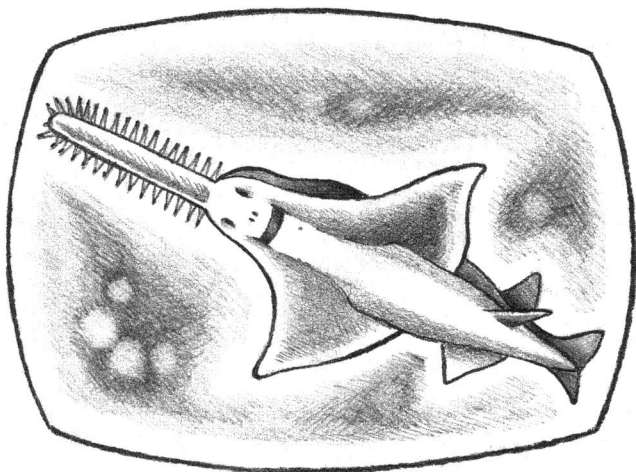

宙"主题公园里的超级乌贼三明治!

安德鲁、朱迪和阿探正在竭力阻止他这样做。

哗——"这根长长的'锯子'是锯鳐的锯吻,锯鳐不会用它的锯吻来伤害人类,"阿探说,"锯吻能感应到所有生物发出的电流。锯鳐用锯吻来搜寻沙子里的小螃蟹和小鱼,再把它们挖出来。"

"真棒!"安德鲁说,"锯鳐还随身携带着工具呢!"

突然,锯鳐身后闪起了光芒。这不是海洋生物随意发出的微光,而是有规律的闪光:先是三下短闪,再是三下长闪,接着又是三下短闪。

"这是**莫尔斯电码**的信号!"朱迪说,"爸爸妈妈第一次带我去非洲狩猎之前教过我。"

"这是什么意思?"安德鲁问。

"三下短闪表示'S',"朱迪说,"三下长闪

表示'O'，这个信号是'SOS'的意思，是求助
的电码！"

这时，锯鳐开始围着水虫号转起圈来。

"看！"安德鲁说，"锯鳐的尾巴上系着一根
绳子！"

大家朝绳子的末端望去，只见那里有一个长
着金属大爪子的巨型白色"大鸡蛋"，明亮的闪
光就是从"大鸡蛋"前面的窗户里射出来的！

2 # 营救鲍普

"是**鸡蛋车**！"安德鲁叫嚷起来。

透过鸡蛋车的窗户，安德鲁和朱迪看到了一只蓝色大鹦鹉，它正在车内疯狂拍打着翅膀。

"里面是鲍普！"朱迪说。

鲍普是索吉·鲍勃的宠物。

"鲍普看起来快吓破胆了。"朱迪说。

"看，"安德鲁说，"鸡蛋车上裂了一条缝，我们得去救它！"

"万一这是一个圈套怎么办？"朱迪说，"万一我们救了鲍普，它却把水虫号抢走了怎么办？"

安德鲁想了一会儿："那我们先把它绑起来，再放它进来。"

他按下仪表盘上的一个黑色按钮，对着麦克风发出指令："割断那根绳子，先把鲍普弄出鸡蛋车，把它捆起来后再带进水虫号。"

咕噜咕噜······"糟糕的主意，"水虫号说，"不过既然你坚持这样做······"

水虫号的引擎盖砰地弹开，**章鱼助手**的灰色长触手从引擎盖下旋转着伸了出去，其中一条触手拿着剪刀，以迅雷不及掩耳之势，剪断了绑在锯鳐尾部的绳子。重获自由的锯鳐飞快地游走了。

章鱼助手的其他几条触手用力拽住鸡蛋车的门，也就是那扇窗户，却无法打开。

三条触手缩回引擎盖下，再次出来的时候，它们全都拿上了锤子。它们开始不停地狠狠敲打鸡蛋车的白色外壳，鲍普也在车内用喙啄着外壳。

咔嚓！

巨大的金属蛋壳裂成了两半！鲍普滚了出来。章鱼助手一把抓住它，绑住了它的爪子，把

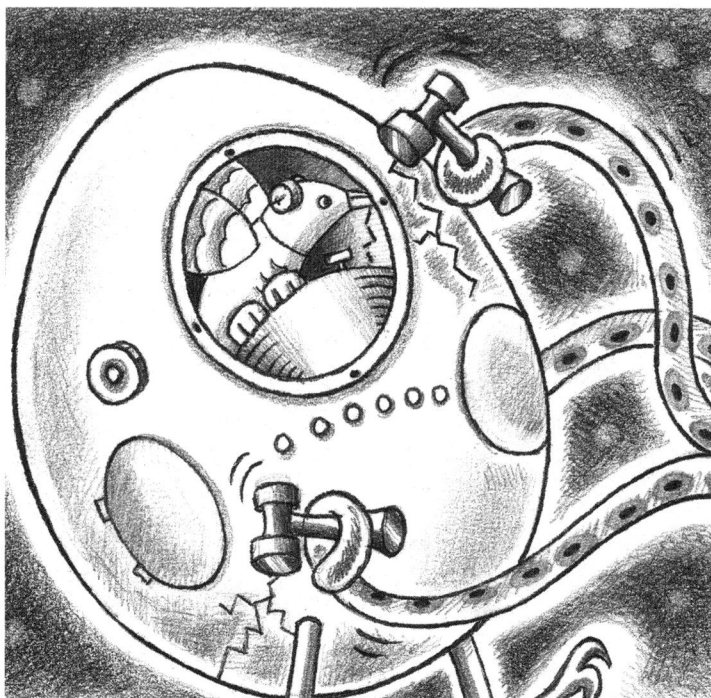

它拖到了水虫号的引擎盖下。

几秒钟后，两只大大的鹦鹉爪子从水虫号方向盘下方的橡胶挡板处伸了进来。安德鲁拽住了其中的一只，朱迪拽住了另一只。

嘎！嘎！嘎！ "谢谢！谢谢！太感谢你们啦！"鲍普在引擎盖下尖声叫着，连连道谢。

"等等。"朱迪说。她停下了自己的拉扯，还让安德鲁也停了下来。

"我们真能相信你吗？"她问。

嘎！嘎！嘎！ "鲍普保证，"鲍普说，"鲍普以鸟类的荣誉保证！"

"你最好说的是实话。"朱迪拉起一条长满鳞片的腿，用力拉扯。"倒霉！"她嘟哝着，"它好像卡住了。"

"哎呀！"安德鲁说，"这可难办了！"

嘎！嘎！嘎！ "鲍普也不容易啊！"

鲍普大声叫着，"鲍普这只金刚大鹦鹉都要被挤成长尾小鹦鹉了！"

"一、二、三……拉！"朱迪喊道。

丁零……丁零……丁零……

鲍普的金属羽毛发出了一连串丁零当啷的声音，鲍普终于从橡胶挡板处挤了进来。

它的翅膀重重地打在了朱迪的鼻子上，还把阿探从安德鲁的口袋里捅了出来。

"你去后面待着。"朱迪说着，把鲍普的尾巴从前排座位上推开。

和其他的小汽车不一样，水虫号没有后座，它的后半部分改造成了小小的卫生间和厨房。

鲍普最后落座在卫生间和厨房水槽之间。

嘎！嘎！嘎！ "鲍普万分感激，小达布尔们！"鲍普说，"索吉·鲍勃把鸡蛋车丢在珊瑚礁上不管了。后来鲍普看到了一只锯鳐，鲍

普就用鸡蛋车的爪子拴住了它！是锯鳐把鸡蛋车拖离珊瑚礁的！

"但是鸡蛋车撞上了石头，所有东西都坏了！没有动力！没法驾驶！鸡蛋车的爪子也没法松开绳子！要不是你们，鲍普就永远困在锯鳐的尾巴上了！"

安德鲁直视着鲍普的眼睛："你知道的，我们必须赶在索吉·鲍勃之前找到大王乌贼。我们不能让索吉·鲍勃把它们做成超级乌贼三明治。"

嘎！嘎！嘎！ "鲍普来助你们一臂之力！索吉·鲍勃现在就是一个疯子，他只会越来越疯狂！"

"好！"安德鲁说，"我们动身吧！朱迪，把鲍普的爪子解开吧。"

安德鲁踩下了油门，水虫号却没有加速前进，反而像踩着弹簧高跷一样，在水中上上下下地弹跳着。

吱嘎······**吱嘎**······**吱嘎**······

"哦，不！"安德鲁懊恼极了。水虫号开始一扭一扭地往下沉。

噗啦······

水虫号喷着水，沉了下去。仪表盘上的按钮和表盘都闪烁个不停，前灯也忽明忽暗。

"天哪！"朱迪说，"水虫号失去动力了，我们正在迅速下沉！"

3 快被压扁了！

"出什么事了，水虫号？"安德鲁问，"你是没油了还是怎么了？"

咕噜咕噜……"正在检查，正在检查，正在检查，"水虫号说，"无法回答。"

朱迪转身逼近鲍普："是你对水虫号做了什么吗？"

嘎！嘎！嘎！"鲍普什么也没做，"鲍普衔着一根折断了的爪子说，"请不要责怪鲍普！"

19

"阿探,"安德鲁说,"呼叫阿尔叔叔。"

哗——"好!"阿探说。

阿尔叔叔是安德鲁和朱迪的叔叔,也是一位身份高度机密的科学家,阿探和水虫号就是他发明的。

阿探按下了胸口的紫色按钮。

紫色按钮闪烁了 3 下。

水虫号还在不停地往下沉。窗外,海底动物像一串串绚烂的节日彩灯,在黑暗的海水中飞舞摇曳。

"快看!"安德鲁指着一只洗衣机那么大的红色水母叫道。

一条又细又长的鱼飞驰而过,身体侧面闪烁着光芒,就像是一艘亮着窗户的宇宙飞船。

还有一群雨伞一样的乌贼在水虫号的挡风玻璃附近漂浮着。

"哇！"安德鲁感叹，"这些家伙太神奇啦！"

乌贼的触手上上下下都流淌着明亮的光斑——蓝色、黄色、紫色和红色，就连它们的眼睛也闪烁着光芒。

哔————"乌贼也能生物发光。"阿探说。

嘎！嘎！嘎！"也许乌贼是在传递信息。"鲍普说。

突然，水虫号的引擎盖也开始变幻色泽，时而是天空的蔚蓝，时而是叶子的碧绿，时而又变成珍珠粉！

"天哪！"安德鲁惊呼，"水虫号的**伪装涂层**疯了！"

咕噜咕噜······"伪装涂层在试着用乌贼的语言告诉它们我们没有敌意。"水虫号说。

朱迪眯起了眼睛。"别再和乌贼聊天了，"她说，"我们得赶快把水虫号修好！现在就开始！"

"哦,好吧!"安德鲁答应了。他戳了戳按钮,转了转仪表盘,可是什么也没有发生。

他们在海里越坠越深,见到了更多外表奇特的生物。

它们在漆黑的海洋里游荡着,那千奇百怪的模样,那恐怖可怕的大嘴,让人仿佛置身于噩梦之中。

有些鱼生着长长的獠牙,撑得嘴都合不拢;

深海龙鱼

斧头鱼

幽灵蛸

长毛琵琶鱼

有些鱼看起来就像一堆凌乱的海藻，只是中间长着一张嘴；有些鱼嘴巴巨大，身体细长，就像一只长着大嘴的长袜子。

还有的鱼大张着嘴巴，嘴里好像亮着一盏灯，只要有小鱼朝光游去，那张大嘴就会啪地合上，将小鱼吞下！

这些鱼有的滑溜溜地一闪而过，有的慢吞吞地蠕动前行，阿探依次叫出了它们的名字：深海

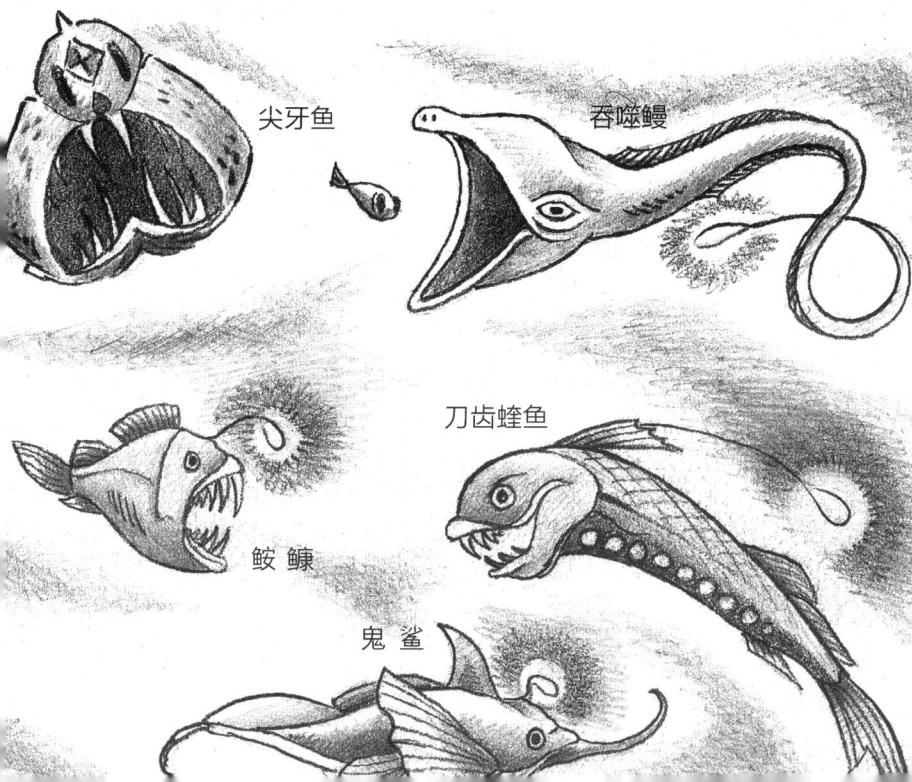

尖牙鱼

吞噬鳗

刀齿蝰鱼

鮟鱇

鬼鲨

龙鱼、斧头鱼、尖牙鱼、吞噬鳗、刀齿蝰鱼、鬼鲨……

突然，阿探胸口的紫色按钮开始闪烁，按钮砰地弹开，一道紫色光束嗖地射了出来。

阿尔叔叔的**全息影像**出现在仪表盘上方。

"嗨，伙计们！"

阿尔叔叔虽然在微笑，但看起来却很疲惫，他那乱蓬蓬的头发比平时还要乱。

"嗨，阿尔叔叔！"安德鲁说。

"叔叔好。"阿探也在问好。

嘎！嘎！嘎！"您好，达布尔教授！"鲍普说。

"我们又有麻烦了！"朱迪说。

"和我猜想的一样，"阿尔叔叔说，"听起来好像索吉·鲍勃的鹦鹉也在水虫号里，不会是它带来的麻烦吧？"

阿尔叔叔用全息影像和孩子们联络时，只能听到他们的声音，却看不到他们的模样。

"我们必须救鲍普，"安德鲁说，"现在它站在我们这一边了。"

"阿尔叔叔，有个坏消息，"朱迪说，"水虫号失去了动力，正在快速下沉！"

咔嚓！

突然，水虫号的后方传来了一个声音。

安德鲁和朱迪转身一看，后窗出现了一道闪电状的裂缝，裂缝已经过半！

"后窗裂开了！"朱迪喊了起来。

阿尔叔叔浓密的眉毛都快抬到乱糟糟的头发里了。他说："呃，那是因为水虫号承受的**压力**太大了。"

4 黑烟囱

哔——"水虫号的水下深度超过 1500 米了，"阿探说，"大量的海水正压迫着水虫号。海水非常非常重！现在水虫号的每平方厘米上都坐着一只成年狮子。"

"真傻，"朱迪说，"狮子那么大，怎么可能坐在 1 平方厘米的地方。"

阿尔叔叔打断了她："一只成年狮子重约 200 千克，现在水虫号的每平方厘米都承受着 200 千

26

克海水的挤压。水施加给物体的重量就是水压。"

"不过不用担心窗户,"阿尔叔叔说,"水压大概会把它固定在原处。"

"大概?"朱迪喊道,"在海底 1500 多米深的地方,我可不想听到'大概'这个词!"

阿尔叔叔点点头。"我理解,"他说,"别担心,我已经完成了**海马号**的研制,现在正在去找你们的路上。"

海马号是阿尔叔叔一直在研制的一种新型水下航行器。

阿尔叔叔搓了搓下巴,皱起了眉头:"我只希望你们不要靠近一个地方。"

"什么地方?"朱迪问。

"**挑战者深渊**,"阿尔叔叔说,"它是海洋的最深处。"

哔——"约 11000 米深!"阿探说,"装

下全世界最高峰都绰绰有余！"

"那里为什么这么深呀？"安德鲁问。

哗——"地壳一直在运动，"阿探说，"新的地壳形成，旧的地壳就会消失。挑战者深渊是旧地壳被拖入地球内部时形成的。旧地壳熔化后会重新进入循环。"

阿尔叔叔点点头："现在已经有12位宇航员踏上过月球，但只有8个人到达过挑战者深渊。看来，月球和它比起来还要安全得多！"

"在我们掉进这个大蠢坑之前，"朱迪说，"我们最好让水虫号再动起来。"

"水虫号是不是没有燃料了？"安德鲁问。

阿尔叔叔摇了摇头："水虫号是靠水运行的。"

就在这时，四周海洋生物闪现的光芒突然消失了，一层浓厚的黑暗旋转着包围了水虫号！

"我的天哪！"安德鲁喊道，"我们掉进了一团诡异的烟雾里！"

"你说什么？"阿尔叔叔警觉地扬起了眉毛。

朱迪和安德鲁透过水虫号的玻璃地板向下看去，只见海底有一些高高耸起的"塔"，"塔尖"正不断吐出滚滚浓烟。

"这看起来像女巫的城堡，"朱迪说，"烟囱

还冒着烟！我不懂，海里怎么会有火呢？"

"糟了！"阿尔叔叔说，"小心！你们要掉进一个——"

毫无征兆地，阿尔叔叔的全息影像像泡泡一样破灭，随即消失了。

哔——"海底热泉，也可以叫它海底黑烟囱！"阿探说。

"黑烟囱？"朱迪问，"这是什么玩意？"

哔——"海底有很深的裂缝，裂缝里的温度极高！有2000摄氏度！那里的海水十分滚烫，一直在沸腾。沸腾的海水从地壳的裂缝里喷出来，带出了地壳里的黑色物质，所以就像在冒烟。这些黑色物质慢慢堆积起来，就形成了奇奇怪怪的黑烟囱。"

朱迪埋怨道："所以，我们拥有的是一艘快被压扁、失去动力，现在还掉进了沸水里的水虫号！"

哔————"沸水还没有这里的水烫呢。"阿探说。

"哦,那可真是太棒了!"朱迪说。

水虫号在冒着泡泡的烟雾中不断下沉。安德鲁眯着眼睛检查挡风玻璃,他发现玻璃看起来有一点儿……不平整。

"阿探,挡风玻璃怎么了?"安德鲁问。

哔————"不想说。"阿探回答。

"为什么?"安德鲁问。

哔————"不想吓到安德鲁和朱迪。"阿探说。

安德鲁摇了摇头:"当我不知道自己应该害怕什么的时候,我只会更害怕。"

哔————"好吧,"阿探说,"挡风玻璃正在熔化。"

5 螃蟹军团

"**天哪！**"朱迪叫道，"窗户要是熔化了，我们就完蛋了！"

砰！

水虫号撞上了一座黑烟囱，幸好鲸脂胶制成的保险杠将水虫号弹开了。

水虫号沉入了海底，黑烟囱在他们的上方高高耸立着。

"我们就像闯进了一片森林，树干巨大，还

冒着黑烟。"朱迪边说边凑近挡风玻璃，"哦，天哪！黑烟囱开花了！"

朱迪看到的是一片粗壮的"茎秆"，比水虫号还要高得多。每根"茎"的顶部，都有一朵红色的花在水中摇曳。

哔——"这不是花，"阿探说，"是管虫！"

"管虫？"朱迪问。

哔——<u>"就是管状蠕虫，"阿探说，"它们的上端是一片红色的肉头，下端是一根白色的矿物质管子。在地球上，管虫唯一能够生存的地方就是海底黑烟囱附近。"</u>

白色的小螃蟹在管虫周围爬来爬去。阿探跳上仪表盘，指了指一块平坦的岩石，岩石上堆着一大堆东西，看起来就像一团缠绕着的意大利面。

哔——"意大利面蠕虫。"阿探说。

"意大利面！"安德鲁说，"我有点儿饿了。"

朱迪翻了个白眼："真让人反胃！"

"好吧，"安德鲁说，"既然我们不能让水虫号动起来，冰箱里又有比萨，我们可以先吃点东西，等阿尔叔叔来找我们。"

朱迪皱起了眉头："我真希望不是那个坏蛋索吉·鲍勃先找到我们。"

嘎！嘎！嘎！ "索吉·鲍勃以前可是个好人。"鲍普说。

"以前？什么时候？"朱迪问。

嘎！嘎！嘎！ "在他遇到**克朗·托克斯博士**之前。"

"克朗·托克斯博士又是谁？"安德鲁问。

嘎！嘎！嘎！ "索吉·鲍勃以前经常梦游，"鲍普说，"有一天，他在梦游时险些掉下了悬崖！为了治病，他去找了一个奇怪的科学家，就是克朗·托克斯博士。克朗·托克斯博士在治疗时不准鲍普进他的实验室，所以鲍普当时只看到实验室里闪烁着很多灯光。

"索吉·鲍勃出来后，整个人都不一样了。以前，他对每个人都很好。他会收养流浪猫，还让它们睡在自己的床上。"鲍勃哭丧着脸说。

朱迪摇摇头。"闪烁的灯光？"她想了一会儿，"我敢打赌，索吉·鲍勃一定是被这个克朗·托克斯博士**催眠**了。我在书上读到过，闪光灯可以用来催眠。"

"哦，不！"安德鲁说。

"哦，不？"朱迪说，"这是全世界我最不喜欢听到的话了！"

"呃，那边有个奇怪的东西。"安德鲁说。

"哪里？"朱迪问。

"它从黑烟囱后面爬过来了。"安德鲁说。

然后朱迪就看到了安德鲁说的东西。

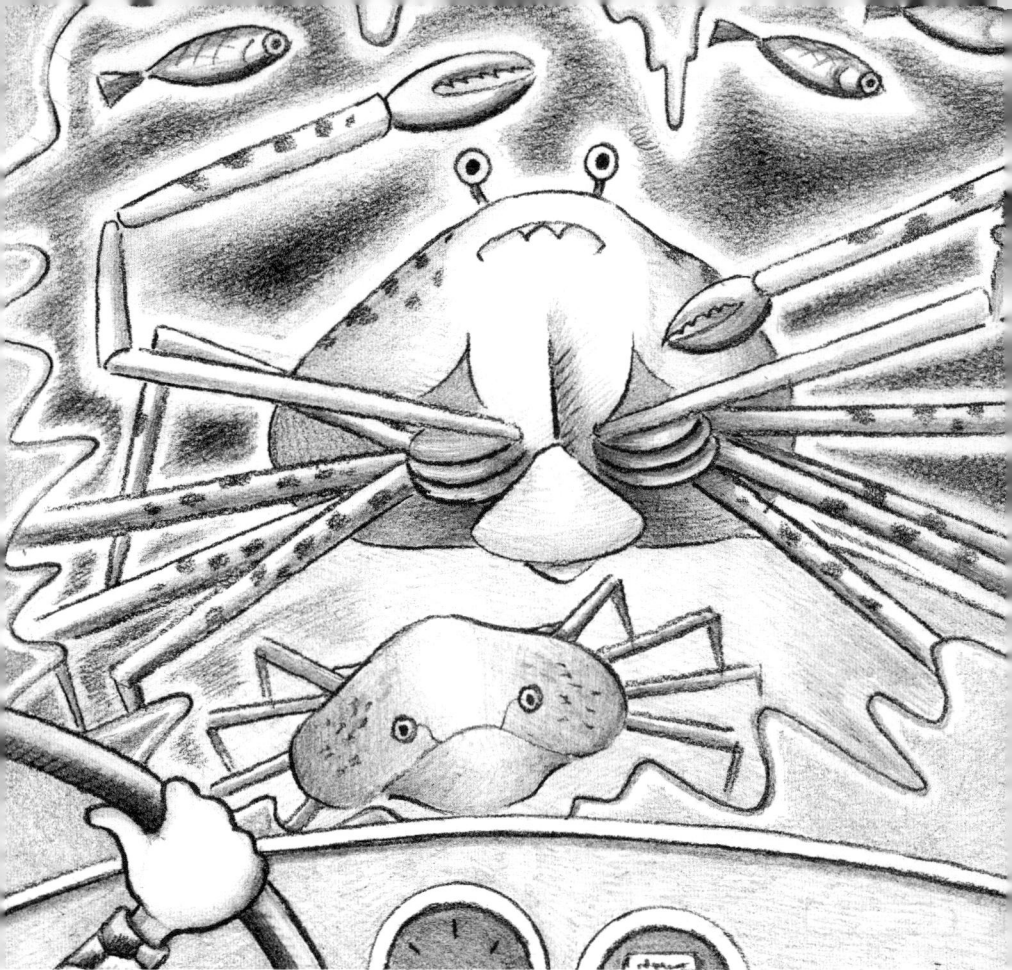

那是一只怪物一样的巨大螃蟹！它的躯干看起来像一个桶，腿又细又长，腿张开来足足有水虫号那么宽。

那只螃蟹后面还有一只螃蟹，接着又是一只……来了一支螃蟹军团！

哗———"巨型蜘蛛蟹！"阿探说，"世界上最大的螃蟹！它还有一个名字是'杀人蟹'，因为巨型蜘蛛蟹会吃掉溺水的人！"

"呃！"朱迪说。

突然，不知是什么东西溅到了水虫号的挡风玻璃上，棕色的、黏糊糊的。

巨型蜘蛛蟹军团发现后立刻冲向了水虫号！

"安德鲁，快做些什么！"朱迪大喊一声。

安德鲁转动点火器上的钥匙，猛踩油门，但水虫号纹丝不动。

螃蟹军团爬上了引擎盖，带柄的黑眼睛瞪得大大的，正透过挡风玻璃往里看。接着它们又用钳子咔嚓咔嚓地拉扯着车门。

朱迪打了个寒战，缩回座位上。

噼啪——— 噼啪——— 噼啪———

仪表盘上的扬声器噼啪作响。

　　"哦,不!"安德鲁发出了一声哀号,"索吉·鲍勃真的来了!"

6 挑战者深渊

"**嘿！** 你们还好吗？"扬声器里传来了索吉·鲍勃粗声粗气的声音。安德鲁环顾四周，却没有看到索吉·鲍勃的机械螃蟹。

"今天真是我的幸运日啊！"索吉·鲍勃说，"终于找到你们这些小泥崽子了！对了，你们已经见过我的小螃蟹了吧？它们最喜欢腐烂的金枪鱼汁了，所以我喷了很多金枪鱼汁在你们这艘愚蠢的家伙上了！哈哈，哈哈，哈哈！"

哔———"螃蟹喜欢吃腐烂的食物！"阿探说。

突然，水虫号动了起来，是螃蟹军团在推它！

安德鲁按下了仪表盘上的章鱼助手按钮，冲着话筒大喊："拦住这些螃蟹！"

引擎盖砰地弹开，章鱼助手的触手滑了出来，缠住一只螃蟹，把它狠狠地甩了出去，但又有其他螃蟹用钳子夹住了章鱼助手的触手！

"章鱼助手！"安德鲁喊道，"快进来！"

章鱼助手还在勇敢地坚持战斗。

"缩回触手！"安德鲁大喊。

章鱼助手终于挣脱了蟹钳，将触手缩回引擎盖下，砰地关上了引擎盖。

螃蟹们开始把水虫号拨来弄去的，就像在玩海底曲棍球！

在剧烈摇晃的水虫号里，安德鲁不受控制地

40

撞向了朱迪。

丁零！丁零！丁零！ 鲍普也在后面翻来滚去。

"**哇！**"索吉·鲍勃突然说，"我听到了熟悉的声音！我知道那是什么声音，那是我的小鹦鹉在扇它尾巴上的羽毛！你们这群小屁孩绑架了我的鹦鹉！"

通常，索吉·鲍勃是听不到水虫号内部的任何声音的。但现在不一样了，鲍普的耳机和麦克风都连着主人呢。

嘎！嘎！嘎！ "不！"鲍普喊，"达布尔家的孩子们没有绑架鲍普。他们救了鲍普！"

"你这只傻乎乎的毛球最好马上滚回来！"索吉·鲍勃说，"你是我的！"

嘎！嘎！嘎！ "不！"鲍普说，"鲍普要留在这里，鲍普才不会帮你把大王乌贼变成超级乌贼三明治！"

鲍普关掉了它的耳机，一把扯下来，扔到了朱迪的腿上。

这时，水虫号开始倾斜，它翻了个面！安德鲁的头撞上了天花板。螃蟹们像玩球一样推着水虫号滚来滚去！

"真是疯了！"朱迪喊道，"这些螃蟹到底要把我们怎么样？"

"不知道，"安德鲁说，"不过至少它们不想吃掉我们。"

"暂时没有罢了！"朱迪说。

借着水虫号的前灯，他们可以看到前方若隐若现的高大阴影，那是海底丘陵和山脉。

他们前面有两座岩石山，中间有一道狭窄的裂缝。

啊——

水虫号在岩石上刮来撞去，这些螃蟹竟然想把水虫号从这条裂缝中推过去！

外面只有无边的黑暗，除此以外什么也没有。

当时在狗鼻子里面也是这么黑啊，安德鲁心想。

"我们现在在哪儿？"朱迪问。

阿探按了一下胸口的一个按钮，按钮砰地弹开，射出了一道明亮的蓝色光束。阿探把光束对准他们下方的黑暗。

哔———"11000 米深！"阿探说，"是挑战者深渊！"

"真是怕什么来什么！"安德鲁哀叹。

水虫号在深渊边缘摇摇欲坠，它摇晃着，摇晃着，翻滚了下去！

"**哈！哈！哈！**"索吉·鲍勃嘶哑的笑声在水虫号里回荡，"再见了，小家伙们！睡个好觉！哈哈！哈哈！哈哈！"

7 橘黄色大脑袋

水虫号旋转着坠入了黑暗之中。

"哎呀！"朱迪在大喊。

"啊！"阿探在惊呼。

"嘎！嘎！嘎！"鲍普在哀号。

"啊呀呀！"安德鲁在尖叫。

哐哐！哐哐！不久便传来了水虫号撞击峡谷岩壁的声音。

仿佛是掉进了噩梦里，安德鲁心想，永远在

45

下坠，永远不会停止。

"天哪！"朱迪喊道，"外面有个脑袋！"

一个橘黄色大脑袋在挡风玻璃前漂浮着，足足有一个篮球那么大。它扑扇着大象耳朵般的大耳朵，脖子上长着一圈细细的褶皱。

哗——"小飞象章鱼！"阿探说。

"你是说它长得像小飞象吗？"安德鲁说，"它可以用耳朵飞起来？"

"没错！"阿探说，"不过小飞象章鱼没有耳朵，只有鳍！大耳朵就是它的鳍。"

"它的蓝眼睛真漂亮啊！"朱迪感叹道。

这时，又有一只胖胖的小动物从水虫号的窗前经过，看起来就像一个可爱的洗澡玩具。

小飞象章鱼向"洗澡玩具"扑了过去，"洗澡玩具"立刻发出了耀眼的红光！突然，"洗澡玩具"身上发光的皮肤剥落了！这只黏糊糊的小动物把刚刚剥落的皮肤扔向了小飞象!

哔———"这是海参,章鱼会追捕海参。"阿探说,"海参不仅能让自己的皮肤发出光芒,还能让皮肤脱落下来。"

咔嚓!

安德鲁和朱迪转过身,发现后窗上的裂缝现在已经从中间延伸到了底部!

"水虫号承受的压力更大了!"朱迪喊道,"我们要被海水压扁了!"

"阿尔叔叔已经在路上了。"安德鲁说,"希望他能在我们被压扁之前找到我们。"

朱迪抱起了胳膊,严肃地说:"不能光指望阿尔叔叔及时找到我们,我们要想办法修复水虫号。让我们想想问题到底出在哪儿。"

"鲍普进来后,水虫号就无法工作了。是不是我们把鲍普拖进来的时候不小心弄坏了什么东西?"

安德鲁挠了挠头，看向鲍普："是不是你的爪子抓到了管子或什么东西？"

嘎！嘎！嘎！"也许吧，"鲍普扇了扇翅膀说，"鲍普在下面折了一只爪子。"

"我去引擎盖下面看看，"安德鲁说，"也许能发现是哪里出了问题。"

安德鲁拉起了方向盘下方的挡板。

滴答！滴答！滴答！

在漏水！是哪里在漏呢？

这里漆黑一片，什么也看不见。

安德鲁把手伸进口袋，摸出他的迷你手电筒，摁下了开关。

他看到了！一根蓝色管子正在滴答滴答地滴水，原来是燃料系统的水管破了！

"鲍普！"安德鲁喊道，"你能找点儿胶带出来吗？看看水槽下面。"

嘎！嘎！嘎！"好嘞。"鲍普说。
吱呀！

它用喙拉开了水槽下面的柜子。

嘎！嘎！嘎！"我看到了肥皂和纸盘，还有一根意大利香肠、一袋棉花糖，就是没看到胶带。"

"检查一下工具箱。"安德鲁说。

嘎！嘎！嘎！"这儿也没有胶带。"鲍普说。

我需要什么东西来修补这个漏洞，安德鲁心想，否则我们会被困在这个深不见底的地方，呃，很长一段时间。

安德鲁从引擎盖下探出头来，环顾着四周。

小飞象章鱼正在安德鲁的窗外游荡，发光的海参皮还贴在它的头上。

安德鲁按下了章鱼助手的按钮，命令道："把章鱼身上的海参皮揭下来，送进水虫号。"

章鱼助手悄悄爬出引擎盖，溜到了小飞象章鱼身后，用触手一把抓下发光的海参皮，急匆匆地回到引擎盖下，将海参皮从方向盘下的挡板口送进了水虫号。

安德鲁抓起海参皮，钻回引擎盖下。

他用海参皮紧紧包住漏洞，还打了个结。

"好啦！"安德鲁说，"我想这能行！"

当安德鲁重新坐回驾驶座的时候，水虫号正在挑战者深渊的底部慢慢泊停。

窗外，海水漆黑而空旷，就连小飞象章鱼也消失不见了，地面十分平坦，就像落了一层脏脏的雪。

哗——"水下 11000 米！"阿探说，"海洋里最深的地方！"

8 好大的触手

"太棒了！"安德鲁欢呼雀跃道，"算上我们，现在已经有10个人类、1个机器人和1只机器鹦鹉来过这里！我们应该庆祝一下！"

"我们应该离开这里！"朱迪说，"在我们被成吨的海水压扁之前！再说了，这里太诡异了，没有别的活物存在！"

嘎！嘎！嘎！"不，有的！"鲍普说，它啄了啄挡风玻璃。

尽管很难发现，但是有一条比目鱼紧贴着地面，平躺在地上。它的两只眼睛都长在身体的同一侧，皮肤的颜色和沙子完全混为一体。

一只海参正在向它爬去。

"看，"安德鲁说，"在最深的海底也是有生物存在的。"

"真是奇怪！"朱迪说，"但是，既然成吨的海水像大象一样挤压着它们，这些家伙怎么就不会被压扁呢？"

哗——"因为这里的鱼体内的组织充满了水分，"阿探说，"这些体液通过特殊的细胞和组织结构帮助它们维持体内外的压力平衡。"

咯吱！ 水虫号颤抖了几下，挡风玻璃竟然向内凹了进来！

"水虫号承受的压力又增加了！"朱迪喊道，"我们必须马上离开这里！"

"哦！好！"安德鲁答应着，转动点火器上的钥匙，一脚把油门踩到底，"希望水虫号能不负众望！"

哗啦啦……传来了水虫号桨轮转动的声音。

安德鲁把方向盘向上拉起。

水虫号从峡谷底部冲了上去。

"**耶！**"安德鲁大喊一声。

"**噢耶！**"阿探兴奋地尖叫起来。

嘎！嘎！嘎！鲍普也在高声欢呼。

"终于上来了！"朱迪也高兴地喊着。

水虫号划着水向上游去，车灯时不时地落在一颗海星或一群沿着峡谷壁爬行的海参身上。

"上面有山丘！"朱迪说，"我们快到挑战者深渊的顶部了！"

"希望我们能追上索吉·鲍勃。"安德鲁说，"他

有大把的时间赶在我们前面找到大王乌贼。"

突然，指南针上方的"大王乌贼"几个字开始闪烁橙色的光。指南针的指针也急促地抖动着。

安德鲁睁大了眼睛。

"哇！"他说，"这是不是意味着我们正在接近大王乌贼？"

"或者意味着指南针坏了？"朱迪说。

水虫号这时就在挑战者深渊边缘的岩石山下。一根石柱高高耸立，一个又长又粗的红色东西正绕着它打转。

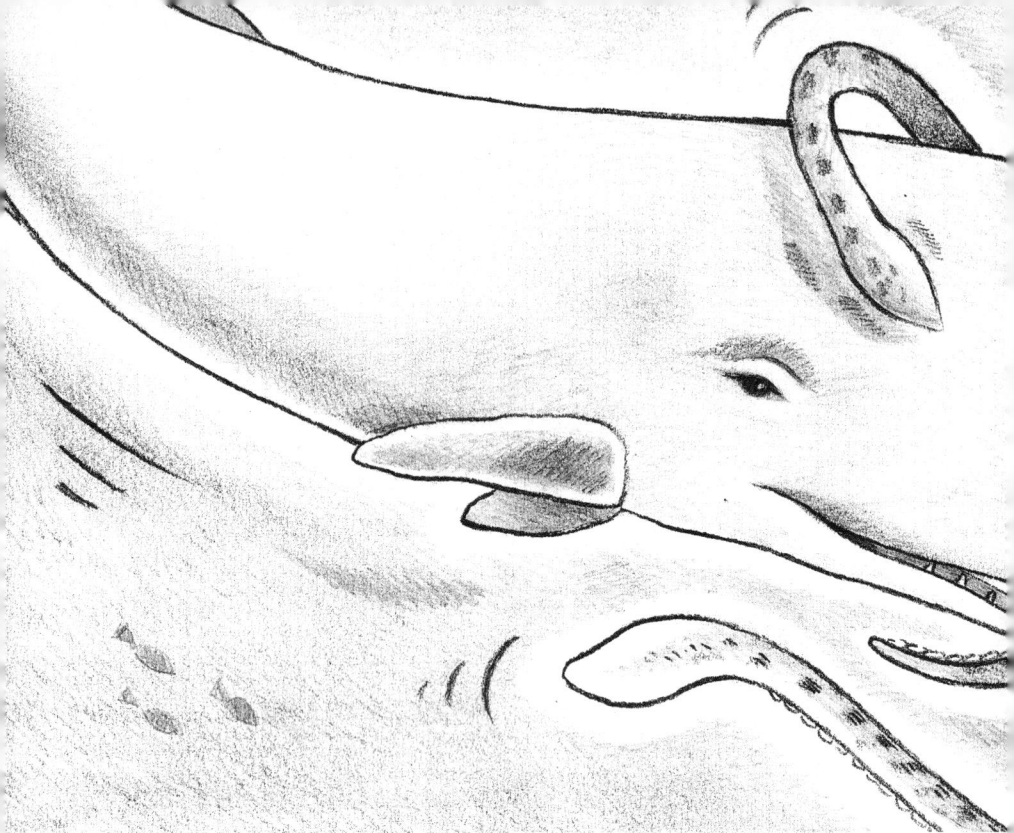

"那是什么？"安德鲁问，他驾驶着水虫号慢慢靠近。

"我的妈呀！"安德鲁喊道，"这是——"

"好大的触手！"朱迪喊道。

哔———"大王乌贼！"阿探说。

水虫号驶近，它的前灯照亮了两只比篮球还大的黑眼睛！

可大王乌贼的目光似乎正落在别处。它光滑有弹性的皮肤从红色变成了玫瑰色，又变成了白色。

咔嗒……咔嗒……咔嗒……

安德鲁转身朝发出声音的地方看去。

仿佛有一块巨大的岩石正向大王乌贼游去。

哔——"抹香鲸！"阿探说，"抹香鲸和海豚一样，能发出咔嗒声。声波撞到物体上反弹回来，能帮助抹香鲸寻找它最爱的猎物——大王乌贼！"

发现了大王乌贼的抹香鲸像火车一样呼啸着冲了过去。鱼雷状的大王乌贼从岩石山旁喷射而出，身上闪烁着霓虹灯一般美丽的色彩。

抹香鲸的头都有水虫号宽了。它张开嘴巴时，下颌比水虫号还要长，可它的嘴巴却张不大——只有水虫号上一个座位那么宽！

阿探指了指抹香鲸的下颌两侧那些尖尖的黄色小丘。

哔——"这就是抹香鲸的牙齿！有20厘米长！"阿探说。

抹香鲸向大王乌贼猛地扑去，但大王乌贼比它跑得快，嗖地溜走了。

这时，水虫号的前灯落到了另一只怪物头上——还有一头抹香鲸！

这头抹香鲸也向大王乌贼扑过去。大王乌贼最长的两条触手——足足有校车那么长——嗖地从抹香鲸的门牙旁掠过。抹香鲸张大嘴一口咬了下去，可惜慢了一步，大王乌贼又溜走了。

大王乌贼最长的两条触手末端完全就是球棒的模样。现在，它用这两根"球棒"狠狠地抽打着抹香鲸，在抹香鲸皮肤上留下了又大又圆的印迹。

哗——"乌贼的触手上布满了吸盘，"阿探说，"吸盘边缘有一圈小型锯齿，能牢牢钩住猎物。"

这时，水虫号的前灯又照亮了岩石山后面的一个银色物体。

噼啪—— 噼啪——噼啪——

一阵熟悉的噼里啪啦声从扬声器里传来，接着传出一个粗哑的声音，把安德鲁和朱迪吓了一跳。

"好吧，又碰到你们了！"索吉·鲍勃说，"我还以为你们这些水崽子永远葬在海底了呢！好了，现在你们可以看我大展身手了。啊！我仿佛已经尝到超级乌贼三明治的味道了！得给我弄些小圆面包来。哈哈！哈哈！哈哈！"

轰隆！

水下发生了一场巨大的爆炸！

9 生还是死?

抹香鲸飞快地消失在了黑暗之中。

有那么一会儿,大王乌贼像一座雕像一样一动不动,接着它坠落到海底,触手看起来就像一堆巨型意面。

噼啪——— 噼啪 —— 噼啪 ——

"哈哈,哈哈,哈哈!"索吉·鲍勃得意地笑着,"我的烟花效果有点儿惊人吧?"

"它死了吗?"朱迪问。

哔 ——"也许还没死，"阿探说，"可能只是受到了惊吓，咱们等等看，看大王乌贼还会不会动。"

机械螃蟹从岩石山后面爬了出来，玻璃圆顶的绿色光芒照亮了索吉·鲍勃咧嘴大笑的脸。

噼啪 —— **噼啪** —— **噼啪** ——

"大王乌贼是我的！"索吉·鲍勃吼道。

机械螃蟹前面的圆门滑开了，一张渔网旋转着飞了出来。机械螃蟹的金属钳抓着渔网边缘，把它拖向大王乌贼。

"不！"朱迪喊道，"我们不能眼看着索吉·鲍勃把大王乌贼变成三明治！为了拯救它，我们已经付出这么多了！"

"但是如果我们靠得太近，"安德鲁说，"我们也会被网缠住的。"

突然，阿探胸口的紫色按钮开始闪烁，阿尔

叔叔出现在一道紫色光束的末端。

"嘿,伙计们!" 他高兴地说,"向后看!"

安德鲁和朱迪转过身,他们看到了一艘巨大的海马形状的水下航行器。它全身覆盖着圆形舷窗,散发着蓝色的光芒。

朱迪笑着挥舞着双手。"是海马号!"她说,"阿尔叔叔找到我们了!"

海马号的舷窗里闪烁着橙色的灯光。

"看那儿!"朱迪说,"海马号正在用莫尔斯电码说'你们好'!"

"啊,"安德鲁大喊,"快看!"

只见机械螃蟹用金属钳子拖着渔网罩住了大王乌贼。

"等等,"朱迪说,"在克朗·托克斯博士用闪光灯催眠他之前,索吉·鲍勃是个好人。这里正好也有很多闪光灯。如果我们能催眠索吉·鲍勃，也许他会变回原来那个温和的喜欢流浪猫的人，那他一定会放走大王乌贼的！"

嘎！嘎！嘎！ "聪明的小达布尔！"鲍普说。

鲍普把喙伸进朱迪卷发里，帮她啄开了一绺打结的头发。

"那我们开始闪光吧！"安德鲁说，"阿尔叔叔，你也把灯打开！"

安德鲁来回切换着水虫号前灯的开关，让它一明一灭。

阿尔叔叔也操纵着海马号，从舷窗里射出灰绿色的灯光。

索吉·鲍勃的脸凑近了机械螃蟹的玻璃圆顶。他睁大了眼睛，神情很是惊讶，还挥舞着拳头。

但没一会儿，他就无精打采地瘫坐在座位上，把头歪向了一边。

哗———"索吉·鲍勃已经进入恍惚状态了，"阿探说，"既不清醒，也没彻底入睡。现在正是给予索吉·鲍勃积极暗示的时候，这样才能把克朗·托克斯博士原来灌输给他的那些糟糕的信息清除掉。"

朱迪抓起鲍普的耳麦。

"你能听到我说话吗，索吉·鲍勃先生？"她问道。

"可以，"索吉·鲍勃语气平静，"但是我现在有点儿困了。"

他的头向前倒去："我要我的兔子拖鞋。"他叹了口气。

安德鲁抓过了鲍普的耳机。

"索吉·鲍勃先生，"安德鲁说，"你想变回以前的那个自己，那个人是个好人，爱护动物，还会照顾它们。"

索吉·鲍勃点了点头。

"当然,"索吉·鲍勃说,"我还希望我的朋友鲍普能回来。我想那个小家伙了。"

听到这句话,鲍普挤到了前排座位的中间。

它的喙都戳到安德鲁的肩膀了。安德鲁看到一些湿漉漉的东西从鲍普的眼睛里滴落下来。

那是眼泪吗?安德鲁非常好奇。机器鹦鹉也会哭吗?

"呜呜,呜呜,呜呜!" 扬声器里传来了呜咽声。

索吉·鲍勃也哭了!

"醒醒,索吉·鲍勃先生!一切都很好!"安德鲁说。

索吉·鲍勃抬起头,茫然地环顾四周。

"啊,我在哪里?"他问道,"我在这儿干什么?那是什么?"

他紧紧盯住那只被网缠住的大王乌贼。

"哦，天哪！"他说，"一只可怜的小乌贼！它被缠住了！我得把它弄出来。嘿！你们这些坐在怪车里的家伙们！能帮我一把吗？"

"当然可以！" 安德鲁回答。

"我们来了！" 阿尔叔叔说。

安德鲁驾驶着水虫号飞快地靠近大王乌贼。

在大网里，它看起来像一只漏了气的热气球。

"希望它还活着。"安德鲁说。

朱迪摇了摇头："它看起来状态不太好。"

10 再见，夏威夷！

安德鲁按下了仪表盘上的黑色按钮："去除大王乌贼身上的渔网。"

阿尔叔叔也驾驶着海马号，用它的**摇摆尾巴**来帮忙。机械螃蟹的金属钳子把渔网一路拽开，拖进了圆门。

"它的眼睛太神奇了！"朱迪看着大王乌贼盘子一般大的圆眼睛说道。

哔——"它是世界上眼睛最大的动物！"

阿探说，"也许它是用眼睛来寻找发光的动物，然后把它们吃掉的！"

海马号的聚光灯照亮了垂在大王乌贼嘴边的触手。它一共有 10 条触手，其中有两条特别长，特别细，其他 8 条则短一些，却像消防水管一样粗。

阿尔叔叔用灯光照了照那 8 条短一些的触手。

"这些是大王乌贼进食用的触手，"阿尔叔叔说，"大王乌贼用它们把食物塞进嘴里。"

阿尔叔叔又沿着那两条最长的触手移动着灯光："大王乌贼用这两条长触手来捕猎。"

"我看见了吸盘！"安德鲁说。

只见大王乌贼每条进食触手上都有两排圆形吸盘，每个银圆大小的吸盘边缘都有一圈细小而锋利的锯齿！

哗——"大王乌贼用吸盘紧紧吸住猎物，"阿探说，"它们和抹香鲸搏斗时也会用到吸盘。"

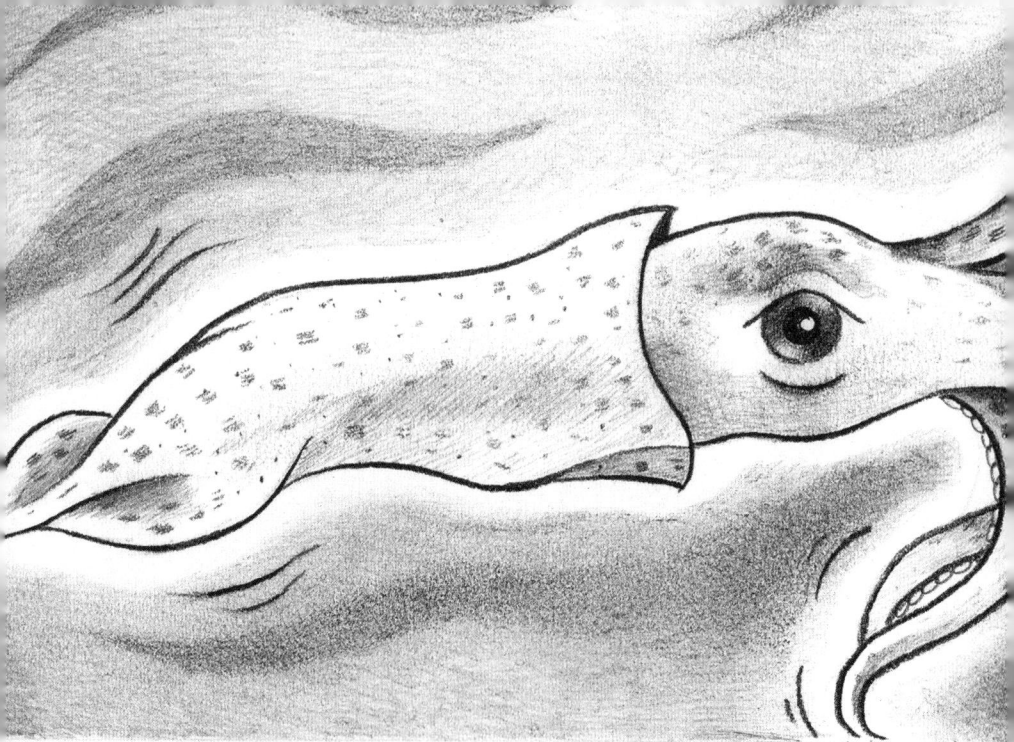

藏在这一圈触手里的就是大王乌贼的嘴——和人的手掌一样大的喙。

嘎！嘎！嘎！"它和我一样有喙！"鲍普大叫。

哗——"乌贼的喙强劲有力，威力无边！"阿探说，"能一口咬穿钢板！"

"等等，"阿尔叔叔突然说，"这家伙看起来比普通的大王乌贼还要大。我得仔细看看它的触手。"

　　球棒似的触手末端长着吸盘，吸盘上竟然长着螺旋状的钩子。

　　"天哪！"阿尔叔叔惊呼，"这不是大王乌贼！普通的大王乌贼吸盘上是没有钩子的。有这样钩子的动物是——**大王酸浆鱿**！"

　　突然，这只大王酸浆鱿的一条进食用的触手抽动了一下。

　　"太棒了！"安德鲁说，"它还活着！"

71

　　大王酸浆鱿的另一条进食用的触手扭动了几下，也开始在海水里蜿蜒游动。然后它嘴巴周围的触手也全都开始扭动。大王酸浆鱿醒了！

　　瞬间，它将触手伸向了机械螃蟹，一下子就缠住了它。

　　哔——"大王酸浆鱿喜欢吃螃蟹！"阿探说。

　　"嘿，大伙计！"索吉·鲍勃瑟瑟发抖，"别激动！我对你没有恶意！"

　　嘎！嘎！嘎！"快救救索吉·鲍勃！"鲍普说。

　　"可我们怎样才能接近大王酸浆鱿呢？"安德鲁问。

　　阿尔叔叔大声说："我来试着跟它沟通一下。"

　　阿尔叔叔驾驶着海马号来到大王酸浆鱿和机械螃蟹之间。海马号身上的色彩变换个不停，依次闪烁着红色、紫色和粉色的光芒。

没想到，看到海马号身上的色彩，大王酸浆鱿变成了深红色，它生气了！它从机械螃蟹上抽回一条触手，向海马号猛抽过去！

海马号一溜烟地躲开了。

阿尔叔叔摇了摇头："大概是海马号的形状太特别了，大王酸浆鱿可能把它当成敌人，或者是什么猎物。"

"对了！"朱迪想到了，"水虫号上的章鱼助手打开以后，看起来有点儿像鱿鱼。也许它能和大王酸浆鱿交流交流。"

"这太冒险了。"阿尔叔叔说。

"可我们没有别的选择，必须试一试。"朱迪说。

安德鲁按下了黑色的章鱼助手按钮，对着麦克风下达了指令："告诉大王酸浆鱿，我们都是朋友。想办法告诉它，我们再也不会来打扰它了。"

章鱼助手勇敢地滑了出来，扭动着触手，试图引起大王酸浆鱿的注意。

水虫号发出明亮的蓝色光，接着是紫色光，再接着是红色光——和大王酸浆鱿一样的红色光。

大王酸浆鱿放开了机械螃蟹——直奔水虫号而来。它挥舞着触手，像一只愤怒的猫摆动着尾巴。

"我们得赶紧离开这里！"安德鲁说。

他按下了章鱼助手的按钮。

"**逃生模式启动！**"他大声喊道。一根又粗又黑的管子从引擎盖下面弹了出来。

"跟我来，伙计们！"阿尔叔叔说，"我们要回夏威夷了！"

水虫号、海马号还有机械螃蟹在闪烁着光芒的海洋中急速驰骋着，一望无垠的大海似乎和天空一样广阔！

直到大海慢慢开始由黑色变为蓝色，安德鲁和朱迪才意识到自己有多么疲惫。

水下航行器渐渐上升到透光层，太阳的光线让他们头顶上的海水一片明亮，仿佛悬挂着一个闪闪发光的天花板。终于，**他们浮上了水面**，阳光有点儿刺眼。

安德鲁和朱迪已经将近 24 小时没睡觉了！安德鲁困得几乎无法驾驶水虫号了。

突然，朱迪喊道："是它！"

"嗯？"安德鲁嘟囔着，猛然惊醒过来。

"什么？谁？"

"是那胡！"朱迪轻轻拍着她那一边的窗户说道。

一只海豚用它的吻部轻轻敲打着朱迪那边的窗户，它的尾巴上有一个很大的咬痕。这是他们刚开始水下冒险时遇到的那只海豚！

"好了，伙计们，"阿尔叔叔通过全息影像说，"几分钟后我们就到达夏威夷了。我要告诉你们一些怪事。谁想来点儿比萨当早餐？"

"哇！"安德鲁说，"我要香肠蘑菇比萨！"

"早餐听起来不错，"朱迪说，"只要我不听到什么离谱的事就行。"

哔——"阿尔叔叔，我们这就来啦！"阿探说。

嘎！嘎！嘎！"鲍普也想一起吃早餐，但是索吉·鲍勃和鲍普要回去照顾我们的猫咪了。鲍普会想念你们的，小达布尔们。"

从后视镜里，安德鲁看到鲍普的眼睛再一次湿润了。

阿尔叔叔显得很失望。"太遗憾了，鲍普和索吉·鲍勃不能和我们一起去，"他说，"因为我要讲的故事比大王酸浆鱿还要离奇，这件事是关于克朗·托克斯博士的。这回他不仅仅是催眠别人了——他还把这些人藏了起来。"

"他把人藏在了哪里？"安德鲁问。

"这就是奇怪的地方，"阿尔叔叔说，"我觉得他把人藏在了**时间**里！"

阿探揭秘

阿探想告诉你更多发生在深海里的怪事，但他忙着帮助安德鲁和朱迪拯救大王乌贼呢。下面是阿探想告诉你的：

Q "SOS"代表"拯救我们的船"（save our ship），是水手们在即将沉船时发出的求助信号。后来，在莫尔斯电码中，SOS 变成了"救命"的缩写。

Q 陆地上和海洋里几乎所有的生命都依靠太阳提供能量。所有的植物生长都需要阳光，食草动物以植物为食，食肉动物又以食草动物为食。所以，如果没有阳光，食草动物和食肉动物都会没有食物。但在海底黑烟囱附近，许多生物依靠从地球内部喷涌而出的微粒存活。这是地球上唯一一个不依赖太阳能量，生物也可以生存的地方。

Q 有些海星通过把胃吐出身体来消化猎物！猎物被完全消化后，海星又会把胃收回身体里。

Q 地球上最大的动物是什么？按体重来衡量，是蓝鲸。按长度来判断，那就是狮鬃水母，它们的身体可以长到洗衣机那么大，但是触须可以长达 60 米！

Q 海参以吃泥沙为生！它们吸食海底的沙子，把其中的细菌和小块腐物消化掉，再把沙子拉出来！有些海参会把它们的内脏扔向捕食者，把捕食者吓一大跳！海参给了捕食者一份美味的零食，换来自己的脱逃机会。几周后，海参就会长出一副新的内脏！

Q 抹香鲸是如何在黑暗的深海水域捕食大王乌贼和大王酸浆鱿的？没有人知道确切的答案。不过确定的是，抹香鲸发出的声波撞到物体上会反弹回来，能帮助它定位并捕食猎物。

ANDREW LOST

科学小子安德鲁

经典科学冒险桥梁书

10岁的安德鲁是一个充满想象力的发明家和聪明勇敢的冒险家，安德鲁与堂姐朱迪，以及小机器人阿探开启了一次又一次奇幻旅程……

既是惊心动魄的冒险探秘
也是收获满满的科普之旅

涉及多学科 衔接中小学课堂知识

物理　宇宙　海洋　植物　昆虫　古生物

沙漠　动物

科技产品　人与自然　环保　地球　物质变化　时间

第一辑

原子大爆炸

· 全8册 ·

安德鲁发明了"原子吸尘器"，一不小心把自己、堂姐朱迪和小机器人阿探都变小了！小小的他们遭遇了哪些神奇的生物？安德鲁的小发明会如何帮助他们？

第二辑

生物大惊奇

· 全10册 ·

安德鲁、朱迪和阿探驾驶时光穿梭机，回到了宇宙诞生的起点！他们将开启一场时间之旅，看到地球的诞生、生命的起源……

"

从花园到深海，
从宇宙起点到寒冷的冰河时代，
从神秘洞穴到危机四伏的热带雨林……
让我们跟随安德鲁、
朱迪和小机器人阿探，
一起奔赴一场又一场冒险！
从不同角度，
探索一个又一个神奇的科学世界！

"